A GUARDIÃ DE MUIRAQUITÃS

As Aventuras de Tibor Lobato

Livro Dois

A GUARDIÃ DE MUIRAQUITÃS

GUSTAVO ROSSEB

JANGADA

Copyright © 2015 Gustavo Rosseb

Texto de acordo com as novas regras ortográficas da língua portuguesa.

1ª edição 2016. / 3ª reimpressão 2025.

Todos os direitos reservados. Nenhuma parte desta obra pode ser reproduzida ou usada de qualquer forma ou por qualquer meio, eletrônico ou mecânico, inclusive fotocópias, gravações ou sistema de armazenamento em banco de dados, sem permissão por escrito, exceto nos casos de trechos curtos citados em resenhas críticas ou artigos de revistas.

A Editora Jangada não se responsabiliza por eventuais mudanças ocorridas nos endereços convencionais ou eletrônicos citados neste livro.

Esta é uma obra de ficção. Todos os personagens, organizações e acontecimentos retratados neste romance são produtos da imaginação do autor e usados de modo fictício.

Ilustrações da capa: Carolina Mylius

Editor: Adilson Silva Ramachandra
Editora de texto: Denise de Carvalho Rocha
Gerente editorial: Roseli de S. Ferraz
Preparação de texto: Luci Carvalho
Produção editorial: Indiara Faria Kayo
Assistente de produção editorial: Brenda Narciso
Editoração eletrônica: Join Bureau
Revisão: Nilza Agua

Dados Internacionais de Catalogação na Publicação (CIP)
(Câmara Brasileira do Livro, SP, Brasil)

Rosseb, Gustavo
     A guardiã de Muiraquitãs / Gustavo Rosseb. — São Paulo : Jangada, 2016. – (as aventuras de Tibor Lobato ; 2)

     ISBN 978-85-5539-045-6

     1. Ficção juvenil I. Título.

16-01628   CDU: 028.5

Índices para catálogo sistemático:
1. Ficção : Literatura juvenil   028.5

Jangada é um selo editorial da Pensamento-Cultrix Ltda.

Direitos reservados
EDITORA PENSAMENTO-CULTRIX LTDA.
Rua Dr. Mário Vicente, 368 — 04270-000 — São Paulo, SP
Fone: (11) 2066-9000
http://www.editorajangada.com.br
E-mail: atendimento@editorajangada.com.br
Foi feito o depósito legal.

Este livro é dedicado à família Costa
(André, Luíza, Nina e Kika).

A família mais infantojuvenil que conheço.

TENHA UMA ÓTIMA QUARESMA!
Desta vez, vá munido de guarda-chuva.

O CONVITE

Chovia lá fora.

As gotas da chuva castigavam as vidraças e janelas da pequena casa. No centro da sala, um velho rádio de pilha anunciava enchentes e deslizamentos de terra em diversos pontos da região. A voz do locutor ia e vinha em meio aos chiados, despejando fragmentos de notícia sobre mais desabrigados, vítimas das chuvas e carros arrastados pela força das águas.

Tibor Lobato, do parapeito da janela de um dos quartos, vigiava os trovões que acendiam as nuvens. Estava entediado. Também pudera, passara o dia todo dentro de casa. O menino e a irmã, Sátir, há um mês eram hóspedes na casa do amigo Rurique; eram na verdade muito mais do que hóspedes, pois os pais de Rurique os tratavam como filhos. No dia seguinte, conforme o combinado, voltariam para o sítio da avó acompanhados de Rurique.

Tibor usava a chuva como pretexto para a expressão mal-humorada que levava estampada no rosto aonde quer que fosse. Mesmo se sentindo bem na casa do amigo, algo o incomodava. A realidade é que sua vida estava normal demais, e ele queria que algo diferente acontecesse.

Durante todo o ano anterior, o menino e a irmã tinham estudado geografia, matemática, português e outras tantas matérias com Dona Eulália, a mãe de Rurique, que era professora e dava aulas no vilarejo de Diniápolis. Era uma boa distância até lá, e todo dia ela saía cedo da Vila do Meio e ia a pé até a escola.

Os dois, Tibor e Sátir, tinham se mostrado alunos interessados e estudiosos. Rurique, por outro lado, mesmo sendo filho da professora, não ia bem, e, não fosse pelas colas que os irmãos Lobato e outros colegas de classe passavam para ele, teria ficado de recuperação não só em quatro matérias, mas em todas. Essa proeza lhe valeu alguns fins de semana longe dos amigos, com o nariz enfiado nos livros. No final, acabara pegando gosto por alguns daqueles livros e, assim como Tibor e Sátir, também passou de ano.

Na última semana, Sátir andava encucada com uma espinha na testa que sua adolescência tinha lhe trazido de presente. Vivia escondendo-a como podia. Durante a estadia na casa de Rurique, os três passavam os dias ajudando nos afazeres do sítio, pescando no Vilarejo de Braço Turvo e brincando nos arredores; e o tempo todo a menina se preocupava em esconder a espinha. Um boné velho do irmão era seu maior aliado.

Há poucas horas, o dia tinha se tornado noite. Era sábado, dia 5 de março, e tudo estava tão normal quanto estivera durante todo o ano. Para Tibor, normal demais, perfeito demais, entediante demais! O garoto estava inquieto, esperando ansioso a quaresma que se aproximava. É claro que não tinha esquecido os perigos e as cicatrizes que a última quaresma lhe trouxera, mas um pouquinho de agitação era tudo o que desejava no momento, e nem mesmo as notícias sobre as catástrofes provocadas pelas chuvas tinham ajudado a aliviar seu tédio.

No dia seguinte, Tibor foi o primeiro a acordar. O amigo babava no colchão ao lado quando, pé ante pé, Tibor saiu do quarto e pôs-se a andar pela casa. Suas inquietações encurtavam as horas de sono. Ele parecia esperar por algo que nunca chegava. Àquela hora, a mesa do café ainda nem estava posta, embora Dona Eulália fosse mestra em acordar cedo e aprontar tudo antes mesmo de o galo cantar.

Então, algo chamou a atenção do menino. Um som compassado que se repetia sem parar. Ele abriu a porta da frente, viu que a chuva tinha parado e pisou na grama enlameada com os pés descalços. Sabia que, se Dona Eulália o visse descalço numa hora daquelas, lhe daria uma bronca tão grande quanto as que a avó costumava dar quando estava muito zangada. Mas a verdade é que ele adorava andar com os pés no chão, era como se suas energias se renovassem.

O sol nem tinha dado as caras quando ele seguiu na direção do barulho que vinha de uma moita próxima à cerca do pequeno sítio. Sabia que o som era muito semelhante ao de um grilo, mas quem sabe fosse algo diferente?

Queria que fosse.

Ele estendeu o braço, afastou alguns galhos de crisântemo e pôde finalmente constatar que se tratava mesmo de um inocente grilo.

— Mas é claro! Só podia ser... — disse, desanimado.

Olhou para o cenário estático ao redor; nenhuma folha se mexia. Respirou fundo tentando pensar em algo que pudesse livrá-lo daquele tédio. Ficou ali mais um tempo. Ouviu o galo cantar as mesmas notas de toda manhã e viu o sol despontar ao longe por detrás das montanhas de sempre. Voltou, então, para dentro da casa resignado com a excitante missão de escovar os dentes.

Encontrou Dona Eulália colocando as últimas xícaras de café sobre a mesa. Ela se assustou quando Tibor surgiu na porta da cozinha.

— Ora, menino! Acordado tão cedo?

— Ahã — resmungou ele.

— Bom dia! — disse ela, examinando-o.

— Dia... — Tibor ia passando direto pela cozinha em direção ao quarto quando a professora pousou a mão no ombro dele.

— O que está acontecendo com este menino? — perguntou Eulália, enquanto olhava fixo para os olhos verdes-folha do garoto.

A mãe de Rurique tinha um jeito peculiar de entender as coisas; ela fazia perguntas como se estivesse falando consigo mesma. Para Tibor, isso tirava dele a obrigação de responder, o que era muito bom, pois naquele exato momento não estava a fim de falar sobre o que o afligia, mesmo porque nem ele mesmo sabia ao certo o que era. Mas como Dona Eulália continuava a olhar para ele com ar de interrogação, Tibor resmungou:

— Nada.

— Nada? — enfatizou ela, erguendo as sobrancelhas. — Então por que pulou da cama tão cedo?

— Estou com pouco sono, só isso — respondeu Tibor, coçando os cabelos despenteados.

— Pouco sono e um bafo horrendo de jacaré. Vá escovar os dentes e aproveite para acordar Rurique e sua irmã! — Dizendo isso, bagunçou um pouco mais os cabelos de Tibor, com um afago maternal.

O garoto não precisou acordar o amigo e a irmã, porque ambos já esperavam do lado de fora do único banheiro da casa, com a escova de dentes na mão. O banheiro estava ocupado e Tibor entrou na fila com a mesma cara de desânimo. A descarga soou dentro do banheiro e a porta se abriu revelando Seu Avelino, pai de Rurique, com o rosto inchado de sono.

— Bom dia, crianças... — disse ele, num bocejo.

Os três resmungaram um bom-dia e entraram ao mesmo tempo no banheiro. A pia mal dava para uma pessoa, mesmo assim os três se debruçaram sobre ela para escovar os dentes. Tibor lembrou-se que voltariam ao sítio da avó em poucas horas, e essa lembrança trouxe um pouco mais de cor à sua manhã. Quem sabe lá teriam alguma novidade?

Sentaram-se à mesa para tomar café com a barriga roncando de fome. A mesa não era como a do sítio da família Lobato, mas não deixava de ser farta. Manteiga caseira e pão fresco era a combinação ideal para as várias canecas de leite quente com achocolatado. Entre um bocejo e outro, todos iam despertando lentamente enquanto enchiam o estômago com um café da manhã reforçado. Por fim, ajudaram lavando cada um sua louça suja, todos se sentindo com alguns quilos a mais do que quando haviam se sentado. Depois, os três foram para o quarto arrumar as mochilas para partir.

— O que é esse pacote aí? — quis saber Sátir, apontando para um embrulho malfeito na mão de Rurique.

— Nada, não — disse o menino, enfiando o pacote de qualquer jeito dentro da mochila. Mas vendo o ar de decepção da amiga, completou: — Desculpe!

Tibor reparou nas duas espadas de madeira sobre a cama de Rurique e se lembrou das brincadeiras de luta com o amigo e, principalmente, da disputa de Rurique com Miguel Torquado, que fizera com que a ponta de uma das espadas se quebrasse, no final da quaresma do ano anterior.

— Vai levar as espadas? — quis saber Tibor.

— Mas é claro, amigão! Não acha bom praticar mais um pouco? Quem sabe assim você volta a sorrir de vez em quando? Se bem que eu duvido muito, se continuar lutando como de costume...

— É verdade, maninho! — interrompeu Sátir, sentando-se na cama ao lado do irmão. — Temos reparado que você anda de cara amarrada ultimamente. Vai dizer de uma vez o que está acontecendo ou não?

— Ah, não é nada — respondeu Tibor, irritado.

— Ei, qual é? — retrucou Rurique. — Você não engana a gente. — O menino fechou a porta do quarto para ninguém escutar a conversa. — Pode desembuchar! Anda, comece a falar! — disse ele, sentando-se numa banqueta e encarando o amigo com os braços cruzados.

Tibor olhou sem jeito para os dois, coçou a cabeça e pensou um pouco antes de começar.

— O que querem que eu diga?

— Ora, seja lá o que for que...

Sátir parou de falar quando ouviu Dona Eulália chamando da cozinha:

— Meninos, se apressem! Prometi à avó de vocês que chegariam a tempo de ajudá-la com o almoço.

Sátir e Rurique bufaram.

— Tá legal, maninho — disse a menina, o dedo indicador apontado para o irmão. — Assim que colocarmos o pé na estrada, você vai ter de abrir o jogo com a gente. Estamos combinados?

Tibor assentiu, aliviado por adiar aquele papo chato por mais um tempo, e os três trataram de terminar a arrumação das mochilas.

Tinha chegado a hora da despedida. Dona Eulália já estava com lágrimas nos olhos, como sempre acontecia quando se despedia de alguém. Nesses momentos, seu lado mãe falava mais alto que seu lado professora. Ela trouxe uma travessa coberta com um pano de prato, que entregou ao filho. Pela cara dele, devia estar bem pesada.

— Fiz doce de banana para levarem à avó de vocês — disse ela, toda orgulhosa.

Então vieram os abraços, e Tibor sabia que a parte chata da despedida estava prestes a começar: os avisos e recomendações.

— Isto vale para vocês três — começou ela, agora com cara de sermão.

Lá vem..., pensou Tibor.

— A quaresma está chegando, é preciso ter muito cuidado com...

Enquanto Dona Eulália continuava sua ladainha, a cabeça de Tibor viajava para outro lugar. O menino tinha muita estima pela família do amigo, mas já estava cansado de ouvir as mesmas recomendações. Já sabia tudo aquilo de cor. Era algo que todo habitante dos sete vilarejos estava cansado de saber.

Lembrou-se de Rurique explicando, logo que ele e a irmã tinham chegado ao sítio, que a quaresma era uma época em que coisas estranhas aconteciam. Seres fantásticos surgiam para assombrar os habitantes, como a Mula Sem Cabeça, o Lobisomem e a Cuca. Então buscou na memória todas as aventuras que tinham vivido na última quaresma. Não era possível que apenas ele estivesse ansioso para que aquela época voltasse!

— ...entendido, mocinho? — Tibor foi despertado do devaneio com a mãe de Rurique a sua frente.

Ele a encarou por um tempo, com medo de que ela percebesse que não prestara um pingo de atenção no que ela havia dito.

— Prestou atenção no que eu disse? — insistiu ela. Parecia que o "modo professora" estava ativado.

— Ah, claro! — disse ele, coçando a cabeça, sem na verdade ter ouvido nada.

— Ótimo! — disse Dona Eulália, dando-se por satisfeita.

Ela deu um último abraço em cada um, dessa vez mais demorado e apertado, e eles enfim partiram.

Ao olhar para trás, Tibor viu, já com um pouco de saudade, os pais de Rurique acenando para eles. Seu Avelino com o sorriso largo de sempre, e Dona Eulália com o pano de prato na mão, sacudindo-o num aceno exagerado.

Apesar do sol, um friozinho insistia em arrepiar os pelos dos braços dos três de vez em quando. Já tinham passado pela primeira curva da estrada, e a casa de Rurique já ficara para trás. Por mais que tentassem evitar, a lama causada pelas chuvas sujava os tênis e as barras das calças deles. Por duas vezes, Rurique tomou um escorregão que o fez sujar os joelhos e quase derrubar a travessa com o doce de banana. Claro que o garoto soltou um xingamento, mas nada comparado à indignação de Tibor ao pisar numa poça d'água quando passavam por uma quaresmeira gigante que cobria a estrada.

— Mais essa agora! — disse ele, sacudindo o pé, resmungando e fazendo cara feia. — Não aguento mais essa droga de chuva que deixa tudo cheio de lama!

Sátir, cansada do mau humor do irmão, resolveu interferir.

— Ok, parou. Parou tudo! Não saio daqui enquanto você não contar o que está te chateando, Tibor. — Ela colocou a mochila numa das poucas partes secas do chão, protegidas pela grande quaresmeira.

Tibor bufou e olhou para Rurique buscando apoio, mas o olhar do amigo era tão inquiridor quanto o da irmã. Viu que não tinha saída. Era hora de abrir o jogo.

— Vocês não acham que está tudo calmo demais? — começou.

— Calmo demais? E desde quando isso é ruim? — perguntou Sátir.

— Claro que é ruim! — Pela cara de Rurique e da irmã, Tibor notou que não estavam entendendo nada. — Pessoal, só estou entediado, tá legal? — O tom de raiva era evidente em cada palavra.

— Entediado? Por quê? Não se divertiu lá em casa? — quis saber Rurique, começando a se preocupar.

— Não estou entendendo, Tibor — Sátir cruzou os braços.

— É exatamente esse o problema. Não tem nada de errado, tudo está perfeito. Perfeito até demais! Nosso dia a dia é sempre igual — disse ele, com irritação. — Estou cansado das mesmas coisas, todo santo dia. Por acaso não sentem falta de um pouco de... — pensou em algo pra dizer — aventura?

— Mais aventura? Já não vivemos aventuras demais na quaresma passada? — perguntou Sátir, meio indignada.

— É, mais aventura! — disse ele com convicção. — Não sei vocês, mas *eu* estou ansioso para que a quaresma comece. — Nesse momento, Rurique estremeceu e olhou o amigo, assustado. — Pelo menos, vamos sair desse marasmo... Vão acontecer algumas surpresas...

— *Perigos*, você quer dizer — Sátir cortou com ironia.

— É, pode até ser — continuou Tibor, ainda mal-humorado.

— Não acredito! — exclamou Rurique, abismado. — Pelo que eu me lembro, quase morremos no ano passado e ficamos aliviados quando a quaresma terminou. Já não foi o suficiente ver sua avó correndo risco de morte?

— Mas por que é que todo mundo só quer ver o lado ruim das coisas? Não foi bom descobrirmos sobre nosso bisavô? — perguntou Tibor, encarando a irmã. — E o Roncador? — Depois olhou para o amigo. — E o Boitatá?

— Esqueceu o Saci? Os trasgos? — rebateu Rurique.

— Ou quem sabe as nossas tias-avós? — disse Sátir, afiada. — Se não se lembra, você foi sequestrado e quase sacrificado para a Cuca, um sacrifício preparado pelo próprio Saci!

— É só tomarmos mais cuidado desta vez. Só isso.

— Só isso? — repetiu Sátir, indignada. — Pois eu acho que você está completamente biruta, maninho. A quaresma está chegando e precisamos nos preocupar em nos manter vivos. Nós, mais do que ninguém, sabemos o quanto ela pode ser perigosa, pois dá poder a esses seres. Sabemos que nessa época eles estão livres para fazer o que quiserem. Eu é que não quero cruzar o caminho deles.

— Nem eu! — frisou Rurique.

Os três ficaram em silêncio por um tempo. O peito de Tibor arfava e ele encarava a poça d'água em que havia pisado e que despertara sua ira desproporcional; era como se aquela pequena poça devesse lhe dar respostas ou soluções para o que ele estava sentindo, mas ela só mostrava o reflexo das flores arroxeadas da enorme quaresmeira e a testa franzida de um menino ranzinza que ele mal reconhecia.

Sátir se aproximou do irmão e disse com a voz mais calma:

— Maninho — ele não olhou para ela, mas isso não a fez parar —, não sei bem o que está acontecendo com você, mas todos somos amigos aqui e precisamos confiar uns nos outros. A mãe sempre falava, "Não esconda o que está sentindo, divida com a gente", lembra? Faça isso, podemos ajudar.

Tibor a encarou e respondeu com uma agressividade que a espantou.

— Mas quem é que está escondendo coisas aqui? — E num movimento ríspido tirou o velho boné da cabeça da irmã. — O que me diz dessa espinha enorme aí na testa?

— Mas o que isso tem a ver com... — ela começou, magoada, enquanto Tibor estendia o braço para a mochila de Rurique.

— Não sou só eu que esconde coisas por aqui! — ele disse, ensandecido, enquanto abria a mochila do amigo, tirava dali o embrulho e rasgava o papel com violência, revelando uma plaquinha esculpida em madeira com os dizeres: "BEM-VINDO AO SÍTIO DA FAMÍLIA LOBATO".

Rurique ficou um tempo com os olhos pregados na placa, depois baixou a cabeça, entristecido com a atitude do amigo.

— Isso era para ser uma surpresa. Eu esculpi depois do final das aulas, ia dar a vocês de presente quando voltássemos ao sítio. É por terem me ajudado com os estudos.

O clima tenso pesava em volta dos três. Tibor sentia que tinha pisado na bola e, ainda segurando a placa de madeira, não sabia como reverter a situação.

Depois de algum tempo, Sátir quebrou o silêncio.

— Pronto? Está feliz agora, Tibor? Porque não acredito realmente que uma espinha e um pacote sejam motivos para um acesso de raiva. — Rurique nada dizia e mantinha a cabeça baixa, então Sátir continuou:

— Espero que essa explosão completamente sem sentido pelo menos tenha feito você se sentir melhor. — Ela pegou o boné das mãos do irmão e o jogou no chão. — Porque estamos prestes a começar uma nova quaresma e *precisamos* ficar unidos. Estando você entediado ou não. Vamos continuar andando, ainda falta um bom pedaço até o sítio. Estou ansiosa para ver nossa avó e dar um abraço nela. — Dizendo isso, ela colocou a mochila nas costas e começou a caminhar.

Tibor foi até Rurique e devolveu a placa, dizendo baixinho:

— Desculpe, fui um idiota.

O amigo empurrou a placa de volta.

— Pode ficar, é presente. Mas era para ser uma surpresa. — Ele ajeitou a mochila nas costas e ficou de frente para o amigo. — É, você foi mesmo um idiota, mas eu desculpo, sim — disse. Depois balançou a cabeça. — Só tome cuidado com o que deseja na quaresma, amigão — e foi atrás de Sátir, deixando Tibor sozinho com seus pensamentos.

Quando o garoto retomou a caminhada, já tinham se passado uns vinte minutos. Pegou o velho boné do chão, limpou o barro que havia nele e lembrou-se de que aquele tinha sido um dos últimos presentes que ganhara do pai. Então, seguiu atrás da irmã e do amigo.

Sentia vergonha do que havia feito, não sabia explicar sua raiva constante e queria que aquele tédio passasse logo. Se pudesse voltar no tempo, agiria diferente. Só queria que tudo ficasse bem entre eles de novo, mas sabia que Sátir e Rurique estavam chateados com sua atitude sem sentido. As palavras do amigo pesaram em sua consciência como se estivessem coladas com Super Bonder em seu cérebro, e ele questionava se devia ou não se sentir culpado por desejar que a quaresma chegasse logo. Pelo que se lembrava, a última não parecia ter sido tão perigosa quanto todos diziam. Ou será que ele não queria se lembrar? Claro que em alguns momentos eles tinham corrido grandes riscos, mas Tibor se sentia confiante e capaz de enfrentar o que viesse... Podia até estar equivocado, mas ainda assim queria que a quaresma chegasse logo, não aguentava mais aquele marasmo. Queria algo novo, algo que quebrasse a rotina.

E como se alguém o escutasse e realizasse seus desejos, ao chegar à porteira do sítio encontrou um papel preso numa fresta da madeira, próximo às dobradiças. Rurique e Sátir não deviam ter visto.

Pegou o papel de cor creme e o desdobrou depressa. Era um convite escrito numa letra bonita e caprichada:

Tibor Lobato, Sátir Lobato e Rurique de Freitas,

Vocês estão convidados para a minha festa de aniversário, que se realizará no dia 8 de março, a partir das 19h, na Estrada Velha, 1028, Vila do Meio.

Atenciosamente

Rosa Bronze

— Ufa! Até que enfim alguma coisa fora da rotina! — exclamou o menino em voz alta, guardando o convite com todo o cuidado no bolso. Olhou para o sítio a sua frente e uma felicidade tremenda invadiu seu peito, fazendo-o se esquecer da discussão com os amigos. Só queria dar um beijo na avó; rever o curral, o galinheiro e o poço, dormir em sua cama e comer as coisas gostosas que a avó preparava na cozinha; ficar na frente do fogo da lareira, comer manga no pé carregadinho e fazer os milhões de coisas que o deixavam feliz naquele lugar.

Abriu a porteira e seguiu em frente, mais animado.

2

VISITA INDESEJADA

Tibor foi descendo a ladeira da entrada do sítio, o sol batendo no telhado molhado do sobrado, enquanto seus pés chapinhavam na grama encharcada. Olhou para a direita e viu o poço e o curral.

Mimosa deve estar dormindo como sempre, aquela preguiçosa!, pensou.

Mimosa era a vaca leiteira que ficava no curral. Sempre achou o nome muito previsível para se dar a uma vaca de sítio, mas nunca dissera nada, pois não conseguia imaginar um nome que combinasse melhor com a Mimosa. À esquerda, ficava o galinheiro, perto da casa da árvore, que João Málabu os ajudara a construir no aniversário de 16 anos de Sátir, em meados de outubro. O talento de Rurique para a marcenaria também tinha contribuído para encurtar o trabalho em muitas horas. Ele se lembrou das noites em que dormiram na casa da árvore e também dos dias passados ali dentro, ajudando Rurique a estudar para suas várias matérias de recuperação. Na época, o tráfego de livros e cadernos era tão intenso que a casa da árvore mais parecia uma biblioteca improvisada.

Tibor apertou o passo, doido para entrar em casa e matar a saudade. Estavam fora há apenas um mês, mas aquele lugar era tão maravilhoso e acolhedor, em comparação com o Orfanato São Quirino onde ele e a irmã estavam antes de morar no sítio, que alguns dias longe dali pareciam uma eternidade.

Estava subindo os degraus da varanda quando viu Sátir e Rurique ali, tentando espiar pela janela.

Já deveriam ter entrado, chegaram bem antes. Devem estar esperando que eu peça desculpas!, pensou Tibor.

Chegou perto dos dois, respirou fundo e começou:

— Pessoal, eu sei que pisei na bola e gostaria de...

— Shhh! — fez Rurique, com o dedo sobre os lábios.

Tibor achou a atitude do amigo um pouco rude, mas, comparada com a sua, era até compreensível, e tentou continuar:

— Sei que peguei pesado com vocês quando...

— Cale essa boca! — mandou a irmã.

Tibor fez cara feia para a irmã e achou que eles já estavam exagerando.

— Eu só estou tentando pedir desc... — Mas foi cortado de novo, quando Sátir tapou sua boca num movimento rápido.

Ele olhou para ela, perplexo, mas mudou de expressão quando ela começou a explicar, sussurrando:

— Ouvimos vozes dentro da casa, tentamos entrar, mas a porta da frente e a dos fundos estão trancadas. — Ela tirou a mão da boca de Tibor.

— A vó deve estar recebendo visitas, Dona Arlinda costuma vir tomar café da tarde com ela. Não sei por que tanta preocupação. Dona Arlinda deve ter vindo mais cedo, só isso — concluiu Tibor.

— Quer fazer o favor de falar baixo? — reprimiu a irmã novamente.

— Mas...

— Pode ter certeza de que não é a Dona Arlinda — disse Rurique categórico, com ar de mistério, tentando uma última vez olhar pela janela.

Rurique e Sátir seguiram pela lateral da casa e Tibor, ainda achando que a irmã e o amigo estavam se preocupando à toa, olhou pela janela. Pela fresta da cortina pôde ver a avó sentada tranquilamente na cadeira de balanço de que tanto gostava. Seus aparatos de tricô estavam ao lado, sobre a mesinha do abajur, mas ele não conseguia ver se ela tinha companhia. Tudo dentro da casa parecia normal. Então seguiu os outros dois, que já estavam abrindo a janela da cozinha com o máximo cuidado para não fazer barulho.

— Não seria mais fácil a gente bater na porta? — sussurrou Tibor. — Ela vai abrir com toda a certeza. A gente mora aqui, pô!

— Tibor, fique quieto! — mandou novamente a irmã. — Ouvimos pedaços da conversa e conhecemos a voz da pessoa que está com ela. Se for quem eu espero que NÃO seja, a nossa vó pode estar correndo perigo!

As palavras da irmã foram como um choque elétrico nos nervos do menino. A avó em perigo era algo que ele não podia aceitar de maneira nenhuma e, mesmo sem saber muita coisa, resolveu acatar o plano dos dois.

Rurique ajudou Sátir a passar pela janela. Quando a menina se apoiou na pia da cozinha, estendeu a mão e puxou Rurique para dentro. Tibor esperava que os dois o ajudassem a subir, mas eles sumiram dentro da casa sem oferecer nenhuma assistência.

—Afff! — bufou ele. — *Ainda estão bravos comigo!* — pensou. Pôs-se então a subir sozinho pela janela. Desceu sobre a pia da cozinha e por pouco não derrubou um copo com um chute. Imaginou o que a irmã faria com ele se o copo tivesse caído no chão. Desceu da pia e andou pela cozinha atrás dos dois, que estavam na porta da sala tentando escutar a conversa. Não conseguiram ouvir muita coisa, pois Dona Gailde e a outra pessoa falavam baixo, como se não quisessem ser ouvidos. Escutaram a voz da avó dizendo coisas que não faziam muito sentido.

—...Muiraquitã... — foi uma das coisas que entenderam bem, depois de algumas palavras sem nexo — ...seus filhos... causar danos... proteção... cuidado com... — e murmúrios que não conseguiram identificar. — ...troca... faz parte do nosso acordo.

Os três se entreolharam surpresos e com um pouco de medo.

— Acho que é quem eu penso que é, conheço esse cheiro — sussurrou Sátir.

Tibor farejou o ar e percebeu que o cheiro de fumo era mesmo familiar, mas, antes que pudesse confirmar com a irmã, sua espinha dorsal gelou ao escutar o desconhecido falar.

—...trato feito... Protejo... e você protege... cumpra sua parte...

O resto da frase não ficou clara, mas Tibor não teve mais dúvida sobre a identidade do estranho ao ouvi-lo acabar a frase num: Êh-êh!

A certeza veio como um trovão.

Era Sacireno Pereira. O próprio Saci, que tinha posto a vida da avó em risco um ano atrás, estava ali na sala, fazendo, ao que parecia, algum tipo de acordo com Dona Gailde.

Tibor não se aguentou, seu sangue ferveu, e ele invadiu a sala.

— O que você está fazendo aqui? — perguntou Tibor com a voz firme.

Sacireno Pereira continuou sentado onde estava, sobre o tapete branco felpudo da sala, e moveu nada mais que seus olhos vermelhos na direção do garoto.

Ele era um homem já velho, de pele bem escura e corpo franzino. Trajava uma roupa surrada e suja, e na cabeça tinha um gorro todo amarrotado, de um tom vermelho esmaecido. Seus dedos magros e compridos seguravam o cachimbo. Eles pareciam uma víbora prestes a dar o bote.

Sátir e Rurique entraram na sala também e ficaram ao lado de Tibor. Rurique trazia um garfo em cada mão em posição de ataque, para o caso de precisar defender o amigo.

— Calma, crianças! — disse Dona Gailde. — Sacireno está aqui hoje em paz, não é isso? — disse ela virando-se para o Saci, que deu uma tragada ameaçadora no cachimbo e, apesar disso, fez que sim com a cabeça.

— Como tem coragem de entrar aqui depois de tudo o que fez? — perguntou Tibor, num misto de indignação e ódio, sem se deixar impressionar pelo que a avó acabara de dizer.

Ele estava com uma expressão dura no rosto, assim como os outros dois, que também não entendiam o que aquele monstro fazia sentado na sala deles. A última vez que tinham visto Sacireno havia sido na briga que travaram no Oitavo Vilarejo; desde então, o Saci estivera desaparecido e o sítio de Seu Pereira, abandonado. Era, no mínimo, muito estranho vê-lo ali agora, conversando amigavelmente com a avó.

E a quaresma ainda nem tinha começado!

Os punhos de Tibor estavam cerrados, prontos para a briga, mas a avó se levantou e disse na maior calma do mundo:

— Tibor, Sátir e Rurique, quero que subam para o quarto de vocês até que eu termine de conversar com Sacireno!

Os três começaram a falar ao mesmo tempo, protestando, perplexos, dizendo que não a deixariam sozinha com aquele "coisa ruim". Só pararam de falar quando Sacireno se levantou, equilibrando-se em sua única perna. Tibor tremia de raiva só de ver cada pulo do Saci contaminando seu tapete favorito.

— Num tem problema, Dona Gailde. — Ele deu mais um trago no cachimbo e soprou a fumaça densa no meio da sala, espalhando um fedor de fumo que parecia impregnar tudo. — Já terminamo nossa conversa. Ocê já entendeu e eu já entendi. O trato tá feito e eu já tenho sua palavra. Num tenho mais nada pra falá. — Então, sem pressa, foi aos pulos até a porta da frente. Os olhares todos voltados para ele.

— Pois bem, se concordamos, não temos mesmo mais nada que conversar — disse ela destrancando e abrindo a porta.

Tibor analisou a expressão da avó enquanto ela falava. Viu que as rugas de seu rosto estavam bem mais acentuadas do que se lembrava, e seus cabelos, apesar de ainda ter fios avermelhados, estavam bem mais grisalhos. Ele pensou no que faria com o coitado que ousasse fazer algum mal a ela.

— Espere um pouco aí! — disse Tibor num repente, olhando da avó para Sacireno e vice-versa. — Que acordo é esse? — Então fixou os olhos em Gailde. — Vó, a senhora está fazendo acordo com esse... — pensou um pouco e completou — assassino?

Sacireno encarou Tibor, mas o menino não se intimidou. Encarou o velho magricela também, com fúria nos olhos, tentando deixar bem claro que não tinha medo. Então o Saci falou bem perto do rosto do garoto, com a boca exalando fumo e desprezo:

—Êh-êh! Isso é assunto de gente grande, menino besta. Num te interessa! — e se retirou aos pulos, sem perder a calma, com uma risada de deboche, deixando Tibor e os outros fervendo de raiva.

Quando Sacireno chegou à porteira, Gailde fechou a porta e se virou para os três.

— Quem está com fome? — perguntou, como se nada tivesse se passado naquela sala.

— Que fome, nada, vó! — rebateu Sátir. — Queremos é saber o que aconteceu aqui.

Dona Gailde foi para a cozinha, com ar de quem não ia cooperar.

— Lamento, minha neta, mas prometi não contar. Apenas saibam que fiz um trato com Sacireno, um trato por enquanto secreto. E se é secreto, não podem saber — e começou a pegar as panelas e a acender as bocas do fogão.

— Vó, como assim? Que trato? — insistiu Tibor. — Prometeu segredo a um assassino?

— Não adianta insistir, mocinho, não posso mesmo dizer. Só precisam saber que Sacireno não criará problema durante a próxima quaresma. Ou seja, vocês não precisam se preocupar com ele. — Ela deu um longo suspiro e seus olhos passearam por cada um dos três com um ar maternal. — Ah, venham cá e deem um abraço na avó de vocês, eu estava morrendo de saudades, puxa vida!

Os três abraçaram Dona Gailde, mas nenhum deles engoliu aquela história. E todos matutavam um jeito de saber do que se tratava a conversa dos dois e que trato era aquele, mesmo enquanto os dedos da senhora lhes faziam um carinho nos cabelos.

Foram buscar as mochilas e a travessa de doce de banana que tinham deixado do lado de fora da janela da cozinha e Gailde agradeceu muito o doce que Dona Eulália lhe mandara. Então os três se puseram a ajudar com o almoço.

O dia passou e, apesar da visita inesperada de Sacireno, a rotina voltou a se instaurar. As tarefas foram feitas como de costume. O galinheiro, Mimosa no curral, a horta, tudo foi cuidado. Eles se divertiam entre uma tarefa e outra, mas, ainda assim, não tiravam da cabeça a estranha conversa com o Saci.

Ao pôr do sol, Tibor pendurou na porteira a placa que Rurique esculpira e lhes dera de presente. Ela parecia combinar perfeitamente com a aparência rústica do lugar.

Já era noite quando os três foram tomar banho. E, como não tinham tido muito tempo para tratar do assunto que não lhes saíra da cabeça o dia todo, reuniram-se no quarto de Tibor para conversar depois que Dona Gailde se recolheu para dormir.

— O que será que Sacireno queria? — começou Tibor. — É muita ousadia dele vir aqui.

— Eles falaram alguma coisa sobre "filhos nascerem" — falou Rurique.

— Eu ouvi isso também — disse Sátir. — Mas filhos de quem?

— Não sei, mas meu pai me contou algumas coisas... — especulou Rurique.

— Que coisas? — Sátir estava disposta a escutar, porque já não duvidava mais das histórias de Rurique.

— Meu pai disse que os filhos do Saci nascem de sete em sete anos. São muitos e ao nascerem destroem tudo, parece um vendaval ou uma tempestade, sei lá! Mas arrasam com tudo.

— Ei, eu me lembro de ouvir nossa avó falar de uma tempestade que aconteceu seis ou sete anos atrás e devastou tudo. Deixou os cachorros, as vacas e os outros animais cheios de nós no rabo, na crina e nos pelos.

— Pessoal, acorda! Sacireno tendo filhos? — falou Tibor, sem acreditar.

Os três permaneceram calados por um tempo até que Tibor se lembrou do rosto de Sacireno encarando-o bem de perto. — Eu devia... Não sei por que não fui pra cima dele.

— Nem eu! — disse Sátir. — Temos de sondar, ficar de olho, o Saci é bem esperto, já causou problemas demais e sempre se saiu bem com sua inteligência e seu egoísmo. O fato de não conhecermos o nosso bisavô é prova disso.

— Ah! Eu devia ter partido a cara dele no meio! — disse Tibor, irritado, ao se lembrar do bisavô. Para extravasar a raiva, deu um soco no colchão.

— E ia adiantar o quê? — disse Rurique, tentando botar a cabeça do amigo no lugar. — Da última vez, tomamos uma surra federal e, se não fosse o Boitatá... — O menino olhava de Tibor para Sátir. — Além do mais, Dona Gailde disse que ele estava aqui em paz.

— Paz? — repetiu Sátir. — Como pode ter acreditado nisso? Ele é um assassino, esqueceu? — A menina já estava de pé, assim como o irmão.

— E por que ela mentiria para nós? — retrucou Rurique.

Tibor e Sátir não souberam o que dizer. O silêncio seria total se não fosse o andar nervoso, de cá para lá, dos irmãos Lobato.

— Rurique tem razão, Sátir — admitiu Tibor, fazendo a irmã olhar para ele, confusa. — Nossa avó sabe, mais do que nós, do que o Sacireno é capaz. Ainda assim, deixou que ele entrasse e fez um acordo com ele na nossa sala. Acho que ela sabe muito bem o que está fazendo.

— Ela pode ter sido ameaçada! — argumentou a menina. — Que eu me lembre, uma das primeiras coisas que escutei da conversa deles foi "Muiraquitã". E se Sacireno forçou um acordo com a nossa avó porque não temos mais a pedra que invoca o Boitatá? Já pensou?

O menino pensou um pouco antes de responder.

— Pois bem — disse, suspirando —, acho que vamos ter de esperar para descobrir. Enquanto isso, precisamos ter cuidado.

Sátir e Rurique olharam para ele desconfiados, pareciam estar diante de outro Tibor, com uma atitude bem diferente da que vinha demonstrando ultimamente.

— O que foi? — perguntou ele aos dois.

— Nada! — disseram ao mesmo tempo.

Rurique procurava sua toalha de banho e Sátir já ia voltando para seu próprio quarto quando Tibor, achando que aquele era um bom momento, chamou-os.

— Maninha e Rurique! — Os dois o olharam atentos. — Eu queria pedir desculpas por hoje, agi como um babaca. — Rurique concordou com a cabeça. — Eu não sei o que deu em mim e... — Ele buscava a palavra certa. — Não queria que a gente ficasse, vocês sabem... Poderiam...?

Sátir, incomodada em ver o irmão gaguejando daquele jeito, com tanta dificuldade por causa de um simples pedido de desculpas, não aguentou.

— Ok, seu bobo! — E foi logo dando um abraço no irmão. — Nós desculpamos você.

Tibor voltou a se sentir bem consigo mesmo, aliviado por não ter de se explicar mais e, entrando no clima afetuoso da amizade, que voltara ao normal, correspondeu ao abraço da irmã e se animou para contar aos dois sobre o convite que tinha encontrado na porteira do sítio.

— Que bom, uma festa! — comemorou Rurique. — E é do lado da minha casa! No sítio da família Bronze.

Tibor releu o nome de quem os convidara: Rosa Bronze.

— Enfim, algo para livrar você do tédio, não é, maninho? — disse a menina jogando um travesseiro no irmão.

Tibor deu risada e brincou, fingindo um ar de nojo.

— Tá bom, agora, por favor, quer tirar essa espinha gigante de perto de mim?

— Espinha gigante? — repetiu ela, envergonhada.

— MONTINHOOOOO! — gritou Rurique, correndo na direção dos irmãos e se jogando sobre eles. Os três caíram no chão, em meio aos travesseiros, dando risadas tão altas que quem passasse na estrada, em frente à porteira do sítio, poderia escutá-las.

— Crianças, já para a cama! — gritou a voz abafada da avó, do quarto dela. Os três tentaram parar de rir ou abaixar o volume das risadas, mas isso era quase impossível. Parecia que a irritação de Tibor, ao menos por enquanto, tinha dado uma trégua.

— Não acho boa a ideia de ir a esse aniversário! — dizia Dona Gailde à mesa do café na terça-feira de manhã. Os três começaram logo a resmungar, e ela continuou: — Estamos às vésperas de uma nova quaresma e acho que estarem longe de casa, bem na hora da virada da meia-noite, é muito perigoso.

Sátir e Rurique pararam um pouco para pensar nos argumentos da avó. Mas Tibor não parecia disposto a ceder.

— Vó, eu não acredito! Vamos estar pertinho da casa de Rurique. Não vai ter problema nenhum; afinal, o que tem demais a quaresma? — Nessa hora todos à mesa olharam para ele surpresos. — É isso mesmo, não tenho medo da quaresma. E acho que vocês também não deveriam ter! Ano passado nada aconteceu com a gente na virada.

— Ah, não? Esqueceu-se do gorro no sítio do Seu Pereira? — perguntou Sátir com ironia. — Ou então daquela velha misteriosa de pés gigantes que farejou a gente? — Àquela altura, a avó já conhecia todas essas histórias.

— Estávamos sozinhos naquela época. Pessoal, o que há com vocês? A quaresma nos trouxe o Roncador, o que foi uma tremenda bênção, e por conta disso a mãe dele nos tirou do apuro com os trasgos.

Dona Gailde ficou em silêncio por um tempo, analisando o neto, enquanto se servia de mais queijo branco e goiabada. Então, disse:

— Tibor, eu gostaria de saber o que há com você. Percebo uma inquietação incomum há algum tempo e isso não lhe faz nada bem! — O menino fez uma cara mal-humorada. A mesma que desaparecera na noite anterior, mas que agora estava ali de volta, bem viva em suas feições.

— Pedi à Dona Eulália que recebesse vocês dois na casa dela por um mês para que você respirasse novos ares, mas vejo que voltou o mesmo. Irritado e entediado! Posso saber o que está acontecendo?

Os três encararam o menino à espera de uma resposta.

— Querem mesmo saber o que há comigo? — perguntou Tibor com uma ferocidade incomum no olhar. — Eu estou ansioso para que chegue a quaresma, é isso! Ao contrário de todos vocês, eu não tenho medo do que possa acontecer. Estou pronto para qualquer artimanha das minhas tias-avós e tenho pena delas. Se cruzarem meu caminho, vou estar pronto para elas também. Elas se acham tão perigosas assim? Pois bem, que venham me conhecer!

— Já disse para tomar cuidado com o que deseja, Tibor — alertou Rurique.

— Maninho! Você está me assustando. Não fale assim! — disse irritada a menina.

— Sátir — disse Dona Gailde — Não tem problema, o tempo irá mostrar a ele que está errado.

— O tempo? — disse Tibor se levantando da cadeira. — Por mim, ele podia passar um pouco mais depressa, porque ainda falta um dia para a quaresma começar. — Então ele deixou a mesa e foi para a frente da casa, subiu as escadinhas da casa da árvore e se refugiou ali com sua raiva. Deitou-se no piso de madeira e constatou que já fazia um bom tempo que não subia lá.

Seus pensamentos estavam agitados, não sabia por que tinha ficado tão nervoso de uma hora para outra. Queria mesmo que a quaresma começasse para que ele pudesse dar vazão a essa raiva, descontando em alguma coisa. Virou-se para o lado e viu num canto duas garrafas grandes de vidro vazias. Perto delas, vários frasquinhos parecidos com os que a avó usava para pôr os remédios que fazia para João Málabu se curar de sua doença desconhecida. Mas o que estariam fazendo ali em cima, na casa da árvore?

Não estava com cabeça para pensar naquilo, queria era tirar um cochilo e esquecer que tinha sido rude com as pessoas que mais amava no mundo. As paredes, que eles mesmos tinham pintado de amarelo alguns meses antes, traziam conforto ao menino. Quando pingos de chuva começaram a batucar no teto da casinha de madeira, Tibor pegou no sono.

CLAP, CLAP, CLAP, CLAP.

Tibor foi despertado por alguém que batia palmas junto à cerca. Na certa, algum entregador ou uma amiga da avó chegando para um chá ou um café.

O menino não viu outro jeito a não ser descer, porque, passados alguns minutos, as palmas continuavam e aparentemente ninguém no sítio se dignara a atender a pessoa. Ele então desceu a escadinha e foi até a porteira ver quem era.

O caminho até lá estava enlameado, mas a chuva já tinha passado. Na porteira, ele se deparou com algo que fez seu mau humor passar instantaneamente. Parada junto à cerca, estava uma garota loura que acenava para ele, sorridente.

— O-olá! — disse ele sem jeito, achando-se um perfeito idiota por gaguejar ao dizer uma palavra tão simples quanto "olá".

— Olá! — respondeu ela. A voz da garota soou como música aos ouvidos de Tibor, mas na hora ele não entendeu muito bem por quê.

— Eu vim para ter certeza de que vão ao meu aniversário hoje à noite. Com esse tanto de chuva que tem caído por aqui, fiquei com medo de o convite que deixei aqui na porteira não ter chegado até vocês. Você deve ser o Tibor, não é?

O menino demorou para entender a pergunta.

— Sim, sim, sou eu, sim.

— João me sugeriu convidar vocês — disse ela com um sorriso.

— João? Que João?

— João Málabu, nosso caseiro.

— Ah! Claro! João Málabu. Sei... — Tibor sentiu sua bochecha arder e, sem nem saber por que estava tão constrangido, deu uma risadinha para disfarçar.

— Ele disse que vocês são muito amigos dele, vai ser bem legal se vierem. Os convidados são quase todos adultos, sabe? Não conheço muita gente da minha idade por aqui. Então é só aquela conversa chata sobre negócios. Com vocês lá, vou ter companhia e poder conversar sobre coisas mais legais. Vocês vêm? Por favor, diga que sim!

Tibor pensou na opinião da avó sobre o assunto e tornou a olhar para a menina de olhos azuis e lindos cabelos loiros.

Como negar um pedido desses?

— Vamos sim! É esta noite, certo?

— Certo! Vejo que pegaram o meu convite antes da chuva. Então ótimo! — disse a menina. — Espero vocês lá! — Ela se virou para ir embora e Tibor a chamou de volta.

— Ei, espere! Qual é seu nome mesmo? — Ele corou, pois com certeza o nome da menina estava escrito no convite.

Ela riu e deu um tapinha na própria testa.

— Ai, que cabeça a minha! Nem me apresentei... — e estendeu a mão para Tibor por entre a cerca. — Muito prazer, meu nome é Rosa Bronze.

3

ROSA BRONZE

Se uma manga caísse lá do alto da mangueira direto na cabeça de Tibor, não surtiria sobre ele o mesmo efeito agudo e estonteante que o encontro com aquela menina.

Rosa Bronze! Ele não se esqueceria desse nome nunca mais. Ela parecia ter saído de um sonho. *Que voz!*, pensava ele. Com toda a certeza do mundo, ele iria àquela festa, nem que tivesse de prometer à avó algo em troca, como um ano sem sair de casa ou dois anos sem comer doces ou qualquer outro sacrifício. Queria de todo jeito ser amigo dela. Ele não sabia por que se sentia tão leve e animado, só sabia que aquele era um sentimento bom.

— Quem era na porteira, Tibor? — quis saber a avó, enquanto vinha na direção dele pelo gramado.

Tibor teve vontade de responder, *Acho que era um anjo!*, mas se conteve:

— Era a garota que vai dar a festa. Ela queria confirmar se iríamos ou não hoje à noite. — Tinha chegado a hora de tentar convencer a avó a deixá-los ir.

Dona Gailde se aproximou e, na metade do caminho, sentou-se num tronco no chão, onde costumavam fazer a fogueira e comer batata-doce, embaixo do pequeno jacarandá, que já começava a dar flores arroxeadas.

— Sente-se um pouco aqui com sua avó, Tibor, meu querido! — disse ela apontando o tronco.

O menino se aproximou devagar. Sabia que a avó queria lhe passar um sermão ou fazer algum comentário relacionado a suas atitudes recentes. Sentou-se ao lado dela com um pouco de medo do que estava prestes a ouvir.

Ela fitou-o nos olhos, parecendo ler seus pensamentos, e deu uma risadinha de leve. Passou o braço por trás de seu pescoço e aconchegou a cabeça dele em seu colo. O menino, sem entender a atitude da avó, ficou quieto, esperando que ela começasse o sermão, mas, em vez disso, sentiu apenas um cafuné. Ficou ali calado; o carinho da avó era bom e ele se sentiu cada vez mais tranquilo e desarmado. Só depois de um bom tempo, ela começou a falar.

— Somos sua família, Tibor! Nós te amamos muito. Quero que sempre se lembre disso! — Tibor permaneceu calado, o olhar perdido, sem se fixar em nada, toda a atenção concentrada nas palavras e nos afagos da avó. — Sua irmã me contou da discussão que tiveram na vinda para cá e me implorou para que eu deixasse vocês irem à festa. Disse que isso faria bem a você e que eu não precisava me preocupar, porque ela tomaria conta de você o tempo todo.

Tibor se levantou depressa do colo da avó.

— Então quer dizer que podemos ir? — O menino não gostava da atitude da irmã, que muitas vezes assumia o papel de sua "protetora oficial", mas ficou tão feliz com a perspectiva de ir à festa que soltou uma pequena gargalhada.

— Vai com calma, garoto, porque ainda estou ponderando sobre o pedido dela. Por hora, enquanto espera minha decisão, deixe essa velha senhora curtir um pouco mais seu netinho. — E Tibor voltou a se entregar aos carinhos da avó, enquanto agradecia à irmã em pensamento.

A correria dentro da casa era geral, todos queriam ficar impecáveis para a festa e se arrumavam com todo o capricho. Tibor despejava na roupa a colônia que ganhara no Natal, muito preocupado em ficar bem perfumado.

— Ei, me empresta um pouco? — pediu Rurique, apontando para o frasco, arrependido de ter pedido outro estilingue de presente de Natal.

— Ah, cara! Vai ficar com o cheiro igual ao meu?

— E qual é o problema? — retrucou o menino.

— Tibor?! — disse a avó, repreendendo-o, ao passar pelo corredor em frente ao quarto dos garotos.

— Tá bom! — disse ele, estendendo o frasco ao amigo com relutância. — Mas pode, pelo menos, passar só um pouco?

— TIBOR! — a voz da avó ressoou mais alta, numa segunda advertência, enquanto voltava pelo corredor.

— Tá, tudo bem! — resmungou o menino. — Use o quanto quiser!

Rurique abriu um sorriso de orelha a orelha e pôs-se a se encharcar do conteúdo do vidrinho.

Ambos dividiam o espelho da porta do armário, arrumando os últimos detalhes da roupa. Ambos com a camisa para dentro do jeans; Rurique com seu costumeiro suspensório e Tibor com o cabelo todo penteado para trás. Queria imitar o astro de um filme que tinham assistido no cinema em Diniápolis.

Depois foram chamar Sátir.

— Estamos prontos! — anunciou Tibor à porta do quarto da irmã.

— Nossa, acho que vocês exageraram um pouco no perfume! — exclamou Sátir com uma careta, ao sentir o cheiro que invadiu seu quarto.

Gailde ajudava Sátir a arrumar a gola da blusa que vestia.

— Vó, não acho que estou bem para ir a uma festa. Preferia ficar em casa.

— Que conversa é essa, minha querida? — perguntou Dona Gailde. — Você está linda!

— Linda? Olhem só pra mim! — Ela se virou de frente para a avó, o irmão e o amigo.

— Não vejo nada errado! — confessou Tibor.

— Nem eu — concordou Rurique.

— Só podem estar de brincadeira! — protestou a menina apontando para a testa. — Como posso aparecer lá com essa coisa no meio da testa? — Era a espinha que a atormentava outra vez.

Os dois garotos caíram na gargalhada, mas a avó logo os fez se calarem só com o olhar.

— Minha netinha — começou ela —, você é uma menina linda. Tenho certeza de que ninguém vai reparar nessa espinha. Além do mais, isso é completamente normal em sua idade...

— É, fique tranquila! É só a primeira de muitas — disse Rurique exibindo uma espinha no queixo e outra na bochecha.

— Já chega! — falou a avó ao perceber que, apesar de Rurique não ter falado por mal, seu comentário não estava ajudando em nada.

— Eu só quis ajudar... — disse ele, amuado.

— Acho que deveriam esperar lá na sala.

Antes que pudesse argumentar, Tibor puxou o amigo pelo braço na direção da escada e o levou direto para a cozinha. Rurique ficou sem entender nada.

Na geladeira, a dúvida dos dois era entre uma fatia de bolo de cenoura com cobertura de chocolate ou um pedaço de quindim.

Tibor ficou com o quindim e Rurique, com o bolo de cenoura.

— É bom mesmo não sairmos de barriga vazia, vai que lá a comida não seja boa... — ponderou Rurique com a boca cheia.

— Ou pior, vai que não tenha nenhuma comida? — acrescentou Tibor.

Na dúvida, acabaram com o resto do doce de banana que a mãe de Rurique havia mandado.

Depois de forrarem o estômago com doces, foram esperar na sala. Rurique se deitou no sofá e Tibor se estendeu no tapete felpudo. Enquanto a lareira crepitava no canto, uma garoazinha fina começou a cair e molhar de leve as vidraças da sala.

— Ô, Sátir! — o irmão gritou para o teto, ainda deitado no chão. — Quer andar logo? Está começando a chover.

— Já estou pronta — soou a voz da menina descendo as escadas.

Os dois se levantaram e seus olhos foram direto para a testa dela, onde antes havia uma espinha.

— Mas o quê... — balbuciou Rurique.

— Minha avó deu um jeito — interrompeu a menina. Depois encarou os olhares dos dois, ainda curiosos, e explicou, frisando cada sílaba: — Ma-qui-a-gem!

— Que seja. Vamos embora! — disse Tibor, abrindo a porta e disparando para fora.

Os outros dois o seguiram, despedindo-se de Dona Gailde.

— Tenham cuidado! — foi só o que Tibor pôde ouvir da recomendação da avó, pois já estava na porteira, ansioso para chegar ao número 1028 da Estrada Velha.

Desceram a estrada, tomando cuidado para não sujar as barras das calças. Não queriam chegar na festa cheios de barro.

O sol já tinha se posto há algumas horas, dando lugar a uma pintura estrelada no céu. A lua crescente iluminava o caminho com um leve tom azulado. Mesmo assim, a estrada era escura, ladeada pela muralha quase intransponível de árvores e pelo mato alto que se debruçava sobre a estrada, ameaçando cobri-la com um abraço.

O sítio de Seu Pereira já podia ser visto mais adiante e, apesar da inquietação dos três, nenhum deles disse nada que trouxesse à tona a lembrança da visita do Saci ao sítio. Ao longe, as luzes da casa dos Bronze se distinguiam na noite e várias silhuetas moviam-se na frente da casa.

Ao chegarem, os três se sentiram meio constrangidos diante dos outros convidados. Tantos rostos, e todos desconhecidos. Não parecia ser gente das redondezas. Tibor foi abrindo passagem entre as pessoas, Sátir e Rurique em sua cola. Ao passar pelo portão de entrada, os olhos de Tibor procuraram o amigo João Málabu, caseiro da família Bronze. Ao menos seria alguém conhecido na multidão. Mas ele não parecia estar em lugar nenhum.

Entraram na casa e pararam num canto para admirar a decoração. O teto era alto e os móveis, imponentes. Podia ser mera coincidência, mas muitos dos enfeites da casa, como vasos e castiçais, eram cor de bronze. Apesar da grande quantidade de assentos, nenhum deles estava livre e muitos convidados continuavam de pé. Uma música alegre tocava ao fundo e se mesclava às risadas e conversas na enorme sala de paredes de cor creme. Sobre uma mesa, havia um grande jarro de vidro com um conteúdo vermelho e uma concha ao lado para os convidados se servirem. Os três, mais que depressa, se muniram de copos e começaram a despejar o tal líquido dentro deles com a concha, imitando outros convidados.

Parecia que ter algo nas mãos os fazia se sentir menos deslocados e à parte de todo o resto. O gosto era bom, parecia um suco, mas não conseguiram identificar o que era.

Tibor reparou num beija-flor azul que voava desesperado num canto da sala. Devia ter entrado ali por acidente e não conseguia achar a saída. Bateu várias vezes no teto até que voou um pouco mais baixo e finalmente saiu pela janela, sumindo no breu da noite.

Um brutamontes trajando roupa social, que não combinava nem um pouco com sua aparência rude, passou perto deles. Os cabelos ruivos não deixaram dúvida a Tibor, que logo o puxou pela manga da camisa.

— Ei, Málabu! — chamou o menino, contente por encontrar o amigo. João olhou para o lado e reconheceu os três, parecendo tão aliviado quanto eles com o encontro.

— Tibor, Sátir, Rurique! Que bom que vieram! — disse, animado. — Sugeri que a menina da casa convidasse vocês para a festa. E, cá entre nós... — ele se aproximou dos três e disse num tom mais baixo —, ...não conheço uma viva alma neste lugar, ainda bem que vieram!

Os três gostaram de ouvir isso.

— Ei, Tibor! Sei não, mas acho que a Rosinha gostou de você — revelou Málabu, contente.

— Go-gostou de mim? — gaguejou ele, pego de surpresa. — Como assim?

— Ela não parou de falar de você desde que foi ao sítio da Dona Gailde convidar vocês pessoalmente.

Sátir sentiu uma pontada de ciúmes e fechou a cara. Rurique percebeu que a irmã estava desconfortável com o rumo da conversa. Olhou para Tibor, notou as bochechas coradas do amigo e resolveu mudar de assunto para deixar o clima mais leve:

— Do que é feita esta bebida? — perguntou ao ruivo gigante.

— Não sei do que é feita. Só sei que foi a menina Rosa que fez. Está muito boa, não acha, Tibor? — perguntou o grandalhão, dando uma leve cotovelada no menino.

Ao ver Sátir devolver o copo à mesa, como se tivesse perdido a vontade de beber, Rurique percebeu que não tinha conseguido diminuir a contrariedade da amiga. Ficou mais aliviado quando alguém chamou Málabu em meio à multidão.

— Tenho que ir — disse ele. — Estou de serviço. Bem, divirtam-se! — e se afastou, sumindo entre os convidados.

— Como é essa menina, maninho? — quis saber Sátir, tentando disfarçar o tom de ciúme. Mas seus braços cruzados não enganavam ninguém.

— Ah, normal! É a dona da festa, só isso! — respondeu o irmão. — E por sinal, ela está vindo para cá... — Tibor colocou rapidamente o copo sobre a mesa, quase o derrubando, e olhou abobado para um ponto da sala de onde vinha uma garota loura de vestido azul.

Rosa Bronze abriu um sorriso feliz ao reconhecê-lo.

— TIBOR! — exclamou, pouco antes de sufocar o garoto num abraço de urso. Depois virou-se para os outros dois. — E vocês devem ser Rurique e Pati.

Sátir engasgou e não conseguiu falar nada.

— Não, não! O nome dela é Sátir! — corrigiu Rurique pela amiga.

Os três deram os parabéns a Rosa, Sátir com um sorriso amarelo.

— Obrigada. Que bom que vieram! Sejam bem-vindos à minha casa! — disse Rosa Bronze para os três, mas com os olhos pregados em Tibor. — Geralmente minhas festas de aniversário são mais para os meus pais e para os amigos deles. Eu não disse que só teria adultos chatos com seus papos chatos de adultos?

O menino assentiu.

— Sua casa é muito bonita! — elogiou ele, sem jeito.

— Obrigada! O único problema é que meu celular não funciona por aqui. Engraçado... Há poucos dias ele funcionava, agora não acho um ponto da casa onde ele tenha sinal — disse Rosa, com um celular ultramoderno cor de bronze nas mãos.

— Ah... — começou Rurique, tentando puxar assunto. — Não se preocupe, é a quaresma que faz isso.

Rosa olhou para ele com um ar de interrogação.

— A quaresma! — ele repetiu. — Começa hoje à meia-noite. — Percebendo que ela não tinha entendido, ele continuou: — É um período de mais ou menos quarenta dias, quando coisas esquisitas acontecem por aqui — disse como se fosse a coisa mais normal do mundo.

— Por aqui onde? — disse a menina, olhando para os lados.

— Ah, não estou dizendo em sua casa. Quero dizer, não *só* em sua casa; essas coisas esquisitas acontecem em todos os vilarejos. — Rurique parecia falar de pão com manteiga, tamanha a naturalidade com que tratava do assunto. Não tinha se dado conta de que conversava com alguém que nunca tinha ouvido falar de coisas assim. Também pudera, a menina era da cidade, não aparecia quase nunca por ali. A casa dos Bronze sempre ficava vazia, só aos cuidados do caseiro Málabu.

Rosa Bronze pousou seus olhos azuis sobre o menino com um brilho de curiosidade no olhar.

— Que tipo de coisas esquisitas?

— Ah, você sabe, Saci, Mula Sem Cabeça...

Sátir deu no amigo uma cotovelada quase tão leve quanto a que Málabu tinha dado em Tibor, e Rurique parou de falar na mesma hora. Rosa continuou olhando para ele, com cara de quem achava que o menino não estava dizendo coisa com coisa.

— Saci e Mula Sem Cabeça, é? Sei! O que meu celular tem a ver com isso? — perguntou Rosa. A menina parecia interessada.

Dessa vez foi Tibor quem respondeu.

— Nesta época alguns aparelhos, como os celulares, param de funcionar. Não sabemos explicar o motivo. É mais ou menos isso que meu amigo está tentando explicar. — Tibor encarou Rurique com ar de censura e recebeu de volta uma cara de "o que foi que eu fiz?", bem inocente, típica de Rurique.

Rosa olhou para Tibor com a mesma indignação, mas pareceu guardar a informação para refletir mais tarde e mudou de assunto.

— Gostaram da bebida que preparei?

— Muito boa! — elogiou Tibor, voltando a pegar o copo abandonado sobre a mesa.

Conversaram sobre muitas coisas e andaram pela casa toda. Rosa estava feliz em mostrar tudo a eles. Sátir falava pouco, enciumada por ver uma garota dando tanta atenção ao irmão. Media Rosa Bronze de cima a baixo, como se a avaliasse e não aprovasse o que via. Sua inquietação se intensificou quando viu que o irmão agia como um bobo perto dela.

Depois de algumas horas, quando Rurique sugeriu que pegassem mais daquela bebida que Rosa tinha preparado para a festa, começou a tocar uma música romântica e vários casais começaram a dançar.

Rosa Bronze olhou para Tibor e perguntou com os olhos brilhantes de expectativa:

— Dança comigo?

Sátir olhou para Tibor esperando a resposta, mas já sabia o que o *bobo* do irmão iria dizer.

— Cla-claro! — o menino respondeu, sem nem ao menos pensar.

Sátir bufou de raiva enquanto Rosa puxava Tibor pela mão.

— Mas, espere! — disse ele. — Eu não sei dançar — e suas bochechas coraram como nunca.

— Isso não é problema. Eu te ensino enquanto você me explica direito aquela história da quaresma — decidiu Rosa Bronze erguendo um pouco a sobrancelha enquanto dizia essa última palavra. A menina puxou Tibor pela mão e começou a abrir caminho entre o aglomerado de convidados que dançavam, só dando tempo ao garoto de olhar para trás e ver Sátir com uma cara ainda mais emburrada.

— Bom... — disse Rurique, percebendo o mau humor da amiga. — Vamos beber, então?

— Perdi a sede! — falou Sátir com irritação. — E faz tempo.

— Ah, qual é o problema de Tibor ir dançar com a menina? Ela é bonita e gostou dele.

Sátir encarou o amigo, surpresa com a percepção dele. Até onde sabia, ela se esforçara ao máximo para não deixar transparecer seus sentimentos. Ou tinha se enganado muito ou o amigo a conhecia muito bem, mas, como se tratava de Rurique, preferia apostar na primeira alternativa.

— Problema nenhum! Quem disse que isso é problema?

Rurique deu uma risadinha e balançou a cabeça como se estivesse se divertindo com o mau humor da amiga.

— Não sei por que a irritação, Sátir! Afinal, aquele garoto ali não parou de olhar pra você a festa inteira.

— Que garoto? — quis saber ela.

— Aquele ali de branco, com uma garrafinha na mão — respondeu Rurique, apontando com a cabeça para o lugar em que o garoto estava.

Sátir olhou na direção indicada e viu um garoto de terno, sapatos e chapéu brancos, aparentando uns 17 anos. Estava encostado numa parede, perto da mesa de bebidas, parecendo meio deslocado, assim como eles.

— Não seja bobo, Rurique! — disse a menina depois de dar uma olhada rápida no garoto de terno. — Ele não está olhando para mim.

— Está sim! Não saiu daquele canto desde que chegou. Não bebeu nem comeu nada, só ficou com aquela garrafinha na mão, do lado da mesa de bebidas, sem tirar os olhos de você. Ainda sem sede?

Sátir não respondeu, apenas voltou a olhar para os convidados que dançavam e ficou observando o irmão dançando com Rosa Bronze.

Tibor estava feliz, mas meio encabulado. Perdera a conta de quantas vezes já tinha pisado no pé de Rosa. Era a primeira vez que dançava com uma garota, uma mão segurando a mão dela, e a outra pousada em sua cintura. A menina ensinara alguns passos a ele, mas quando Tibor começava a pegar o jeito um grito rasgado cortou a noite.

Um grito, mais alto que a música!

Um grito de dor!

Rurique olhou para o relógio cor de bronze na parede e viu que os ponteiros marcavam exatamente meia-noite.

A quaresma tinha acabado de começar.

Festival de Desmaios

A música e a dança pararam.

Tibor olhou ao redor, procurando a irmã e o amigo.

— O que está acontecendo? — perguntou Rosa.

— Não sei — disse ele, vendo uma aglomeração incomum se formar num canto da sala. — Venha! Preciso encontrar Sátir e Rurique.

Quando começaram a abrir caminho em meio aos convidados, outro grito se fez ouvir, e uma nova roda de pessoas se abriu ao lado dos dois.

Um senhor de meia-idade estava caído no chão, trêmulo, com uma das mãos na garganta e a outra no estômago. Parecia desesperado. Alguns convidados começavam a prestar socorro ao homem, quando um terceiro grito soou em outro canto da sala.

O pânico começou a se espalhar e a festa se transformou num pandemônio.

Tibor sentiu a mão de Rosa se esgueirar para perto da sua e segurou a mão dela. Foi guiando-a por entre os convidados, ainda à procura da irmã e do amigo, mas a menina o puxou pela mão e ele parou.

— Tibor! — o menino apurou os ouvidos para ouvi-la em meio ao vozerio. — Preciso achar meus pais.

— Mas...

Rosa percebeu a dúvida no rosto dele e disse:

— Vá procurar sua irmã e Rurique!

— E você?

— Eu vou ficar bem. — Ela deu um beijo na bochecha dele, soltou sua mão e desapareceu antes que ele pudesse dizer qualquer coisa.

Tibor Lobato ficou ali, atônito. Foi preciso um quarto grito de terror para tirá-lo do transe em que aquele beijo o mergulhara.

Agora, uma moça estava caída a seu lado, e ele viu que algumas pessoas tentavam prestar socorro a ela, que parecia desacordada.

Tibor olhou para um lado e para o outro e não viu sinal da irmã ou do amigo. Seu coração já ameaçava saltar pela boca quando sentiu uma mãozorra puxá-lo para um canto.

Era Málabu.

O brutamontes o levou em direção da saída mais próxima. Antes de chegarem à porta, o garoto olhou por sobre os ombros e ainda teve tempo de ver mais três pessoas desabando no chão. Uma gritava de dor e as outras duas pareciam desmaiadas.

Málabu levou Tibor para baixo de um toldo, pois uma chuva torrencial castigava tudo.

— O que está acontecendo? — perguntou Tibor, sobrepondo a voz à barulheira do vento e da chuva.

— Não sei, mas tem a ver com a quaresma com certeza! — respondeu Málabu com os olhos arregalados de pânico.

— Onde estão Sátir e Rurique?

— Já estão a salvo. — Málabu apontou numa direção, e Tibor viu sua irmã acenando para ele de longe.

— Preciso descobrir o que está acontecendo lá dentro — apressou-se João Málabu, apontando a casa com um movimento de cabeça. Antes de se dirigir, resoluto, em direção à porta, de onde os gritos não paravam de ecoar, aconselhou Tibor com voz firme:

— Tenha cuidado, amigão!

O menino assentiu e correu em direção à irmã.

Tibor não podia negar que sentia uma ponta de medo, mas há algum tempo vinha contando, com impaciência, os dias que faltavam para a chegada da quaresma. Agora, olhando ao redor e vendo tanta gente passando mal, ele se arrependia um pouco.

Muitos convidados saíam da festa apavorados, enquanto gritos lancinantes compunham a trilha sonora do lugar. A chuva torrencial e os trovões completavam o cenário de terror.

Tibor estava aliviado por ter encontrado Sátir e Rurique sãos e salvos, mas continuava atento a tudo o que acontecia. Os três ficaram ali, debaixo de uma cobertura, tremendo de frio e de medo.

— O que pode estar causando tudo isso? — quis saber Rurique batendo os dentes.

— Não faço a mínima ideia — respondeu Sátir.

— Será que vamos desmaiar também? — indagou Rurique, conferindo os braços e as mãos, receoso.

Sátir encarou o amigo sem dizer nada. Tibor sabia que nenhum deles tinha respostas para aquelas perguntas. *O que estava causando os desmaios na festa? Eles também desabariam no chão em breve?*

Os três fitavam a chuva perplexos, procurando uma explicação para tudo aquilo, quando uma mulher se aproximou com a voz esganiçada de desespero.

— Ei! Vocês podem me ajudar? — Os três assentiram com a cabeça sem pensar duas vezes. — Conhecem uma tal de Dona Gailde? Dizem que é uma curandeira da região.

— Dona Gailde, uma *curandeira*? — indagou Rurique.

— Você a conhece? — animou-se a mulher abrindo um pequeno sorriso para Rurique.

— Claro que conhecemos! Ela é a nossa avó. Mas ela não é curandeira — retrucou Tibor.

— Avó!? Então vocês sabem onde posso encontrá-la. Por favor, eu preciso muito da ajuda dela! — A mulher juntou as mãos como se implorasse.

— Vou chamá-la para a senhora — ofereceu-se Sátir, solícita.

Mal disse isso e disparou para a estrada com Rurique em seus calcanhares. Tibor achou estranho a irmã sair correndo pela estrada escura e barrenta debaixo de toda aquela chuva, mas reconheceu que a situação exigia urgência. Então, antes de correr atrás dela e do amigo, virou-se para tranquilizar a moça que lhes pedira ajuda, mas não havia mais ninguém ali. Não parou para pensar na estranheza daquele sumiço porque, quando olhou para o amigo e a irmã, já estavam longe, fazendo a primeira curva da estrada.

— Como conseguiram ir tão rápido!? — exclamou baixinho e pôs-se a correr também.

Correu pela estrada o mais rápido que pôde, os pés escorregando no lamaçal, mas ele teve a impressão de que não saía do lugar. Tentou correr ainda mais rápido e notou que o cenário parecia sempre o mesmo. Tibor calculou que já deveria ter passado pelo sítio de Sacireno e, no entanto, não havia nem sinal dele a sua frente. Apertou o passo e olhou para trás. A casa dos Bronze já estava um pouco longe e não se ouviam mais o tumulto e os gritos das pessoas. Quis continuar correndo, mas um cansaço incomum o dominou. Em vão, tentou dar mais alguns passos. O caminho à frente pareceu ainda mais longo. Então, de pé no meio da estrada, apoiou as mãos nos joelhos, ofegante.

— Olá, criança! — exclamou uma voz fina e esganiçada.

Sentado numa pedra na margem do caminho, estava um velho usando um longo manto azul. Tibor se aproximou devagar.

— Olá! Quem é o senhor?

— Noite longa? — perguntou o velho.

Tibor assentiu. O ancião apontou uma pedra a seu lado e Tibor se sentou nela para descansar as pernas, repor as energias e voltar a correr.

— Longa demais. Meio maluca também. — Tibor observou o homem com cuidado. — O senhor não estava na festa, estava? Não me lembro de tê-lo visto por lá — disse, considerando a impossibilidade de alguém com um manto azul daqueles passar despercebido em algum lugar.

— Eu estava sim. Mas não fui convidado — disse ele, franzindo a testa cheia de rugas. — Quem sabe você tenha me visto, mas não saiba?

O menino achou estranha a observação, mas desconsiderou.

— Tem ideia do que pode estar acontecendo? — quis saber Tibor.

O velho balançou a cabeça, dizendo que sim, e Tibor arregalou os olhos.

— E o que é, então? — perguntou.

— Não tenho tempo para falar disso agora.

— Como assim, não tem tempo? O senhor está sentado aqui sem fazer nada!

— Vim lhe dizer uma coisa — respondeu o velho, enquanto Tibor o encarava. — Você precisa tomar cuidado com sua tia-avó!

— O quê? — espantou-se o menino, achando mais estranho ainda que o velho soubesse algo sobre sua família.

O ancião não ligou para seu espanto e continuou num tom sombrio.

— Ela foi vista do outro lado.

— Do outro lado? — repetiu Tibor, sem entender.

— Exato, minha criança. Nós a vimos xeretando, bisbilhotando...

— Nós quem? E que outro lado é esse?

— O outro lado. Ela quer entrar. Quer o caos — sentenciou ele, baixinho.

Tibor achou que o velho estava biruta, mas ficou curioso para saber mais. Quando chegou mais perto, viu que ele tinha olhos tão azuis quanto o manto que vestia. — Está falando de quem exatamente? — indagou.

— Da Cuca — disse ele num sussurro.

Tibor estremeceu.

— O que aconteceu na festa tem a ver com ela? Foi ela quem causou os desmaios dos convidados? — assustou-se o menino, já se pondo de pé.

— Não diretamente — respondeu o velho, levantando-se também.

— Espere! Aonde o senhor vai?

— Estou na minha hora, Tibor Lobato. E a mensagem já foi dada. O melhor que tem a fazer é ir chamar sua avó. Ela é uma exímia curandeira. É possível que possa curar até Lobisomem!

— Minha avó não é curandeira! E se não foi a Cuca, quem foi?

O velho olhou para o céu.

— É, meu tempo está realmente esgotado. — Então ele se pôs a falar bem rápido. — Não se esqueça do que falei sobre sua tia-avó, e não beba mais daquele suco! Foi lá que colocaram o veneno.

— Veneno? Mas que veneno? — bradou o menino. Mas o velho já lhe dava as costas e punha-se a caminhar. — Espere! — chamou Tibor. — Como disse mesmo que se chamava?

O homem voltou-se e olhou para o menino uma última vez.

— Eu não disse — e levantou o dedo com a cara de quem de repente se lembra de uma coisa muito importante. — Vou mandar um lembrete para você para saber que não esteve sonhando — e voltou a caminhar.

— Sonhando? Mas do que o senhor está falando? — Tibor estava completamente confuso. Tentou ir atrás do velho, mas seus passos não o levavam adiante. Por mais depressa que andasse, o velho parecia se afastar cada vez mais, mesmo andando muito mais devagar que ele. — Ei, senhor, espere!

— Não está aqui nem lá — o velho gritou, num tom profético. — É só uma noite longa, Tibor Lobato. Só uma noite longa... — disse gesticulando com as mãos sem se virar.

Nesse momento o menino tropeçou e caiu com tudo na lama. Antes de bater o rosto no chão, fechou os olhos, mas não sentiu o corpo bater em nada. Abriu os olhos e se viu de volta na festa, o som de uma música lenta invadindo seus tímpanos no volume máximo. Ao seu redor havia algumas pessoas. No mínimo uns dez rostos o encaravam, nenhum deles conhecido, mas todos atentos a ele. Um rosto de menina, emoldurado por cabelos loiros, apareceu na frente de todos os outros.

— Tibor! Que bom que acordou! Está tudo bem?

Era Rosa Bronze. O menino se sentou no chão, sem entender o que tinha acontecido.

— Estávamos dançando e de repente você deu um grito e desmaiou — disse ela.

— Eu desmaiei? Como assim? E os outros convidados?

— O que tem eles?

— Muitos desmaiaram também, não foi? Eles estão bem? — Tibor levou a mão à cabeça, sentindo um galo.

— Ninguém desmaiou na festa, só você — disse Rosa. — Acho que você andou sonhando enquanto estava desacordado — completou ela com uma risadinha.

Um trovão retumbou lá fora e Tibor viu pela janela que ainda não tinha começado a chover.

— Que horas são? — ele perguntou, procurando com os olhos o relógio cor de bronze na parede. Faltava um minuto para a meia-noite.

— Não! Eu não estava sonhando — Tibor disse em voz baixa, tentando convencer a si mesmo. Nesse instante ele percebeu que tinha alguma coisa na mão, uma pena azul bem pequena parecida com a pena de um pássaro. Lembrou-se do beija-flor que voava no teto da sala e pensou se havia uma ligação entre o velho e o pássaro, mas o momento não era propício para reflexões. Lembrou-se do aviso sobre a tia-avó e dos desmaios que ainda não tinham acontecido.

Tibor não sabia por que, mas sentia que aquilo era um sinal de que sua conversa com o velho misterioso não havia sido mesmo um sonho. Lembrou-se do suco. Segundo o velho, o líquido estava envenenado. Levantou-se rápido e disse em voz alta para todos ouvirem:

— Não tomem mais daquele suco!

— O quê? — disse Rosa, perplexa. — Tibor, do que você está falando? Você acha que o suco é que causou seu mal-estar?

— Ele está envenenado. — Ao dizer isso, Tibor viu o garoto de terno branco se afastando rápido da mesa de bebidas. Pôde ver que ele segurava uma pequena garrafa enquanto andava apressado para a saída. Parecia estar fugindo. Tibor suspeitou que fosse ele o responsável pelo envenenamento do suco.

— Ei, espere! Você aí de branco!

Um grito de terror cortou a noite e os convidados se amontoaram na frente de Tibor, fazendo-o perder de vista o garoto de terno branco.

— Mas que droga! — disse o menino ao ver um senhor de meia-idade no chão se sacudindo todo, com uma mão na garganta e outra no estômago. — O velho do manto azul tinha razão. O suco estava mesmo envenenado, e as coisas começavam a piorar.

Aquele era o homem que havia dado o segundo grito da noite em seu sonho. Isso levou Tibor a calcular que o primeiro grito tinha partido dele próprio.

É muita maluquice!, pensou. Decidiu parar de tentar entender tudo aquilo e ir logo buscar a avó. Afinal, o melhor a fazer era mesmo confiar no velho, e ele tinha dito que a avó era uma exímia curandeira.

— Preciso encontrar Sátir e Rurique! — disse Tibor, segurando a mão trêmula de Rosa e abrindo espaço entre as pessoas. Mas um terceiro grito foi ouvido e a menina deu um puxão em sua mão.

— Preciso encontrar os meus pais! — disse a menina.

Tudo parecia um *déjà-vu* e Tibor sabia o que viria a seguir.

Rosa Bronze deu um beijo no rosto dele, soltou sua mão e desapareceu entre os convidados. Mesmo sabendo o que aconteceria, foi preciso que um quarto grito cortasse a noite para que o menino acordasse do transe em que o beijo de Rosa Bronze o colocara *de novo*.

Ele correu em direção à porta e pôde ver Málabu junto da irmã e de Rurique, do lado de fora da casa.

— Pessoal! — chamou, correndo até eles e sentindo os pingos gelados da chuva que começava a cair. — Precisamos buscar nossa avó! — disse fitando Sátir. — Vão precisar da ajuda dela aqui — e virou-se para João —, não deixe que tomem mais daquele suco; está envenenado.

Málabu, Sátir e Rurique não entenderam nada.

— Explico depois — falou. — Vamos logo! — e começou a correr para a estrada.

Por um instante, achou que a irmã e o amigo não fossem segui-lo, mas logo os viu aparecer a seu lado. Os três ficaram encharcados com a chuva torrencial que ia transformando o chão numa piscina de lodo. Passaram em frente ao sítio de Seu Pereira e apertaram mais o passo a fim de deixar logo o sítio abandonado para trás. Tibor não viu nem sinal da pedra onde se sentara ao lado do velho de manto azul. Era como se o trecho da estrada onde tinham conversado nem existisse. Fizeram a curva e entraram na estradinha que levava à porteira do sítio. Passaram pela placa esculpida por Rurique e correram em direção à casa. Estavam encharcados, mas perceberam que a chuva ainda não tinha chegado até ali.

Os três estavam calados, mas Tibor podia sentir no ar que Sátir e Rurique iriam bombardeá-lo de perguntas assim que tivessem uma oportunidade. Antes que chegassem à porta da casa, um vento forte soprou de repente, arrastando as folhas caídas.

Uma nuvem de poeira envolveu os três, e seus olhos se encheram de ciscos. Eles pararam na hora, pois mal conseguiam enxergar onde pisavam.

O vento não parava de aumentar, e os três sabiam que tudo aquilo era bem fora do normal. A força do vento agora era tão grande que os obrigou a se segurar uns nos outros. Com muita dificuldade e sem enxergar quase nada, começaram a cruzar os poucos metros que os separavam da casa, lutando contra a força do vento. Com os olhos semicerrados, seguiram em linha reta até a varanda, ainda agarrados uns aos outros. Nesse instante, Dona Gailde abriu a porta e gritou desesperada:

— Crianças! Entrem, rápido! Essas criaturas são perigosas.

— Ela disse criaturas? — falou Rurique, temeroso.

Tibor sentiu uma gosma escorrendo em sua roupa e viu que tinham lhe acertado um ovo. Olhou em volta, protegendo os olhos do vendaval, e assustou-se ao ver um vulto parado muito perto deles com dois ovos nas mãos.

O velho de manto azul tinha mesmo razão. Aquela seria uma longa noite...

5

VENENO E VENDAVAL

Tibor estava confuso. Ao tentar abrir um pouco mais os olhos para distinguir o vulto, outro punhado de areia carregado pelo vento o deixou sem visão.

— Tibor, venha! — gritou a irmã, puxando-o na direção da casa.

O vento ainda zunia no ouvido deles. Segurando um na roupa do outro, recomeçaram a andar com dificuldade. Foi a vez de Sátir e Rurique receberem os ovos.

— Roubaram os ovos do nosso galinheiro! — vociferou Sátir sem conseguir enxergar nada. Tibor ficou preocupado, não escutava mais a voz da avó. Rurique sentiu um baque violento que o fez cambalear, e só não caiu porque os irmãos Lobato o seguraram firme. Os três queriam muito saber o que estava acontecendo, tinham vontade de revidar, mas nem ao menos conseguiam se proteger.

De repente, sentiram mãos rápidas e fortes tentando soltar os dedos dos três. Rurique, dessa vez, acabou cedendo. Outro golpe o fez cair e separou-o dos amigos.

Tibor conseguiu coçar um dos olhos com a mão livre e viu vultos rodeando o amigo no chão. Achou por um instante que eram os trasgos da quaresma passada, mas reparou que as silhuetas eram bem diferentes. *Queria poder enxergar melhor!*

Sátir gritou alto e soltou o ombro do irmão. O menino viu que algo segurava a menina pelo cabelo. Ouviu uma risada medonha a suas costas e, ao se virar, viu uma sombra pouco menor que ele vindo aos pulos em sua direção. Antes que pudesse se defender, um golpe na cabeça o fez cair. Suas costas doeram ao bater com força no chão de terra.

Ele tentou agarrar as pernas da criatura que o derrubara, mas foi em vão. Ouviu risadas de deboche e isso o deixou com mais raiva ainda. Tentou derrubar um deles novamente, mas suas mãos só encontraram o vazio.

Sentiu que alguém tentava erguê-lo e, antes que pudesse reagir, ouviu a voz da avó dizer em seu ouvido:

— Venha comigo, meu neto!

Tibor se levantou com a ajuda da avó e deixou-se guiar por ela. O vento açoitava seu rosto e ele temeu que arrastasse o frágil corpo da avó.

Enquanto caminhava agarrado a ela, tentava acertar com chutes tudo o que queria se aproximar.

— Não! Não revide, Tibor!

— Por que não, vó? — quis saber o menino, indignado.

— Explico quando estivermos dentro de casa. — Tibor escutava a voz da avó, mas ainda não conseguia abrir os olhos. Algo atingiu sua canela e ele sentiu uma dor aguda.

— Mas, vó...

— Aguente firme, estamos quase lá — disse Dona Gailde, severa.

— E Sátir e Rurique? — quis saber ele.

— Venho buscá-los assim que deixar você dentro de casa.

Tibor abriu os olhos um pouquinho e percebeu que já podia enxergar melhor. Quis ajudar a avó a encontrar os outros, mas ela ordenou que ele fosse para dentro da casa. Virou o menino de frente para a porta e perguntou:

— Consegue chegar lá?

— Sim, eu consigo.

— Pois então vá e não olhe para trás! Vou buscar os outros. Não deixe que as criaturas entrem na casa — ordenou Dona Gailde rapidamente.

— Não, vó. Eu vou ajudar você e... — Tibor ainda quis teimar.

— Faça o que eu mandei, menino. Obedeça! — Gailde parecia tão nervosa que Tibor concordou.

Olhou para o que parecia ser a porta de casa e correu. Correu sem olhar para trás. Estava quase lá quando...

— Aaaiii! — grunhiu, ao sentir um golpe nas costelas que o fez voar uns dois metros e cair com tudo no chão. Ele se levantou com raiva, e, sentindo o corpo todo latejar de dor, começou a dar socos e chutes no ar.

— TIBOR! — gritou Dona Gailde, exasperada, de algum canto do sítio.

O menino não podia enxergá-la, mas entendeu que não devia revidar. Concentrou-se em encontrar a porta novamente e correu para ela. Girou a maçaneta e empurrou a porta. Pôde sentir o calor de boas-vindas da lareira aquecendo a casa toda. Escutou um grunhido de dor e não conseguiu ver quem tinha sido golpeado pelas criaturas, mas supôs que fosse o amigo Rurique.

Antes de entrar e bater a porta atrás de si, a certeza de que não podia, simplesmente, ficar em segurança enquanto os outros corriam perigo tomou conta dele. *Precisava voltar e ajudar.* Sem pensar duas vezes, correu na direção da avó e dos outros.

— TIBOR! — gritou a avó uma segunda vez.

O menino sabia que Dona Gailde ficaria muito brava com aquela desobediência, mas ele não podia ficar dentro de casa sabendo que ela, a irmã e o amigo estavam em perigo. Ele poderia ajudar, e todos estariam diante da lareira em menos tempo. O grito da avó foi como um balde de água fria e mostrou que seus problemas seriam muito maiores do que uma simples bronca da avó.

— VOCÊ DEIXOU A PORTA ABERTA! — gritou Gailde.

O medo passou seu dedo frio pela espinha do menino que, ao olhar para trás, ainda com a visão turva, viu uma sombra se esgueirar para dentro da casa.

— Venha! — Dona Gailde passou por ele e puxou-o com força pela gola da camiseta.

Os quatro seguiram juntos para a casa, enquanto o vendaval fazia algumas telhas voarem do telhado. Subiram os degraus da varanda aos tropeços, passaram pela porta e Dona Gailde fechou-a, virando a chave no trinco.

Antes de respirarem aliviados, ouviram uma risada familiar no andar de cima.

— Fiquem aqui! — mandou a avó, ofegante. E subiu as escadas, decidida.

Os três ficaram no hall de entrada, com o peito arfando. Suavam ao mesmo tempo que tremiam de frio. Era uma sorte que a lareira estivesse acesa. As janelas zuniam com o vento que soprava, furioso, lá fora. Todos coçavam os olhos, tentando se livrar da poeira que os fazia arder. Sátir percebeu que seus cabelos estavam cheios de nós e começou a se lamentar baixinho.

FIIIIIIIIIIIIIIIIIIIIIU!

Um assobio alto e agudo vindo do lado de fora quase furou os tímpanos dos três. Eles taparam os ouvidos com as mãos. Assim que o assobio cessou, tudo ficou em silêncio. O vendaval parecia ter parado.

Só se ouviam agora os barulhos abafados que vinham do andar de cima. Os três retesaram os músculos e pensaram em Dona Gailde. Tibor correu para junto da escada.

— Não, maninho! — gritou Sátir, exasperada. — A vó mandou ficarmos aqui. Obedeça ao menos uma vez.

— Mas...

— Ia me desobedecer novamente, Tibor? — perguntou Dona Gailde do alto da escada.

O menino olhou para cima e viu a avó descendo com uma garrafa nas mãos. E, se era ilusão de óptica ou não, ele podia jurar que dentro da garrafa algo se mexia.

A avó passou por eles, escondendo a garrafa com seu xale de lã roxo. Os três foram atrás dela, sem saber se já estavam ou não em segurança.

Aquele assobio significava que as criaturas tinham ido embora? Era um chamado ou algo do tipo? Os três tinham as mesmas dúvidas enquanto seguiam a avó até sua cadeira de balanço.

Com os olhos ainda irritados e vermelhos, Tibor se lembrou de repente da urgência que os fizera correr até ali para chamar a avó.

— Vó! Tivemos de sair correndo da festa. Estão precisando de uma curandeira lá. Viemos buscar a senhora.

— Como sabe que sou uma curandeira? — perguntou ela, tentando desfazer alguns nós dos cabelos da neta.

— Não sei! Você é?

— Bem, costumava ser muito tempo atrás — a avó respondeu sem jeito. — Esse foi o legado que meu pai me deixou. Eu não tinha poderes como minhas irmãs, então ele me ensinou o poder de curar com as plantas, mas há muito tempo uso bem pouco esse conhecimento. Uma poçãozinha aqui e uma garrafada ali é tudo o que tenho feito. Nada que valeria o título de curandeira... Mas quem lhe disse isso? Quem pediu minha ajuda? — quis saber ela, concentrada em desfazer os nós da cabeleira da neta.

— Vó, podemos conversar sobre isso depois? Porque estão mesmo precisando de sua ajuda na casa dos Bronze — insistiu Tibor. — E o que é que a senhora está escondendo nessa garrafa?

Dona Gailde percebeu a dúvida estampada no rosto sujo dos três, mas sabendo que a explicação exigiria um certo tempo, respondeu:

— Esse também é um assunto para tratarmos depois, junto com outro bem peculiar... sua *teimosia*. — Ela deixou a palavra pairar no ar por um tempo e depois continuou: — Saiba que ela nos causou problemas que eu não sei se serei capaz de contornar — disse, olhando fixamente para o neto. Tibor queria enfiar a cabeça num buraco para não ter de enfrentar o olhar de censura da avó. — Mas vamos nos ater aos fatos agora. O que aconteceu na festa? Para que, exatamente, minha ajuda está sendo requisitada?

O menino contou dos desmaios e dos gritos de dor dos convidados. Resolveu omitir, por hora, o tal velho de manto azul e a mensagem dele sobre a tia-avó.

Dona Gailde lavou os olhos dos três com um colírio; trancou a garrafa, que vez ou outra se sacudia dentro da gaveta da cristaleira; pegou uma maleta com alguns vidros e foi até a horta atrás da casa. A horta era dividida em duas partes. Uma era de plantas comestíveis, onde se podiam colher alface, chicória, agrião, cenoura, pepino, abóbora. As hortaliças que compunham as refeições do sítio e as tornavam tão nutritivas provinham dali. Na outra parte, sobre a qual os meninos nunca tiveram curiosidade de perguntar, vicejavam folhas das mais variadas cores e formatos. Dali, Dona Gailde colheu alguns ramos e os guardou depressa entre os frascos na maleta.

— E a coisa que entrou em casa? O que aconteceu com ela? — quis saber Tibor, insistente.

— Não vai mais nos incomodar, ao menos por enquanto — respondeu a avó, e encaminhou-se depressa para a porteira, rumo ao número 1028 da Estrada Velha.

Tibor, Sátir e Rurique entreolharam-se e correram no encalço da avó. Felizmente, não havia mais nenhuma criatura estranha por ali.

Repararam na destruição que o vendaval tinha causado. Pedaços de frutas e ovos tingiam de diversas cores as vidraças e portas de toda a casa. A plaqueta que dizia "BEM-VINDO AO SÍTIO DA FAMÍLIA LOBATO" estava rachada, como se alguém tivesse tentado arrancá-la sem sucesso.

Dona Gailde caminhava a passos largos e firmes, sem medo nenhum de escorregar na lama que cobria a estrada. A maleta que ela carregava nunca despertara o interesse dos meninos até então. Agora, eles a olhavam curiosos. *Para que serve afinal tudo isso que ela guarda aí dentro?*, pensava Tibor, enquanto tentava acompanhar os passos decididos da avó.

Em todo lugar, podiam ver os estragos causados pelo vendaval. Vários objetos, com certeza arrastados pelo vento das casas da vizinhança, apareciam jogados na estrada barrenta. Folhas arrancadas, galhos quebrados e árvores caídas ladeavam toda a extensão do caminho.

Tibor não se aguentava de tanta curiosidade. Queria saber o que causara tudo aquilo, quem poderia ser o velho de manto azul, por que a avó era conhecida como curandeira, o que havia dentro da maleta, quem teria envenenado a bebida na casa de Rosa Bronze... A expressão da avó, no entanto, era de poucos amigos, e ele achou melhor se manter calado como os outros.

De longe avistaram Málabu e os pais de Rurique na entrada da casa dos Bronze, dando assistência aos convidados. A chuva e o vendaval tinham transformado o lugar por completo. O que antes era uma festa, agora parecia um cenário de guerra.

— A curandeira chegou! — avisou uma moça em voz alta. Tibor a reconheceu. Loira, com olhos bem parecidos com os de Rosa Bronze, ela era a mulher que lhe pedira ajuda em sua visão. Ele não entendeu nada. Era a primeira vez que via aquela mulher e, no entanto, já a conhecia.

Dona Gailde assentiu e a moça veio apertar sua mão.

— Muito obrigada por vir, Dona Gailde. Ouvi falar muito da senhora, mas não creio que isso seja importante no momento. Sou Miranda Bronze — falou, tentando disfarçar o desespero. — Poderia lhe oferecer algo, mas não acho que seja seguro beber ou comer nada por aqui. Vamos! Temos muito que fazer. — A moça levou Dona Gailde para dentro da casa. Tibor, Sátir e Rurique começaram a segui-las, mas a avó fez um sinal para que ficassem ali e os três obedeceram.

O pensamento de Tibor dava voltas. Como essa tal Miranda Bronze poderia saber que a avó viria se só havia pedido por uma curandeira em seu sonho?

Sem muito que fazer para ajudar, os irmãos e Rurique ficaram por ali, perto da entrada da casa, esperando a volta de Dona Gailde. Tibor viu Rosa Bronze despejar na grama todo o suco que preparara para a festa.

— Ei, tudo bem? — perguntou ele, se aproximando.

— Exceto pelo fiasco que foi o meu aniversário e por esse vendaval esquisito? Sim, está tudo bem — disse ela, com um sorriso forçado.

— Relaxe! As coisas se ajeitam — falou Tibor, tentando animar a menina.

— Obrigada pelo apoio — reconheceu Rosa. — Pena que não podemos servir mais nada aos convidados, meus pais proibiram. Disseram que tudo pode estar envenenado, acredita?

— O suco estava muito bom... — lamentou ele.

Os dois ficaram em silêncio um diante do outro. Tibor olhou bem fundo nos olhos de Rosa por um instante, mas desviou depressa o olhar, com as bochechas coradas. Ela também corou e tratou de retomar logo o assunto.

— Um homem estranho disse à minha mãe que era preciso chamar sua avó. Eu procurei por você e me disseram que você já tinha ido buscá-la. Quem te avisou? — perguntou a menina.

Tibor não sabia a resposta para a pergunta tão simples de Rosa e foi sincero.

— Realmente, não sei.

O pai de Rurique chamou o filho e os amigos e pediu-lhes que trouxessem a água que estava esquentando no fogão a lenha de sua casa.

— Acho que deve estar no ponto para que Dona Gailde prepare os chás, os antídotos e as compressas — disse Seu Avelino, e completou: — Precisei pôr a água para esquentar lá em casa porque, por algum motivo, o fogão elétrico dos Bronze parou de funcionar!

Rurique foi à frente por ser o dono da casa. Tibor, Sátir e Rosa o seguiram até o pequeno sítio ao lado, para ajudar a carregar a água.

O calor da lenha queimando aquecia todos os cômodos e a casa pareceu muito acolhedora aos quatro amigos. Duas panelas grandes cheias de água estavam sobre o fogão. Tibor e Rosa se encarregaram de uma das panelas, e Rurique e Sátir se responsabilizaram pela outra. Com cuidado para não escorregar no caminho enlameado, carregaram as panelas fumegantes até a sala da casa dos Bronze, onde Dona Gailde cuidava dos doentes.

A sala parecia uma enfermaria improvisada. Todos os tapetes da casa tinham sido estendidos ali, e as vítimas do envenenamento estavam deitadas lado a lado. Dona Gailde se movimentava entre os doentes, ocupada com garrafas e mais garrafas, punhados de folhas de diversos tipos e vários objetos estranhos. Ela picava e amassava folhas e socava sementes para misturá-las à água quente. O cheiro de ervas dominava a sala e se espalhava por toda a casa. Líquidos esverdeados eram preparados e distribuídos em copos, que eram servidos aos convidados, assim que atingiam a temperatura certa.

Dona Eulália fazia compressas na testa nos desacordados, agrupados num dos cantos da sala. Gemidos de dor e lamentos de sede eram ouvidos o tempo todo. Avelino convocou os dois meninos e as duas meninas para ajudar com a administração do antídoto, e os quatro passaram o resto da noite auxiliando os mais de vinte envenenados.

Entre as árvores molhadas de orvalho, o sol revelava a manhã do primeiro dia da quaresma. Enquanto o sol frio começava a subir no céu, Tibor repassou mentalmente todos os acontecimentos daquela noite.

PRIMEIRO ENCONTRO

Era quase meio-dia quando Dona Gailde anunciou que precisava descansar um pouco e dar almoço aos netos. Tranquilizou os Bronze, dizendo que voltaria para ver os enfermos e que ninguém mais corria risco de morte, pois tinham sido atendidos a tempo. Instruiu os pais de Rurique para que continuassem o tratamento, fazendo-os decorar os tipos de chá e os intervalos de tempo em que cada um precisava ser oferecido aos pacientes. Pediu que deixassem Rurique voltar com ela para o sítio, pois o menino tinha trabalhado bastante e precisava descansar. Além disso, sabia que era isso que seus netos queriam.

O caminho de volta não foi nada fácil. Estavam todos cansados e com sono. Sentiam o corpo moído e sem energia. Ao chegarem à porteira, olharam desanimados para o sítio todo sujo e bagunçado.

Tibor só conseguia pensar em sua cama. Até suas dúvidas pareciam adormecidas. Apesar da curiosidade enorme que o tinha dominado a noite toda, naquele momento o sono falava mais alto e calava suas perguntas com bocejos constantes.

O céu cinzento e a brisa gelada que vinha das montanhas faziam o dia parecer propício ao sono. Depois do banho quente, sentiram-se ainda mais entorpecidos.

Durante a refeição, ninguém conversou e o pouco que foi dito limitava-se a frases como "Passe a sopa de lentilhas!" ou "Mais torradas, por favor!". Dona Gailde disse que todos precisavam de um bom cochilo. Sabia que os meninos tinham muitas perguntas, mas informou que só daria respostas depois que todos tivessem recuperado as energias. Ninguém a contradisse. Assentiram de imediato. Depois da sopa quente, tudo o que queriam era deitar a cabeça em seus mais que abençoados travesseiros e se entregar ao sono.

Tibor acordou com o barulho do vento na janela. Sabia que o dia continuava cinzento e com aparência sombria, mas não feio, como diziam algumas pessoas. Tibor sabia apreciar a beleza de um dia nublado.

Sentou-se na cama e espiou o amigo. Como sempre, a baba de Rurique encharcava o travesseiro emprestado por Tibor. Tinha desistido de pedir à avó que o lavasse; já considerava aquele travesseiro perdido.

Lembrou-se de tudo que acontecera desde a noite anterior. Precisava das respostas prometidas pela avó. Fez uma bola com as meias que estava usando e atirou bem na testa do amigo, que acordou assustado. Tibor riu da cara do menino.

— Ei. Acorda, amigão! Está um lindo dia lá fora.

Rurique virou a cabeça para a janela e viu o céu nublado. Resmungos incompreensíveis saíram de sua boca, e ele voltou a se entregar ao travesseiro babado.

Outra bola de meia acertou sua cabeça.

— O que é, Tibor? — disse ele, sem se mexer.

— Será que Sátir e a vó já se levantaram?

— Como é que eu vou saber? — grunhiu o menino com a voz abafada pelo sono que ainda o dominava.

— Escute, você não está curioso pra saber o que aconteceu naquela festa? Ou o que eram aquelas coisas que atacaram a gente de madrugada? — perguntou Tibor, perplexo.

Tibor aguardou a resposta do amigo, mas a única resposta que veio foi um ronco baixo. Alcançou a pequena almofada que a avó usava para decorar a cama e acertou a nuca de Rurique.

— Que foi?! — disse a voz pastosa de Rurique.

— Ei! Não está curioso pra saber?

— Eu estou é com sono — reclamou.

Tibor se levantou para lavar o rosto e, ao passar pelo amigo, deu um chute de leve no braço dele.

— Tá bom! Você venceu. Já estou indo — disse Rurique, levantando-se com dificuldade.

Tibor foi ao quarto da irmã e sacudiu a menina, que não teve problemas em acordar. Um cheiro bom vindo da cozinha invadiu o quarto e o menino suspirou aliviado; teve certeza de que a avó já estava de pé. Sentia que se tivesse de esperar mais para ouvir as explicações de Dona Gailde ia ter um troço.

Ela estava sentada em sua costumeira cadeira de balanço, entregue a seu passatempo predileto: o tricô.

— Boa tarde, crianças! — disse ao vê-los descendo as escadas. — Para o trio de curiosos que são, demoraram mais que o previsto para acordar. Estou de pé há horas... — Os três retribuíram o boa-tarde, e Tibor pôde ver a garrafa, ainda enrolada no chale roxo, se mexer ao lado da avó.

— Peguem na cozinha o lanche que preparei pra vocês; há uma pequena bandeja para cada um sobre a mesa. Sirvam-se do que quiserem, tragam para cá e sentem-se aqui perto de mim. Eu vou dizer o que querem saber.

Os três voaram até a cozinha. Mesmo tendo pressa para ouvir a avó, era difícil escolher do que se servir naquela mesa repleta de delícias. Bolos de diferentes sabores, dois tipos de queijo, manteiga e requeijão. Café, achocolatado, leite recém-tirado da Mimosa. Era realmente uma tarefa complicada. Depois de se servirem de tudo o que queriam, foram para a sala, levando cada um a sua bandeja. A de Rurique estava tão cheia que, no curto trajeto entre a cozinha e a sala, ele acabou por deixar algumas bolachas recheadas pelo caminho.

Sentaram-se ao redor da avó. Sátir e Rurique no sofá e Tibor no tapete branco felpudo.

— Pois bem — começou Gailde —, temos alguns assuntos a tratar e não me peçam para dizer mais do que direi. Algumas coisas não são relevantes no momento. Mas antes que eu comece a falar, Tibor, por favor me explique uma coisa. — Ela fez uma pausa, deixou a peça que tricotava e as agulhas na mesinha do abajur a seu lado e disparou: — Como você sabia que a bebida da festa estava envenenada? A senhora Bronze me disse que você foi o primeiro a desmaiar, então por que não ficou doente como os outros? E mais uma coisa, quem lhe disse que eu era curandeira?

Tibor engoliu um bom gole de café com leite antes de responder. Todos na sala olhavam para ele fixamente.

— Na verdade, não sei bem como explicar, vó — disse ele. — Foi uma loucura só! Posso contar o que aconteceu comigo, mas acho que é a senhora quem vai poder explicar o que tudo isso significou.

Ela assentiu e permaneceu em silêncio. O menino pôs-se a falar.

— Lembro de estar dançando com Rosa Bronze. — Sátir remexeu-se no sofá. — De repente, algumas pessoas começaram a gritar, como se sentissem dor ou estivessem com alucinações; outras pessoas caíram desmaiadas. Málabu me tirou de lá, e a mãe de Rosa veio até mim perguntando por uma curandeira chamada Gailde. Esse nome não é nada comum, então ela só podia estar falando da senhora. — Tibor parou um instante e deu uma mordida no pão de milho com requeijão, percebendo que a avó estava pensativa. Sátir balançava a cabeça, discordando do relato do irmão. Ela tinha certeza de que as coisas não tinham acontecido daquele jeito. A menina olhava para o irmão desconfiando de que ele próprio tivesse sido vítima de uma alucinação.

— Vi vocês dois correrem muito rápido — continuou ele, apontando para Sátir e Rurique. — Eu bem que tentei alcançá-los, mas tudo ao redor ficou esquisito e então o velho apareceu.

— Que velho? — quis saber Sátir. — Ficamos juntos o tempo todo e não vi velho nenhum.

Rurique encarou Tibor com a xícara de café com leite a meio caminho da boca, aguardando com expectativa a explicação do amigo.

— Encontrei esse velho na estrada. Ele usava um manto azul, era simpático, não tinha nada de aterrorizante. — Rurique pôde enfim tomar seu gole de café com leite. *Se não era aterrorizante, então tudo bem*, pensou ele.

— O que esse velho disse? — perguntou a avó, se ajeitando na cadeira de balanço. A pergunta calou os protestos de Sátir.

— Ele me contou que a bebida estava envenenada e que estávamos passando por uma noite longa; me aconselhou a atender ao pedido da senhora Bronze e avisar a senhora de que precisavam de sua ajuda na festa. Então ele falou que não estava ali apenas para me dizer isso. — A garrafa coberta com o chale roxo se mexeu novamente, mas a atenção na sala era toda em Tibor. — Ele disse que tinha uma mensagem para mim.

— Me-mensagem? — gaguejou Rurique baixinho. — Que mensagem?

— Ele me disse para tomar cuidado com a minha tia-avó. — O próprio Tibor estremeceu. — Disse que ela tem vigiado o outro lado.

— O outro lado? — repetiu Sátir. — Mas do que você está falando? Tem certeza de que não sonhou, maninho?

— Tenho, pô! — respondeu Tibor, decidido. A avó o estudou em silêncio. — Ele disse que me daria um lembrete para que eu soubesse que não tinha sonhado. Acordei no meio da festa, olhei para o relógio e era como se o tempo não tivesse passado, ou melhor, tivesse andado para trás, porque a quaresma ainda nem tinha começado. Acordei com isto nas mãos. — Tibor tirou do bolso uma pena azul e a entregou a Gailde.

— É uma pena de beija-flor — ela concluiu depois de analisar a pena.

Tibor contou ter visto um beija-flor na sala da casa dos Bronze logo que chegaram na festa, e Rurique não foi o único que nesse exato momento sentiu um calafrio.

— A mãe de Rosa também foi avisada por "alguém" que precisavam de uma curandeira de nome Gailde. Tenho certeza que foi o velho de manto azul. A senhora acha que ele pode ter envenenado a bebida? — quis saber o menino.

— Não acredito que tenha sido ele — disse a avó, devolvendo a pena. — Seu relato não deixa de fazer sentido; dizem que alguns animais são como "mensageiros de outros mundos".

— Outros mundos... — repetiu Rurique, deixando a xícara de lado e desistindo de vez do café com leite.

— Exatamente. Meu pai contava histórias sobre a existência de outros mundos, mas não me lembro quase nada sobre o assunto — disse a avó com o olhar perdido. — O homem de manto azul veio dar um recado: uma de minhas irmãs anda vigiando o outro lado.

E os três ouviram Gailde dizer baixinho, com ar pensativo:

— Mas qual delas? Que lado?

— Que lado eu não sei, mas ele disse que era a Cuca. — Nesse momento, Tibor percebeu que a simples menção daquele nome bastava para deixar o clima pesado.

Depois de um tempo num silêncio reflexivo, Dona Gailde disse:

— É preciso ter muito cuidado, crianças! O senhor Tibor aqui — disse ela olhando fixamente para o neto — tem de aprender a obedecer, tem de parar de ser tão teimoso. Entramos numa nova quaresma, de alguma maneira posso sentir algo terrível se preparando, e estamos desprotegidos. Temos de ficar unidos ou...

— Como assim, desprotegidos? — perguntou Tibor, meio encabulado por ser chamado de teimoso na frente dos outros.

Gailde encarou cada um dos meninos, depois olhou para a garrafa que se mexia, coberta pelo chale.

— Querem saber o que são as criaturas que nos atacaram ontem?

Os três disseram que sim com a cabeça. Então ela puxou o chale, descobrindo a garrafa. Sátir levou as mãos à boca e soltou um gritinho abafado; os pelos dos braços de Tibor se eriçaram; e Rurique derrubou um pedaço de bolo no tapete com o susto.

Um diabinho de pele escura e olhos vivos e vermelhos encarava-os de dentro da garrafa. Devia estar bem irritado, porque seu olhar era de pura raiva. Equilibrava-se em sua única perna e socava a parede interna da garrafa, exigindo que o tirassem dali.

— Isso é... — começou Sátir.

— ...um dos filhos de Sacireno Pereira — completou Gailde.

Os três estavam perplexos.

— Eu disse... — resmungou Rurique, mas ninguém deu atenção.

— Fiz um acordo com Sacireno, como vocês já sabem. Ele me fez uma proposta praticamente irrecusável — continuou a avó dos irmãos Lobato.

— E que proposta foi essa? — quis saber Tibor, irritando-se só por ouvir o nome de Sacireno.

— Sacireno também sente que algo está para acontecer. Sabe que estamos desprotegidos por falta de um Muiraquitã — disse a avó.

— Um Muiraquitã que ele fez o favor de quebrar — disse Tibor ainda mais irritado.

— Vocês precisam aprender uma coisa sobre Sacireno Pereira — começou a avó. — Por instinto, ele é uma criatura que pensa só em si mesmo. Ele é um Saci. Só o que o favorece lhe interessa. É da natureza dele, e isso o torna inocente e perigoso ao mesmo tempo. Por não se importar com o que é certo ou errado, muitas vezes se coloca em perigo e, com frequência, coloca outras pessoas em perigo também. Isso o torna extremamente perigoso. Minhas irmãs sabem disso e usaram sua fraqueza para prendê-lo no Oitavo Vilarejo e obrigá-lo a fazer o que fez. Não tiro a culpa que ele tem nem por um instante; ele é um assassino e precisa pagar por seus atos. — Dona Gailde tinha uma expressão severa enquanto dizia isso, mas a grande bondade que levava no coração ainda podia ser vislumbrada em seu olhar. — Sacireno veio me propor um acordo pensando em seus filhos, estes sim totalmente inocentes de qualquer ato que Sacireno tenha cometido no passado.

— Inocentes? — retrucou Tibor. — Puseram a Vila do Meio abaixo numa só noite. Destruíram tudo em minutos.

— Mas são inocentes — argumentou a avó. — Acabaram de nascer, e agiram conforme sua natureza. Nascem em polvorosa, querendo mexer em tudo, bagunçar tudo, mas depois vão embora. Praticamente de sete em sete anos isso acontece. Todos reclamam do tal vendaval, mas a grande maioria dos moradores dos vilarejos nem sabe por que ele acontece; desconhecem o motivo. Arrumam e consertam tudo e se esquecem do ocorrido, achando que é só mais uma artimanha da quaresma.

Os meninos olhavam para o pequeno Saci na garrafa e não conseguiam vê-lo com bons olhos; afinal o pequeno diabinho os encarava de volta com os olhinhos vermelhos raivosos.

— Devem entender que são criaturas da natureza e, como tal, devem ser respeitadas. Acredito que estão apenas assustadas. — Dona Gailde olhou para os irmãos Lobato e emendou: — Seus pais entendiam e respeitavam as forças da natureza.

— Pois é... E acabaram mortos pelo fogo — retrucou Tibor na mesma hora, sem pensar.

Sátir, Gailde e Rurique se espantaram com as palavras duras do garoto.

— Não culpe o fogo pela morte deles e sim quem o usou para causar o incêndio! — disse a avó categoricamente.

Um silêncio de chumbo desceu sobre a sala, trazendo desconforto e dúvida.

— A senhora está querendo dizer o que, exatamente? — Tibor pronunciava as palavras vagarosamente, sentindo que estava prestes a descobrir algo muito importante. — O incêndio nas barracas do acampamento cigano foi proposital? Meus pais foram... assassinados?

O mundo podia desabar lá fora, mas os olhos e ouvidos dos três não se desviariam de Dona Gailde. A resposta àquelas perguntas mudaria muita coisa para os irmãos Lobato.

Dona Gailde olhou para eles e precisou disfarçar o pesar que sentia. Desviou o olhar para a janela, levantou-se e andou até o parapeito. Os três se entreolharam sem saber o que fazer. A avó se perdeu por alguns instantes em pensamentos e lembranças distantes. Com as mãos trêmulas, limpou as lágrimas que rolavam pelo seu rosto.

— Desculpem, crianças! — ela disse, retornando à realidade e se virando para encará-los. — Agora sou eu quem precisa descansar. Vão brincar, vão curtir sua idade, sua infância; não se preocupem com a limpeza do sítio, deixem isso para amanhã.

— Mas, vó... — começou Tibor, incrédulo com a súbita interrupção da conversa. Sátir colocou a mão em seu ombro e o fez se calar.

— Não saiam do sítio, está bem? — A avó enxugou as últimas lágrimas. A tristeza da avó os deixou arrasados. — Só me deixem descansar. Prometo falar disso com vocês, mas, por favor, não agora. — Ela então deu um beijo na testa dos três. — Amo vocês, meus netos. E isso inclui você — disse, olhando para Rurique e puxando-o para um abraço coletivo. Pegou a garrafa com o filho de Sacireno, cobriu-a com o chale roxo sem se importar com a cara do diabrete e o trancou de volta na gaveta da cristaleira.

Subiu as escadas com dificuldade; parecia que o peso dos anos, carregados de memórias do passado, tinha lhe atingido em cheio. As lembranças desgastadas reviveram em suas rugas e tornaram sua expressão, sempre alerta e vivaz, abatida e desanimada. A luz do dia iluminava o rosto dos três, perdidos num turbilhão de pensamentos. Por muito tempo, aquele ficaria marcado como o dia mais significativo e, ao mesmo tempo, mais sem sentido de suas vidas.

Depois de um tempo, olhando a destruição do sítio sentados na varandinha da casa, decidiram limpar e arrumar tudo. Não havia clima para mais nada. Respiraram fundo, encheram-se de coragem e passaram o resto da tarde empenhados em consertar o que tinha de ser consertado e limpar o que precisava ser limpo.

Nos dias seguintes, parecia que Dona Gailde tinha feito uma espécie de voto de silêncio. Falava só o necessário e muitas foram as vezes que os netos a encontraram divagando, com o olhar posto no vazio. Não foi difícil concluir que ela estava remoendo alguma lembrança triste e que queria se resguardar em sua dor. Ver a avó daquele jeito entristecia muito os garotos. Só o compromisso de cuidar das vítimas de envenenamento da festa na casa de Rosa tirava Dona Gailde de sua reclusão e a distraía um pouco de suas memórias.

Toda manhã, depois de se levantar, ela punha o pequeno Saci no parapeito da janela da cozinha para tomar sol e preparava o café da manhã, organizava a maleta com as ervas e os diversos frascos, e partia para o sítio dos Bronze. Voltava no fim da tarde, trancava o Saci na gaveta da cristaleira novamente, cuidava de alguns afazeres domésticos, preparava a refeição dos netos e se retirava para seu quarto.

Tudo era calmaria na Vila do Meio. A rotina tinha voltado a tomar conta do lugar. Málabu tinha ido fazer uma de suas viagens e só voltaria no final do mês. Quase todos os convidados que tinham sido envenenados na festa estavam recuperados e tinham voltado para casa. Poucos ainda inspiravam os cuidados de Dona Gailde. Tibor e Rurique tinham se entregado às brincadeiras. Compraram pipas e carretéis de linha numa vendinha em Diniápolis, cortaram tiras de sacos de lixo para fazer rabiolas e passaram algumas tardes soltando pipa de cima do galho mais alto da mangueira. Sátir se preocupava em auxiliar a avó nos afazeres do sítio e sentia que, fazendo companhia a ela, conseguia aos poucos tirá-la do estado de tristeza em que se encontrava.

Um céu azul e sem nuvens resolveu abrir a manhã do dia 13 de março. Um friozinho insistia em obrigar os moradores dos sete vilarejos a usar casacos e calças compridas. Na porteira do sítio da família Lobato alguém bateu palmas. O coração de Tibor reconheceu aquele som. Eram as palmas de Rosa Bronze.

O menino tinha convidado Rosa para conhecer o sítio e passar o dia por lá. Rurique foi logo cumprimentá-la, enquanto Sátir foi até ela meio a contragosto. Rosa tinha passado os últimos dias sob a vigilância dos pais, após os dois terem ouvido falar tanto sobre a tal quaresma, mas, depois de algum tempo sem nenhum incidente, eles acabaram dando uma folga à menina.

— Olá! — saudou-a Dona Gailde, abrindo um sorriso que há alguns dias estava escondido sob suas rugas. — Finalmente você veio conhecer nosso sítio. Fique à vontade, menina Bronze. Espero que goste de tudo por aqui.

— Muito obrigada — disse Rosa, encabulada.

Os quatro se divertiram juntos, até Sátir se animou brincando de esconde-esconde. Quando era a vez dela de procurar os amigos, fazia questão de encontrar Rosa primeiro, passando-lhe o legado de contar até cem com o rosto voltado para a parede e de procurá-los por muito tempo. A irmã só se irritava quando o irmão praticamente se entregava para que Rosa o encontrasse logo. Quando Sátir percebia que o irmão tinha feito isso, escondia-se tão bem que era quase impossível encontrá-la. Numa dessas vezes, Rosa Bronze teve de procurá-la por mais de uma hora.

No fim do dia fizeram uma fogueira e sentaram-se em volta dela para contar histórias de assombração e comer os sanduíches que Dona Gailde tinha preparado antes de se recolher.

Rosa parecia ser uma pessoa difícil de impressionar. Não acreditava em nada do que diziam e rebatia afirmando que aquelas eram histórias inventadas para assustar os moradores da cidade grande. Disse que estava acostumada com esse tipo de história desde pequena; que sua avó, que já tinha falecido, sempre contava histórias para ela.

Os meninos lamentavam não ter a chave da cristaleira para mostrar a Rosa o Saci que Dona Gailde mantinha preso na garrafa.

A certa altura, Sátir começou a juntar a louça suja numa bandeja e levar tudo para a cozinha. Depois de lavar os copos e deixar tudo arrumado — manter a limpeza do sítio era um hábito louvável que os três tinham adquirido com Dona Gailde —, a menina encontrou Rurique na sala acendendo a lareira.

— Cadê o Tibor? — perguntou Sátir ao amigo.

— Está lá fora com a Rosa — respondeu o menino. — Eu estou cansado e com frio, aquela fogueira já não está esquentando nada.

Tibor estava, naquele exato momento, mostrando o interior da casa da árvore para a menina. Contava como a tinham construído e como a ajuda do caseiro do sítio dela, João Málabu, e o talento de Rurique para a marcenaria tinham sido fundamentais. Percebia, vez ou outra, um olhar diferente que a menina direcionava a ele. Não entendia por que suas mãos tremiam e seu coração acelerava. Enquanto falava, sentia-se um idiota, pois sabia que suas bochechas estavam vermelhas, e pensar nisso o envergonhava ainda mais, deixando suas bochechas ainda mais vermelhas. Será que Rosa percebia que ele estava parecendo um pimentão?

Num relance, viu que as mãos de Rosa também estavam trêmulas, e ela, ao perceber que ele olhava para suas mãos, escondeu-as depressa nos bolsos da calça. Tibor se deu conta de que estava se repetindo e contando a mesma coisa mais de uma vez. Abriu um sorriso tão amarelo quanto as paredes da casa da árvore, tentando achar graça da confusão. Sentia suas bochechas tão quentes que se perguntou se estaria com febre. Rosa Bronze olhou-o nos olhos e os dois foram envolvidos pelo silêncio da noite; a sensação de dividir o barulho do nada com alguém era incrível.

Rosa se aproximou dele e fechou os olhos. Sem saber por que, Tibor fez o mesmo e ela o beijou de leve nos lábios; depois, afastou-se num movimento rápido.

Tibor Lobato não entendia o que estava acontecendo. Era como se todo o seu corpo enrijecesse e relaxasse ao mesmo tempo. A menina corou mais do que ele. Rosa se virou para descer os degraus pregados no tronco e no mesmo instante um barulho seco invadiu a casinha da árvore. Tibor procurou a fonte da pancada e viu que a janela do quarto da irmã tinha se fechado. Será que ela viu o beijo que Rosa me deu?, perguntou-se. Por que raios, afinal, ela está tão irritada?

O pai de Rosa apareceu na porteira para levá-la para casa.

— Bom, então, tchau! — disse a menina de olhos azuis.

— A-até ama-amanhã? — gaguejou ele, tentando formular uma pergunta.

Ela respondeu que sim com uma risadinha e se foi.

Um sorriso espontâneo apareceu, movendo as bochechas do menino. Sentia-se nas nuvens, sabia que ao deitar a cabeça no travesseiro sonharia com querubins loiros com a cara de Rosa Bronze.

Ao passar perto da casa da árvore, depois de deixar a porteira em direção à casa, Tibor ouviu um barulho de vidro caindo. Foi como um tilintar. Talvez eles tivessem deixado alguma coisa na beirada da mesinha de madeira antes de descer os degraus da casa da árvore. Mas Tibor não deu atenção ao que seus ouvidos lhe diziam; estava contente demais para se importar com qualquer coisa que fosse. Nada podia tirar o enorme sorriso, meio abobalhado, que tinha no meio da cara. O tédio, que vez ou outra ainda insistia em aparecer, foi definitivamente exterminado.

A Carta De Despedida

Na manhã seguinte, Tibor e Rurique desceram as escadas animados e, como sempre, encontraram a farta mesa de café da manhã esperando por eles. Dona Gailde estava sentada à mesa com uma xícara de café preto na mão.

— A que horas vocês foram se deitar ontem? Bem tarde, não foi? — perguntou ela aos dois meninos.

— Nem tanto, vó — respondeu Tibor.

— Estou estranhando que sua irmã ainda não tenha descido. Ela sempre aparece quando sente cheiro de café fresco — comentou a avó, e Tibor se lembrou da irmã batendo a janela com força quando Rosa lhe dera o beijo. Será que ela estava chateada por causa do beijo e por isso não havia descido para tomar café?

— Vou ver o que está acontecendo! — disse Tibor, largando o pedaço de bolo de fubá.

Subiu os degraus de dois em dois e ficou parado um tempo diante da porta fechada do quarto da irmã. Girou a maçaneta devagar e viu que estava trancada.

— Sátir? — chamou ele, sem obter resposta. O menino bateu na porta e chamou novamente. — Sátir! — Podia ver a luz do dia passar por debaixo da porta. — Ei, maninha, abra essa porta.

O menino começava a se preocupar, não entendia o motivo da irritação da irmã, mas tudo que entristecia Sátir o entristecia também.

— Olha, se quiser conversar sobre o que viu ontem à noite estou aqui, tá? — disse ele, baixinho, para que a avó e o amigo não escutassem. — Mas não foi nada de mais, não fique assim. Está um dia bonito lá fora, ótimo para comer mangas! — Ele esperou uma resposta ou um sinal e mais uma vez Sátir o ignorou.

Tibor voltou à cozinha e contou à avó que a porta do quarto da irmã estava trancada.

— Trancada, é? — estranhou Dona Gailde. — Nunca vi Sátir trancar a porta do quarto.

A avó fez mil perguntas sobre a noite anterior, procurando um motivo para o isolamento da menina. Foi Rurique quem desvendou o mistério para Gailde.

— Acho que ela tem um pouco de ciúme de Tibor com Rosa Bronze; para não dizer muito, né?

Tibor fulminou o amigo com os olhos, mas acabou confessando que eles tinham trocado um beijo. Rurique não conseguiu segurar o queixo, que caiu diante da revelação do amigo.

— Entendo — foi só o que Gailde disse antes de levantar a barra da longa saia, arrumar o café da manhã de Sátir numa bandeja e subir as escadas. Os meninos foram atrás.

TOC TOC TOC, a avó bateu na porta da neta.

— Sátir, minha querida, abra a porta! — Novamente nenhuma resposta. Dona Gailde chamou mais duas vezes sem sucesso. — Tudo bem, entendo que não queira sair. Vou deixar uma bandeja com seu café da manhã aqui na porta, está bem? Para quando você sentir fome.

A bandeja foi deixada ali. A fumaça do café com leite dançou alegre pelo corredor, mas nem isso fez a menina aparecer.

Eles desceram as escadas em silêncio. Os dois meninos se sentaram ao lado da cadeira de balanço de Gailde, que começou a tricotar tranquilamente, e esperaram uma explicação. Como a avó não se manifestasse, Tibor disse, desanimado:

— Vó, não entendo por que Sátir ficou assim tão chateada. Parece que ela não gosta mesmo da Rosa...

— Tibor, ela está com ciúmes, é só isso. Vai acabar passando, uma hora ou outra — explicou a avó.

— Mas... ciúmes de quê? — quis saber ele.

— Ora, não é óbvio? Sátir é sua irmã mais velha e assumiu o papel de sua protetora até agora. Você, mais do que ninguém, sabe que ela avalia as pessoas que se aproximam de você. É um mecanismo de defesa. Ela estuda a pessoa e analisa os riscos. A sua namora...

— Ei! Ela não é minha namorada! — cortou Tibor, depressa. Um velho conhecido calor corou-lhe as faces.

A avó não conseguiu conter um sorrisinho.

— Tudo bem, tudo bem! Mas essa menina, a tal Rosa, entrou na vida de vocês de repente e ganhou toda sua atenção. De alguma maneira isso representa uma espécie de risco para Sátir.

— Risco? De quê?

— Ora, Tibor! Vocês são muito unidos e acolheram Rurique como irmão — disse ela, e Rurique abriu um largo sorriso ao ouvir isso. — Sátir não está conseguindo fazer o mesmo com Rosa. Ela sente que Rosa pode um dia separar vocês de alguma maneira. É mais ou menos isso — finalizou a avó.

Tibor ficou confuso e chateado pela irmã.

— Não há nada que se possa fazer? — quis saber.

— Além de esperar? Acho que não.

Tibor sentia como se lhe faltasse um pedaço. Estava mesmo sentindo falta da irmã. Rurique o chamara para uma lutinha de espadas de madeira, mas o menino recusou e subiu as escadas, decidido a fazer a irmã sair daquele quarto.

— Ei, Sátir, deixe de bobagem! Abra a porta! — disse ele, mas era como se conversasse com a maçaneta. Pensou em tudo o que a avó lhe dissera e, tentando se colocar no lugar da irmã, disse baixinho: — Eu nunca vou deixar você, está escutando? — Ela não respondeu. O menino franziu a testa com o pensamento que teve. Aquilo não era do feitio de Sátir. Mesmo se estivesse chateada, ela teria vindo falar com ele. Sentia que a avó e Rurique tinham mesmo razão sobre os sentimentos dela, mas achava que a irmã já estaria exagerando até para os "padrões Sátir" de ser.

A bandeja com café da manhã ainda estava ali, do mesmo jeito, exceto pelo café com leite, que já estava frio.

Algo estava errado. Tinha de estar.

— Aonde você vai? — quis saber Rurique quando o menino passou apressado por ele do lado de fora da casa.

Tibor não respondeu, seguiu até a casa da árvore e subiu os degraus de tábuas pregadas tronco acima. Estranhou as duas garrafas e os frascos de vidro jogados num canto; olhou na direção do quarto de Sátir e viu a janela escancarada.

Se até agora tinha achado, assim como Rurique e a avó, que Sátir estivesse aos prantos em sua cama, percebeu que estava redondamente enganado quando viu, pela janela, a cama da menina perfeitamente arrumada e nenhum sinal dela no quarto.

O desespero tomou conta de Tibor; num movimento brusco, esbarrou numa garrafa sobre a mesinha de madeira e a derrubou no chão. Em vez de descer os degraus, saltou do alto da árvore para a grama e correu para dentro de casa.

— O que foi, menino? — quis saber Gailde, com um pano de prato nas mãos, quando Tibor passou voando por ela e subiu as escadas.

— Ela não está no quarto! — gritou ele, torcendo para que estivesse enganado.

— O quê? — perguntaram Rurique e Gailde ao mesmo tempo. E puseram-se a segui-lo às pressas.

— Eu olhei da casa da árvore e o quarto dela está vazio — Tibor explicou, enquanto subia as escadas como um louco e sem olhar para trás.

Ele estava tentando empurrar a porta com o ombro, quando Rurique se aproximou e começou a chutar a maçaneta com força. Os dois conseguiram, finalmente, arrebentar a fechadura e entrar no quarto.

Tudo estava perfeitamente em ordem, como se ela nem tivesse passado a noite ali. Em cima da cama, havia um bilhete escrito com a letra de Sátir. Tibor leu em voz alta:

Esta carta é para todos vocês...

Estou deixando o sítio.
Sinto muito, espero que um dia possam me entender...
...mas precisei seguir!

Amo vocês
Sátir

— Não acredito nisso! Não acredito em nada do que está escrito aqui! — disse o menino, com os olhos pregados nas palavras escritas pela irmã.

Dona Gailde inspecionou o quarto com os olhos, mas as lágrimas embaçaram sua visão. Secou o rosto rapidamente e se aprumou. Não podia se deixar abater. Todos podiam sentir o clima pesado que se instalara dentro do quarto de Sátir. Então ela pediu a Rurique que fosse correndo buscar João Málabu, pois sempre podia contar com ele nas horas de dificuldade.

Ela então desceu as escadas com Tibor em seu encalço.

— Vó, temos de achá-la! Não acredito que Sátir tenha ido embora. Isso não faz sentido. Ela não fugiria de casa.

— Como você pode ter tanta certeza? — quis saber a avó, enxugando as novas lágrimas que se formavam por trás dos óculos.

— Conheço a Sátir, e a senhora sabe como ela é. Se algo estivesse incomodando minha irmã, ela teria vindo tirar satisfação na hora.

— Pelo que vejo, não é isso que ela tem feito desde quando conheceu Rosa Bronze — disse a avó. — Ela pode ter ficado magoada.

— Tudo bem, mas fugir de casa? Isso já é demais, né?

— Mas parece que foi o que aconteceu, Tibor!

— Vó, estou dizendo, ela não fugiu do sítio! — afirmou ele.

— E como você explica esse sumiço, então?

— Alguém esteve aqui! — disse ele decidido.

— Meu neto querido! Sei que está com medo que a culpa caia sobre você, mas...

— Não estou com medo de nada, vó. Alguém levou a minha irmã daqui! — cortou-a Tibor.

Dona Gailde encarou o neto com atenção, esperando que ele justificasse aquela estranha afirmação. Ele continuou:

— Eu vi garrafas e frascos de vidro vazios na casa da árvore, iguais aos que a senhora carrega na sua maleta. E eles não estavam lá ontem.

— Garrafas... — repetiu ela. Tibor assentiu e foi correndo buscá-las.

Quando voltou, a avó se espantou ao ver os objetos nas mãos do menino. Examinou e cheirou as garrafas.

O menino fitou a avó, esperando que ela dissesse algo que lhe desse um ponto de partida para procurar a irmã.

— Não sinto cheiro de nada. Tem certeza de que vocês não levaram essas garrafas lá pra cima por algum motivo? — perguntou ela.

Tibor olhou sério para a avó e respondeu:

— Nenhum de nós nunca pegou essas garrafas, vó.

A porta da sala se abriu e Rurique entrou com a notícia de que Málabu ainda não voltara de sua última viagem. Dona Gailde estranhou muito aquela demora. Atrás de Rurique entraram o Senhor Avelino, pai de Rurique, e o Senhor Bronze, pai de Rosa, ambos dispostos a procurar a menina pelos arredores.

Ninguém na Vila do Meio deu notícia de Sátir. Não havia sinal dela em canto algum. Perguntaram em todos os sítios da estrada principal e em todos os sítios e casebres das estradinhas secundárias.

O Senhor Avelino e o Senhor Bronze procuraram por três dias seguidos sem nenhum resultado. Decidiram, então, fazer uma pausa nas buscas, pois estavam sem dormir direito; precisavam descansar e recuperar as energias. Dona Gailde estava muito abatida e Tibor, desesperado.

E se sua irmã tivesse mesmo fugido por sua causa? A avó sempre reclamava de sua teimosia e ele se sentia culpado por isso também. Estava muito nervoso e impaciente, e não sabia como se controlar. Era por causa dele que a avó tinha de manter um dos filhos de Sacireno preso numa garrafa, e Tibor sabia que isso causara um problema que a avó não sabia como resolver e que tinha a ver com o acordo entre ela e Sacireno. O menino queria resolver a situação, precisava fazer alguma coisa, e urgentemente. A culpa que sentia era como uma bola de neve crescendo em seu estômago.

Tibor passava horas no quarto da irmã, procurando alguma pista ou simplesmente sentado na cama tentando entender o que havia acontecido. Numa dessas vezes, viu a chave da porta do lado de dentro da fechadura. Isso o fez pensar que a irmã tinha saído pela janela. Essa seria a única opção para abandonar o quarto. O menino se debruçou na janela e alcançou um galho vigoroso da árvore que crescia ali. Subiu no galho e percebeu que era forte o suficiente para aguentar o seu peso e, portanto, o de Sátir também. Seguiu por ele e chegou à casa da árvore sem muita dificuldade. Mas ele ainda não acreditava que a irmã tivesse motivos para sair do quarto daquela maneira. Olhou pela janelinha da casa da árvore e viu o quarto inteiro da irmã.

Se alguém raptou Sátir, esse alguém ficou aqui, espionando, pensou ele enquanto um arrepio subia pela sua espinha. *Eu vou descobrir quem foi!*

Tibor arrumou uma mochila às pressas e a escondeu embaixo da cama. Esperaria a avó adormecer e sairia atrás de Sátir naquela noite mesmo. Estava decidido.

Aquela noite, engoliu, aflito, o jantar. Queria poder acelerar o tempo, mas era impossível. O pai de Rurique e o de Rosa deixaram o sítio, e Rurique foi obrigado a ir com eles. Alegaram que Dona Gailde precisava descansar e que o menino só seria motivo para mais trabalho. Pediram à velha senhora que ficasse tranquila e garantiram que, quando a raiva da menina, ou seja lá o que estivesse sentindo, passasse, ela voltaria para casa. E, caso ela não aparecesse, tomariam outras providências e recomeçariam as buscas. Mas pareciam estar certos de que ela apareceria por conta própria.

Agora, Tibor não se importava mais em ser chamado de teimoso, podia ser o mais teimoso do universo, mas de jeito nenhum acreditava naquilo.

Antes de ir embora, Rurique chamou Tibor de lado e lhe disse baixinho:

— Eu vi sua mochila quando fui pegar minhas coisas. Sei o que você vai fazer. — Antes que Tibor pudesse dizer algo, Rurique cochichou: — Eu vou com você. À meia-noite em frente ao sítio do Senhor Pereira. Lá é o primeiro lugar que vamos procurar, certo?

Tibor não soube o que dizer, não queria que mais nada acontecesse por causa dele, queria impedir o amigo de embarcar com ele em sua "jornada maluca", mas o pai de Rurique puxou o filho pelo braço, e eles seguiram rumo à porteira antes que Tibor pudesse dizer alguma coisa.

O amigo magricela ainda olhou para trás como se confirmasse o acordo com Tibor. Rurique exibia um olhar do tipo "nem pense em tentar me fazer mudar de ideia".

O relógio cuco mostrava quinze minutos para a meia-noite. Dona Gailde, sentada em sua cadeira de balanço, acabara cochilando com o tricô sobre o colo.

Tibor foi se esgueirando até o quarto da avó, pegou a chave que abria a gaveta da cristaleira e a enfiou no bolso. Estava decidido a resolver tudo o que estava afligindo seu coração naquela noite. Voltou à sala e ficou olhando a avó cochilando por alguns instantes antes de chamá-la.

— Vó? — Ela abriu os olhos depressa, um pouco assustada. — A senhora está cansada, não acha melhor ir para a cama? Não vale a pena esperar que ela volte sentada aí nessa cadeira. A senhora precisa dormir.

— Tem razão, Tibor, tem razão — disse, estendendo a mão para o menino, que a ajudou a se levantar e a guiou escada acima até acomodá-la na cama.

Tibor acariciou os cabelos brancos, mas ainda levemente avermelhados, da avó e esperou até que ela voltasse a dormir apoiada no travesseiro de pena de ganso. Ao vê-la fechar os olhos, cobriu-a com o edredom. Ia saindo de fininho quando ouviu a avó balbuciar algumas palavras.

— Volte, minha netinha! Volte para casa...

Aquilo atingiu Tibor como uma flecha e o fez querer ainda mais encontrar a irmã. Dona Gailde parecia muito frágil ultimamente. Alguma coisa a tinha feito reviver coisas do passado que deveriam ter ficado para trás.

Tibor pegou a mochila em seu quarto e desceu as escadas muito devagar, tentando ao máximo não fazer nenhum barulho. Destrancou a gaveta da cristaleira e pegou a garrafa com o Saci. Ao perceber que ainda era noite e que não era Dona Gailde quem o estava tirando de lá, o Saci fez uma cara amarrada, mas não conseguiu esconder certo desespero.

— Aonde tá me levando? — perguntou o diabinho, mostrando-se bem valente.

— Você fala? — Tibor se espantou.

— Mas é claro que eu falo. Aonde é que tá me levando? — repetiu ele.

Tibor bufou e respondeu:

— Vou tentar devolver você para seu pai, assim resolvo uma parte dos problemas que causei.

— Ocê é um menino besta. Só faz besteira, êh-êh — disse o Saci com ar debochado. — Meu pai num vai perdoá ocê não, viu?

O menino encarou o diabrete, que o olhava com desprezo.

— Não tenho medo do seu pai, saiba disso. Ele é um covarde! — Tibor enfiou a garrafa na mochila e fechou o zíper, impaciente.

Um assobio alto e abafado soou dentro da mochila.

FIIIIIIIIIIIIIIIIIIII!

Tibor tapou os ouvidos e se ajoelhou no chão. O assobio só cessou quando ele pegou a garrafa de volta.

— O que você está fazendo? Quer parar com isso? Vai acordar minha avó!

— Pará? Não, eu num quero, não — disse o Saci. — Quem falô procê que eu quero saí dali? — disse ele, apontando para a cristaleira.

O menino não entendeu nada.

— Eu quero é vê ocê levá uma coça do meu pai! Hi-hi!

Tibor pensou um pouco e olhou para o relógio. Estava atrasado; àquela altura Rurique já estaria esperando por ele. Precisava agir rápido.

— Estou tentando levar você até Sacireno, mas se você quiser eu posso te jogar no rio. Aqui atrás passa uma corredeira bem legal. — O Saci olhou para ele assustado. — Quem sabe o dia que vão te encontrar e abrir essa garrafa? Talvez fique preso nela para sempre.

— Não! Num quero o rio, não. — O pequeno Saci cruzou os braços e fechou a cara ainda mais. Parecia mais uma criança mimada que um ser perigoso. A avó tinha razão quanto à índole dos Sacis.

— Então, colabore! — disse Tibor com firmeza. — Vou levar você comigo, mas tem de ficar calado ou então... rio.

O saci pareceu pensar um pouco antes de dizer:

— Tá bom! Eu aceito ir cocê, mais num balança muito essa garrafa, não — disse ele com o dedo em riste, apontando para Tibor.

Aliviado, Tibor se esforçou para não rir; estava começando a gostar do tal Saci, mas só um pouco.

— Vou ver o que posso fazer, mas você tem de colaborar e ficar calado. — Dizendo isso, colocou a garrafa de volta na mochila.

Dessa vez o Saci ficou quieto. Tibor saiu pela porta da frente e agradeceu aos céus por sua avó não ter acordado com o assobio da criatura. Passou pela porteira e seguiu pela Estrada Velha, em direção ao sítio de Sacireno Pereira.

8

DE VOLTA AO MOINHO

Ao longe Tibor viu, iluminada pela fraca luz da lua, uma silhueta magricela parada no meio da estrada. Não havia dúvida, era Rurique.

— Puxa vida! — reclamou o amigo quando Tibor se aproximou. — Achei que não viria mais. Custava chegar mais rápido? Escutei muito mais do que uivos de Lobisomem aqui.

Tibor encarou o amigo e perguntou:

— Tem mesmo certeza de que quer ir, Rurique? Isso pode ser perigoso, e eu...

— Ah, não me venha com essa, Tibor! Já disse que eu vou com você e ponto final.

Tibor se calou por um instante e olhou Rurique de cima a baixo, pensando na determinação do amigo. Viu que ele carregava a espadinha quebrada de madeira presa ao cinto.

— Ok! Então vamos começar por aqui — disse Tibor, andando até a cerca de arame farpado que demarcava a propriedade de Sacireno.

Por fora, a casa se encontrava num estado deplorável, e era fácil concluir que estava abandonada há anos. Mesmo depois que se libertara do Oitavo Vilarejo, o Saci não tinha dado as caras por ali. Mas Tibor e Rurique lembravam-se que as portas e janelas, agora fechadas, tinham ficado escancaradas na última vez que estiveram ali.

Aproximaram-se da porta de entrada e constataram que estava trancada. Quem a teria fechado? Também não conseguiam abrir nenhuma das janelas; todas pareciam emperradas. Na parte de trás da casa, encontraram a janelinha do banheiro aberta. Rurique já estava com o pé no degrau que Tibor fazia com as mãos, pronto para alcançar a janelinha, quando um barulho vindo de uma moita ali perto chamou a atenção dos dois.

O coração dos meninos quase saltou pela boca quando viram uma menina de cabelos dourados saindo de trás da moita e vindo na direção deles. Era Rosa Bronze.

— O que você está fazendo aqui? — quis saber Tibor, irritado por ter se assustado.

Antes que a menina pudesse dizer qualquer coisa, Rurique falou nervoso:

— Eu disse pra você não vir! — Tibor olhou para o amigo, confuso. — Ela me seguiu quando eu saí de casa, me implorou tanto pra dizer o que eu ia fazer que acabei contando a ela que iríamos procurar Sátir e...

— Eu sabia que uma hora vocês sairiam para procurá-la. Parece que vocês sabem de algo que ninguém mais sabe. Algo "a mais" sobre o que acontece por aqui. Então, resolvi seguir o Rurique.

— Perdeu seu tempo, não sabemos de nada "a mais", como você diz — falou Rurique, imitando-a.

— Além disso, é muito perigoso, estamos na quaresma. É melhor voltar para casa; seus pais podem estar procurando você! — completou Tibor.

— Não, eles não estão. Foram dormir, e pelo jeito que meu pai estava cansado, depois ter passado três dias procurando Sátir, não acho que vai acordar tão cedo. — A menina tinha olhos curiosos, como os de Tibor, e esquadrinhou o quintal de Sacireno. — E então, qual é a desse lugar? Por que começar por aqui?

Tibor e Rurique se entreolharam. Rosa não estava nos planos e eles não tinham certeza se a presença dela os atrasaria ou ajudaria. Só sabiam que, pelo jeito, ela não arredaria pé dali e teriam de levá-la junto.

— Ok! Você vem com a gente — começou Tibor —, mas saiba que é bem perigoso o que estamos fazendo. Podemos encontrar coisas que vão fazer você ter pesadelos pelo resto da vida.

— Uhuuu, que medo! — caçoou a menina.

— Ei, isso é sério! — disse Tibor, encarando-a.

— Não tenho medo, Tibor. Quero ajudar — retrucou Rosa, encarando-o de volta.

O menino admirou a atitude de Rosa, mas disfarçou o quanto pôde para ela não perceber. Os três ficaram em silêncio por um tempo, ouvindo alguns latidos em sítios mais distantes, olhando os estranhos desenhos que a luz da lua pintava na grama e tentando se convencer de que nada aterrorizante se escondia na escuridão da noite.

— Bem, vamos lá, então! — falou Tibor, voltando a fazer o apoio com as mãos para que Rurique pudesse alcançar a janelinha. Depois foi a vez de Rosa e, por fim, Rurique estendeu a mão do alto da janelinha e ajudou Tibor a subir.

Estavam novamente dentro da casa de Sacireno. Fazia um ano que não entravam ali. Os pedaços de bambu dos móveis e enfeites ainda estavam espalhados pelo chão. O lugar estava escuro, frio e silencioso, e parecia óbvio que Sátir não estava ali. Mas Tibor acreditava num possível envolvimento de Sacireno com o sumiço da irmã. Talvez o filho do Saci em sua mochila fosse o motivo do rapto da irmã. Tibor tinha trazido a garrafa com o diabrete no intuito de fazer uma troca. Mas, depois de andarem por todos os cômodos e não encontrarem nada, ele reconheceu que não havia o que ser trocado.

Voltaram ao quintal, pulando a janelinha do banheiro. Enquanto descia, Rurique aproveitou para vasculhar com o olhar o quintal. Quando chegou ao chão, alertou o amigo:

— Ei, Tibor, olha lá!

O menino apontava para o bambuzal que crescia no quintal. As hastes estavam todas quebradas, formando um imenso emaranhado. Tibor achou estranho, mas não entendeu o que exatamente chamava a atenção do amigo.

— Dizem que os Sacis surgem das hastes do bambu! Pelo que ouvi contar, eles ficam aí dentro por sete anos. Acho que ISSO — disse Rurique apontando o bambuzal — comprova o que sua avó disse. Quando os

Sacis nascem, destroem tudo. Lembra-se do forte vendaval que ocorre de sete em sete anos?

Tibor ficou chocado. Estivera ali um ano atrás e não podia imaginar que estava lado a lado com mais de cem diabretes como o que tinha dentro da mochila agora. Cem diabretes apenas aguardando a hora certa para nascer.

— Sacis? Alô, pessoal! — caçoou Rosa Bronze. — Não estão exagerando um pouquinho, não?

Tibor olhou para ela, pensou bem e disse:

— Rosa, preste atenção! Não vou contar tudo porque não quero demorar para achar minha irmã, mas você precisa ouvir pelo menos o essencial, tudo bem? — A menina fez que sim com a cabeça. — Pois bem... — começou ele.

Tibor contou a Rosa a história do gorro; depois explicou quem era Sacireno Pereira e falou da briga que travara com ele no Oitavo Vilarejo; confessou que era bisneto do Curupira, mas omitiu a existência das duas tias-avós e do Boitatá; falou da visita de Sacireno ao sítio e do acordo secreto entre o Saci e a avó. Por fim, abriu a mochila, puxou uma garrafa de dentro e mostrou a ela a pequena criatura.

Rosa e Rurique arregalaram os olhos, chocados.

— Por que você trouxe esse demônio? Você ficou louco? — esbravejou Rurique.

— Shh! Fale baixo! — reprimiu-o Tibor, olhando para os lados. — Ora, se Sacireno sequestrou minha irmã, não acha que uma troca vai fazê-lo devolvê-la? — Rurique balançou a cabeça entendendo a lógica, mas sem tirar o olho do pequeno Saci, temeroso.

Rosa estava pasmada.

— Eu sabia que existia "algo a mais" — disse, perplexa.

— E então, quer mesmo vir conosco? Ainda dá tempo de desistir — desafiou Rurique de Freitas.

— Jamais! — disse ela colocando as mãos na cintura.

Alguma coisa em Rosa fazia Tibor lembrar a irmã. Talvez a teimosia ou o espírito aventureiro; ou as duas coisas.

— Bem! Para onde vamos agora? — perguntou ela.

Rosa e Rurique esperaram uma resposta de Tibor.

— Para o Moinho dos Trasgos — respondeu ele.

E os quatro, Tibor, Rosa, Rurique e o filho do Saci, preso na garrafa, partiram rumo ao antigo moinho acompanhados pela luz da lua cheia e pelo frio da madrugada. Tibor parecia mesmo decidido a encontrar a irmã. A tremedeira que sacudia seu corpo era APENAS por conta do vento gelado!, dizia ele. Vez ou outra, o menino sentia que estava sendo observado por entre as folhagens que ladeavam a estrada, e isso era muito sinistro de imaginar. Não era o único a ter essa sensação, por isso os olhos e ouvidos de Rurique e Rosa também se mantinham atentos ao mínimo barulho.

Ao voltar para a estrada, passaram em frente ao sítio da família Lobato. A entrada da trilha que levava ao moinho ficava ali perto, embrenhando-se na mata fechada.

Agora, Rosa não conseguia esconder que o medo gelava sua espinha. Nunca tinha lhe passado pela cabeça, menina da cidade que era, andar numa floresta de madrugada. Rurique até tentava esconder seu medo, mas ele parecia escrito com tinta fluorescente em sua testa. Tibor ia à frente dos dois, motivado pela certeza de que a irmã precisava dele.

— Acho que é por aqui — disse ele, apontando para uma pequena trilha que saía da estrada.

— Você "acha"? — perguntou Rosa. — Não tem certeza de como chegar a esse tal moinho? — quis saber ela, indignada.

— Na verdade, da última vez que estivemos lá, foi por acaso. Estávamos perdidos na floresta — respondeu Rurique.

Rosa fez cara de poucos amigos, mas sabia que a decisão de acompanhá-los não tinha volta e por isso continuou na cola deles.

Um emaranhado de galhos e folhas dificultava o avanço dos três; e os pequenos cortes e arranhões que iam ganhando nas pernas, nos braços e no rosto tornavam a jornada dolorida e ainda mais difícil. Depois de algum tempo caminhando, chegaram a uma clareira na floresta. A copa das imensas árvores formava um denso dossel natural que impedia a luz da lua de se infiltrar por grande parte do cenário. Vapor saía da boca dos três e, vez ou outra, eles tinham de esfregar as mãos para aquecer os dedos.

O caminho se tornou íngreme e eles se sentiam muito cansados. Andaram por mais de uma hora, até que Rurique falou.

— Vocês não acham que deveríamos descansar um pouco? Minhas pernas não estão aguentando mais, e esse frio não ajuda em nada — reclamou o amigo magricela de Tibor. — Depois, como se pensasse alto, balbuciou abraçando os próprios braços: — Eu devia ter trazido mais um casaco.

Sem saber onde ou como estava Sátir naquele momento, Tibor relutou em aceitar a sugestão do amigo, mas viu que ele tinha razão e acabou cedendo. Suas pernas doíam e o sono invadia sua mente. Tibor, assim como os pais de Rurique e de Rosa, que tinham virado noites à procura de Sátir, também tinha dormido muito mal nos últimos quatro dias. Não conseguia parar de pensar na irmã. Nunca tinha ficado tanto tempo longe dela em toda sua vida.

— Tudo bem, mas se quiserem dormir, teremos de fazer turnos de vigília... — Ele olhou para Rurique e completou a frase —, como da última vez. — Rurique assentiu com a cabeça.

— Alguém quer ficar com o primeiro turno? — perguntou Rurique, afobado. — Só estou dizendo para o caso de... — parou para pensar e emendou —, tudo bem, se quiserem eu fico com o primeiro turno.

— Não se preocupe, amigão! — disse Tibor. — Pode ir descansar. Eu vou ficar de olho, mas só um cochilo rápido, tudo bem? — Rurique ficou aliviado por Tibor assumir o primeiro turno. Suas olheiras fundas indicavam o sono atrasado.

Rurique e Rosa se ajeitaram junto a uma árvore troncuda e num minuto estavam dormindo.

Tibor sentou-se num tronco caído ali perto e olhou ao redor. Viu uma neblina densa se formando e previu que o frio daquela noite ainda ia piorar. O menino se preocupou, imaginando se eles aguentariam uma temperatura tão baixa. Ele mantinha as mãos protegidas e os braços cruzados sobre o peito. Rurique estava certo, ele também devia ter vestido um casaco mais quente.

Pouco tempo depois, Rosa acordou e veio sentar-se a seu lado.

— Oi, Tibor — ela disse baixinho. — Nossa! É impressão minha ou o frio está aumentando?

Só agora o menino se dava conta de que a neblina densa já dançava entre eles.

— É verdade. Da próxima vez que alguém for raptado, tenho de me lembrar de trazer mais um casaco — respondeu ele, fazendo graça.

Os dois riram. Rosa chegou mais perto e se aconchegou a ele.

— Tudo bem com você? — perguntou Tibor. A menina assentiu, deitando a cabeça em seu ombro.

— Meu pai disse que sua irmã fugiu de casa, disse que até deixou um bilhete de despedida. O que faz você pensar que ela foi sequestrada? — indagou Rosa.

— Ora, você não conhece minha irmã direito, ela não faria uma coisa idiota dessas.

— Meu pai também disse que ela devia estar chateada. Chateada com o quê? O que dizia o bilhete? — quis saber a menina.

Tibor pensou no que dizer, não queria que Rosa soubesse que talvez ela fosse o principal motivo de uma possível fuga de Sátir. Ele se recusava a acreditar nisso, apesar de essa ser uma forte possibilidade.

— Ela não explicava nada no bilhete — disse ele.

— Mas você sabe o que foi, não sabe? — A menina levantou a cabeça e olhou nos olhos dele.

Tibor desviou o olhar, confuso. Será que Rosa sabia do ciúme de Sátir? Agora novas questões surgiam em sua cabeça. O que aconteceria se, ao encontrarem a irmã, ela visse Rosa entre eles? Ficaria mais triste? Ou talvez Sátir passasse a sentir mais simpatia por Rosa, já que a menina também arriscara a vida para encontrá-la!

Um som ao longe, como um uivo de cachorro, arrancou Tibor de seus pensamentos. Muitos outros cachorros começaram a latir e uivar, todos muito distantes dali. O sono de Tibor parecia ter dado uma trégua e ele resolveu continuar a caminhada. Rurique e Rosa já tinham descansado e ele queria encontrar a irmã o quanto antes. E se ela estivesse em apuros? Não queria nem pensar nisso.

Levantou-se depressa e acordou o amigo que, depois de reclamar um pouco, ficou de pé num pulo, e os três retomaram a busca. O terreno tornou-se plano novamente e eles viram, ao longe, outra grande clareira. A ansiedade de Tibor era tanta, que ele apertou o passo e deixou os dois amigos um pouco para trás.

O moinho abandonado apareceu sob a luz da lua. O lugar era tão pavoroso quanto Tibor se lembrava e só mesmo o imenso amor que sentia pela irmã fez com que ele seguisse em frente.

As enormes pás que outrora faziam girar a roldana agora enferrujada mal se sustentavam no casebre de paredes descascadas e tomadas pelo limo. Dentro do moinho, a sensação de abandono era a mesma que os amigos tinham sentido no sítio de Sacireno Pereira. Nada se movia, e parecia que ninguém tinha estado lá desde muito tempo. Mais uma vez Tibor apostara num palpite errado.

Fora do moinho, Tibor procurou desesperadamente uma nova pista, alguma coisa que mostrasse um novo caminho, algo que despertasse uma nova ideia. O que, realmente, poderia ter acontecido a Sátir? O menino vasculhava cada canto do seu cérebro procurando uma ponta solta. Precisava encontrar algo novo, algo em que ainda não tivesse pensado, mas nada lhe ocorria, e o pânico começou a tomar conta dele.

E se não visse mais a irmã? Como sua avó ficaria se Sátir nunca mais aparecesse? Será que ela aguentaria? E ele? Como sobreviveria sem ela? Ela era sua "protetora"; amava-a demais para imaginá-la perdida por aí! Puxa vida, se ela só estivesse abalada com o beijo que vira entre ele e Rosa, será que já não teria voltado ao sítio? Quem sabe não estivesse nesse exato momento tomando chocolate quente com a avó junto à lareira?

Pensou em voltar para casa, mas o lado racional, que era muito forte em Tibor, trouxe de volta a certeza de que, se ela não tinha aparecido naqueles quatro dias, era muito improvável que exatamente naquela noite tivesse voltado para casa! Ele precisava continuar procurando, mas onde?

— Há quanto tempo não vejo vocês! — disse uma voz vinda de dentro do moinho.

Os três se voltaram assustados para a escuridão de onde viera aquela estranha voz. Não era desconhecida, mas parecia diferente, e nenhum deles conseguiu identificar de quem era.

— Posso sentir o medo e a aflição de vocês — disse a voz. — Alguém desapareceu, sei quem é e sei que não faz tanto tempo assim. É estranho que algo esteja me impedindo de lembrar o nome dessa pessoa.

— Então um garoto veio andando das sombras em direção à clareira.

— Eu sei quem é ela, eu a conheci, mas parece que foi em outra época, em outra vida...

O menino era um trasgo da floresta. Não um trasgo qualquer, mas um em particular.

— Miguel Torquado! — exclamou Tibor, temeroso. — Você sabe onde está minha irmã Sátir? Ela foi sequestrada. — Rurique olhava preocupado ao redor com medo de que aquilo fosse uma tocaia, como da última vez que tinham encontrado trasgos na floresta.

— Sátir... — repetiu o trasgo para si mesmo. — Era esse mesmo o nome, agora me recordo.

Rurique e Tibor estranharam a aparição do menino. Na verdade, ele nem parecia mais um garoto. Sua pele estava esbranquiçada e, de vez em quando, dava para ver através dele. Era como se estivessem diante do fantasma de Miguel Torquado.

O trasgo se aproximou deles, e o ar ficou inacreditavelmente mais frio.

Rosa estava aterrorizada e não se atrevia a mexer um único músculo.

Tibor e Rurique olharam para o garoto com pesar ao ver que o rosto dele era triste. No passado, eles haviam sido rivais, mas agora, não sabiam por que, sentiam pena e certa compaixão por ele. Era decepcionante e triste vê-lo daquele jeito. Tibor interrompeu o silêncio e perguntou:

— O quê... O que aconteceu com você?

O menino esboçou um pequeno sorriso.

— Tibor, não é? Fomos amigos uma vez, certo?

Tibor balançou a cabeça, confirmando.

— Eu me lembro de você — depois olhou para Rurique. — Ah, claro, e de você também! Um excelente espadachim!

Rurique não conseguiu conter um sorrisinho, mas a visão era realmente deprimente e o pequeno sorriso logo desapareceu.

— Bem, essa aqui eu não conheço — disse apontando para Rosa.

— Meu... meu nome é Rosa — disse a menina, completamente sem jeito.

Tork apenas assentiu.

— Estão assustados e com pena de mim... Posso sentir isso. — Os três ficaram constrangidos. — Não se espantem, sou eu mesmo. Esse é quem eu sou agora e desde muito tempo. A última coisa de que me lembro já faz tanto tempo que não passa de uma memória distante e vazia. O resto é isso que vocês podem sentir: tristeza. Estou preso a este mundo.

— Mas no ano passado você era diferente, o que aconteceu? — perguntou Tibor. — Você era mais...

— Vivo? — completou Miguel. — Mentira de um ser antigo, um ser fantástico por assim dizer. Mentira de um larápio, um ladrão de esperanças. Mentira do Xamã da floresta. — Tibor sentiu a mochila às suas costas balançar, como se *alguém* quisesse sair. — Sacireno Pereira — continuou Miguel —, esse é o nome do mentiroso. Ele nos prometeu a vida em troca de meus serviços, prometeu a mim e a meus irmãos. Eu o ajudei de bom grado, fiz coisas que nunca faria na vida. Nunca! — Tibor lembrou-se do rapto da avó. O menino a raptara e colocara fogo no curral onde ficava a vaca Mimosa, tudo com a ajuda da Mula Sem Cabeça. Por muito tempo, Tibor achava que o menino não merecia perdão pelo que fizera, mas olhando-o agora e ouvindo sua história, sentiu pena dele.

— Às vezes, as lembranças voltam, mas geralmente elas se vão e minha cabeça fica vazia — continuou ele. — Vocês estão procurando Sátir, não é isso?

— Isso — confirmou Tibor, lembrando-se da pergunta que fizera a Tork. — Sabe onde ela pode estar?

— Infelizmente não imagino quem faria uma coisa assim, mas sei de algo que talvez possa ajudar. Ouvi rumores de uns viajantes há pouco;

eles falavam de um forasteiro que ultimamente tem rondado os vilarejos; disseram que, desde que ele chegou, coisas têm sido roubadas. Dizem que ele foi visto na maioria das vezes em Vila Serena. É só o que sei.

— Vila Serena? — repetiu Rurique.

A luminosidade que envolvia o fantasma do menino de repente estremeceu. Parecia que ele ia sumir a qualquer momento.

— Preciso descansar, me sinto cansado — disse Tork com uma careta de exaustão.

Do meio da escuridão, surgiu uma menina, tão espectral quanto ele, carregando um bebê recém-nascido no colo. Ela ficou parada perto do moinho e chamou:

— Venha, Tork! Venha descansar, meu irmão.

Ele olhou para trás e respondeu:

— Sim, pequena Marina. Irei já. Vou me despedir de meus amigos e irei descansar. — Então, se virou para os três. — Desejo sorte na caminhada, sinto que fiz mal a vocês no passado, me perdoem, não me lembro de desejar-lhes mal, mas ultimamente não me lembro de muita coisa também. Estou cada vez mais me tornando isso — e apontou para si mesmo —, apenas um fantasma. Tenho medo de esquecer quem fui, meu nome, o nome de meus irmãos...

Um calor de raiva pela tia-avó cresceu no peito de Tibor quando o fantasma de Miguel Torquado começou a desaparecer na escuridão. A tia-avó tinha sido responsável pelo sumiço de quarenta crianças no passado e ali estava o resultado de seu ato malévolo.

Tristeza e solidão mesmo após a morte.

— Ei, Miguel! — Tibor chamou. O fantasma parou e fixou os olhos no menino. — Eu não sei como, mas vou tentar encontrar uma maneira de te libertar dessa... prisão. — Tibor não sabia de onde surgira essa vontade, mas sabia que estava dizendo o que sentia. — Eu prometo a você! Só se mantenha... — ele pensou um pouco antes de dizer — consciente de quem é. Tente não esquecer suas memórias, não esqueça quem você é.

— Promessas? Mais? Acho que não aguentarei, muito obrigado, mas...

— Ei, não somos iguais àquele imundo do Sacireno! — disse Rurique.

Tibor percebeu que o amigo também estava sentindo a mesma compaixão pelo antigo rival. Tork apenas sorriu e se voltou para a escuridão.

Os três ficaram por um tempo olhando Tork juntar-se à irmã. Eles já estavam fora de vista quando a voz de Tork soou em meio às sombras.

— Não me lembro muito bem de quando éramos amigos, mas sinto a compaixão de vocês e acredito que isso venha de alguma ligação de amizade, por isso lhes darei um aviso de extrema importância — a voz soava sinistra vinda da escuridão. — Sinto algo vindo direto pra cá, com sede de algo que a água não pode saciar. Um ser maligno — e a voz pareceu mais trêmula que o normal, como se o fantasma de Miguel estivesse sentindo medo do que estava se aproximando. — Por favor, vão embora daqui o mais rápido possível — pediu ele.

Os três se entreolharam sem entender.

— É o tal forasteiro? — gritou Tibor, dirigindo-se à escuridão do moinho.

— Não, meu amigo, apesar de rondar por aqui ultimamente, não se trata do forasteiro. Por favor, vá embora, ele está muito próximo agora!

Tibor, Rosa e Rurique puseram-se a correr depois de ouvirem o aviso do fantasma. Que criatura rondava o local? E tinha sede de quê?

Antes de se afastarem da clareira ainda ouviram:

— Muito obrigado a vocês, foi bom vê-los por aqui. Boa sorte em sua jornada! — O estranho frio que sentiram na presença de Tork desapareceu e a temperatura voltou a ser a mesma que vinham sentindo desde que entraram na floresta. O sentimento urgente de que deveriam sair dali tomou conta de todos, e eles perceberam que Miguel Torquado não estava mais entre eles.

Um barulho entre as folhagens do outro lado da clareira indicou que era mais do que chegada a hora de sumir dali.

9

CAÇADOS

Tibor olhou para trás enquanto corria e viu uma silhueta enorme entrando na clareira onde os três estavam poucos minutos antes. O menino não pôde enxergar a criatura por completo, mas reconheceu uma forma humanoide e peluda, que farejou o ar e desapareceu rapidamente entre as sombras das árvores. Tibor suspeitou que a presença deles já tivesse sido notada e disse baixinho aos amigos:

— Pessoal, vamos apertar o passo, acho que aquela coisa já sabe que estamos aqui.

Rosa e Rurique puseram-se a correr mais do que podiam e Tibor teve de se esforçar para não ficar para trás. Ouviram um uivo alto que pareceu bem próximo deles. Olharam assustados para os lados, mas não viram nada.

Rurique começou a balbuciar alguma coisa e Tibor chegou mais perto do amigo para ouvi-lo, mas não conseguiu entender nada. Rurique estava com tanto medo que parecia não estar dizendo coisa com coisa.

De repente, ouviram um uivo alto e forte à frente deles. Pararam de correr instantaneamente ou iriam direto para as garras da criatura.

— Essa coisa está brincando com a gente! — disse Rosa, com lágrimas nos olhos.

Rurique continuava a dizer palavras desconexas e Tibor, ofegante, conseguiu escutar algumas delas.

— É ele, eu sei que é! Vai nos pegar, vai nos trucidar! Ele é real, eu sabia que era real...

— Do que está falando, Rurique? — perguntou o menino Lobato aos sussurros. Tinha a impressão de estar sendo observado de algum canto daquelas árvores. — Quem vai nos trucidar? Você sabe o que ou quem está nos seguindo?

O menino assentiu.

— E quem é? — quis saber Tibor.

— Eu não preciso saber quem é, Tibor, só quero ir embora — sussurrou Rosa Bronze.

— Ele é mais rápido, mais forte... É um caçador que não respeita a quaresma — respondeu Rurique, transtornado. — Quando ouvi os uivos na estrada, rezei para que fossem só cachorros. Sempre torço para que seja isso, apenas cachorros...

— Estamos perto do sítio, se corrermos, talvez... — mas Tibor foi cortado pelo amigo que o segurou pelos ombros e o encarou nos olhos. Seu olhar era de pânico. E sob a luz da lua cheia, essa sensação se intensificava.

— Não entende? — disse Rurique. — Já era, cara! Estamos fritos, não temos como escapar dele.

— Você sabe o que é que está ali na frente?

— Sei!

— E o que é? — perguntou Tibor mal conseguindo esconder sua tremedeira, pois nunca vira o amigo agir daquele jeito.

Rurique olhou para os lados, desesperado, o corpo inteiro tremendo.

— Eu sei como isso vai terminar... Ele está em todos os meus pesadelos. Somos presas dele agora! — Rurique parecia o maluco que tinham visto uma vez predizendo o fim dos tempos numa praça em Diniápolis.

— Mas quem...

— Estamos sendo caçados... pela pior criatura que pode existir. — O menino já sussurrava, mas baixou a voz ainda mais e concluiu: — Estamos agora mesmo sendo caçados por um... um Lobisomem!

O medo dominou os três. Nem Rosa nem Tibor sabiam muita coisa sobre Lobisomens, mas, pelo pânico de Rurique, não era preciso saber muito para entender que as chances de escapar dali eram quase nulas.

Onde estava João Málabu quando mais precisavam dele? O caseiro da família Bronze muitas vezes os salvara de situações de perigo, mas estava viajando para bem longe e não poderia ajudá-los agora.

Tibor se sentia no fundo do poço. Tinham se aventurado numa caçada por Sátir e agora eram a caça de um monstro; e ainda faltavam algumas horas para o amanhecer. O menino pensou na avó. Já não bastava o sumiço de um dos netos? Não! Isso não estava certo. Precisava sair dali, ele decidiu. Ao menos sustentar uma fuga até o primeiro raio de sol. Pelo que ele sabia, um Lobisomem não poderia andar sob a luz do dia.

— Escutem bem, vocês dois. — Rosa e Rurique fixaram os olhos no amigo, mas Tibor não enxergou nem um pingo de esperança no olhar deles, o que não ajudava nem um pouco. — Nós vamos correr naquela direção, ok? — Ele apontou para o lado esquerdo da floresta, que estava mergulhada numa escuridão sem tamanho. — Vamos tentar fugir até o nascer do sol...

Rurique olhou para o breu sem nenhum ânimo.

— Sem chance! Ele vai nos pegar e...

— Cale essa boca, Rurique! Precisamos tentar de alguma maneira. — Tibor olhou para os dois amigos, procurando uma indicação de que tinham entendido o plano.

Os dois assentiram por falta de opção e Tibor deu o sinal que os fez começar a correr. Não podiam perder mais tempo.

Algo grande e pesado se moveu nas folhagens atrás deles, mas, ainda assim, a fera parecia não querer se mostrar. Parecia realmente querer brincar com a comida antes de comê-la.

Correram como um relâmpago entre vários salgueiros chorões. Essa parte da floresta estava cheia deles. Eram árvores cujos galhos eram como um véu que se debruçava preguiçoso e balançava com o vento como fantasmas flutuantes. E os meninos podiam sentir a aproximação de alguma coisa que rosnava, ansiando por um jantar suculento. Passadas fortes e precisas aumentavam a tensão e avisavam que em pouco tempo a criatura estaria baforando em cima deles.

Faltava muito pouco! A qualquer momento seriam atacados pelo Lobisomem. Ele estava próximo demais...

— As árvores! — gritou Tibor. — Subam nas árvores, agora!

Rosa subiu depressa no galho do primeiro salgueiro que encontrou, e subiu o mais alto que conseguiu. Tibor fez o mesmo no salgueiro chorão seguinte e, ao ver o amigo perdido, estendeu a mão e puxou Rurique para cima. Subiram depressa e puseram-se em total silêncio, ouvindo a coisa que chegava perto das árvores onde estavam naquele exato momento. A floresta fechada impedia a entrada da luz da lua, e eles não enxergavam nada. Os três torciam para que o lobo também não pudesse vê-los. Rurique mantinha os olhos fechados e tremia muito. Um cheiro de cachorro molhado pairava no ar. Vez ou outra, os galhos em véu dos salgueiros se balançavam como se algo grande se embaraçasse neles. Tibor pensou em Rosa sozinha na árvore ao lado; queria perguntar se ela estava bem mas se fizesse isso os denunciaria. Ouviram o resfolegar e farejar rápido das narinas do bicho, vasculhando as árvores.

Será que ele sabe subir em árvores?, temeu Tibor. Não havia nada a fazer a não ser esperar. E na situação em que estavam, parecia que só poderiam esperar pelo pior.

Escutaram o som de garras raspando o tronco de um salgueiro, e o pavor aumentou com a possibilidade de a criatura subir até eles. Quando a árvore em que Rosa Bronze estava balançou, a menina soltou um berro alto, longo e agudo que ecoou mata adentro.

— AAAAAAAAAAAAAAAAAAAAAAAAAAAHHHHH!

Tudo estava perdido. A menina entregara sua localização e a dos amigos. Mas quem ficaria em silêncio com um Lobisomem em seu encalço?

Era desesperador, não sabiam o que fazer. Tibor se sentia de mãos amarradas. O que poderia fazer contra uma criatura daquelas? E se Rosa fosse pega? Como a tiraria de suas garras?

Ouviram um disparo de espingarda ao longe e, por sorte, o lobo correu dali para algum lugar no meio da mata.

Foi um alívio momentâneo. Depois de uns dois minutos, tudo era silêncio novamente, e eles não sabiam se descer das árvores era ou não seguro.

— Rosa, você está bem? — arriscou Tibor num sussurro.

— Sim! — disse Rosa, com a voz trêmula, da outra árvore.

A mochila de Tibor começou a se mexer insistentemente; era o filho do Saci, claro! O menino tirou a garrafa de dentro da mochila e encarou o diabinho.

— O que você quer? — quis saber Tibor.

O Saci tinha um olhar matreiro e arisco.

— Ora, ora! Ocês tão em perigo. Não preciso de muito pra senti que tão lidando com um predador nato.

— Muito obrigado pela ajuda, sabichão! — sussurrou Tibor, irritado. — Se não tiver algo novo para dizer, vou colocá-lo de volta na mochila.

— Calma lá! Preciso dizê que se ele pegá ocês, ainda assim vô tá seguro... — O Sacizinho falava com desdém e deboche vendo o pânico nos olhos deles.

— Porque está preso numa garrafa? Não seja por isso, posso abrir a garrafa e deixá-lo à própria sorte com o Lobisomem. O que você acha? — ameaçou Tibor.

O Saci apenas sorriu com seus dentinhos amarelos e encarou Tibor da mesma forma que Sacireno Pereira sempre fazia.

— Um Lobisomem não é páreo pra um Saci e duvido que um dia vai sê! Nóis é mais ágil e mais esperto que um purguento dessa laia.

Tibor parou para pensar um pouco e os botões e engrenagens de seu cérebro voltaram a funcionar.

— Quer dizer que você consegue passar ileso pela criatura?

O pequeno Saci balançou os ombros e se encostou na lateral da garrafa com os braços cruzados.

— E o que é que isso interessa procê, menino besta?

— É! O que vai adiantar saber disso agora, Tibor? — disse Rurique quase comendo as palavras de tão rápido que falava. — É melhor a gente ficar quieto até o lobo ir embora.

— Não vê, Rurique? — Tibor parecia ter uma solução na ponta da língua.

Rurique apenas disse não com a cabeça.

Tibor olhou para a garrafa novamente.

— Ei, você! — chamou, exigindo a atenção do diabrete. — Se eu te soltar, consegue buscar ajuda?

Rurique arregalou os olhos e começou a gesticular loucamente para Tibor. O menino parecia não querer abrir a boca com medo de que o Lobisomem pudesse ouvi-lo. Pelos gestos, Tibor percebeu que o amigo era inteiramente contra o que ele tinha em mente. Mas Tibor resolveu não lhe dar atenção.

O Saci se animou com a ideia de se ver livre do cárcere e prontamente disse que sim, que buscaria ajuda para eles.

Rurique não aguentou ver Tibor tentando tirar a rolha que encerrava o Saci dentro da garrafa e desabafou:

— Você é maluco? Vai confiar nessa coisa? É a única garantia que temos para salvar sua irmã!

O menino ficou pensativo.

— Mas e se for a única maneira de nos salvarmos? Não acredito que, depois de escutar o grito de Rosa, o Lobisomem vá nos deixar em paz. Ainda faltam algumas horas para o amanhecer e precisamos sair daqui com vida.

— E você acha mesmo que essa coisa vai nos ajudar? Pense, Tibor! — suplicou Rurique.

Tibor segurou a garrafa na altura do rosto e olhou para o pequeno Saci ali dentro. Não sabia se devia ou não confiar no pequenino.

— Ei! Você sabe que não o mantive preso até agora por mal, não sabe? — O Saci não dizia nem demonstrava nada. — Sabe que o trouxe com a intenção de devolvê-lo ao seu pai, certo? — O pequenino continuava imóvel. — Eu estou falando com você. Sabe ou não sabe? — Tibor balançou a garrafa e o Sacizinho teve de se segurar para se manter de pé em sua única perna.

— Sei! — respondeu ele. — Eu sei, sim.

— E como vou saber se vai mesmo buscar ajuda para nós?

— Êh-Êh! Isso é uma coisa que ocê só vai sabê quando a ajuda chegá. Si num me sortá, sua situação aqui vai continuá a mesma.

O menino encarava a criaturinha que parecia cheia de truques.

— Prometa que vai nos ajudar! — disse Tibor, com firmeza.

O Saci ponderou por um tempo, respirou fundo e respondeu:

— Palavra de Saci, eu prometo.

O menino não tinha escolha. Era a única solução de que dispunham. Confiar num Saci.

— Rurique! — chamou ele. — Se não tiver ideia melhor, vou ter de fazer isso. Ele é o único que pode nos ajudar. — Rurique fez que não com a cabeça e baixou os olhos. Tibor tentou abrir a garrafa.

Um rosnado alto assustou a todos e Tibor deixou a garrafa escapar de suas mãos. Ela foi batendo de galho em galho e, quando alcançou o chão, se espatifou e os cacos de vidro se espalharam, entre as duras raízes do salgueiro chorão.

Um garoto magrelo e negro se materializou sobre os cacos, saltando numa perna só; lá de cima eles puderam ver que seu corpo era esguio e ágil e que tinha quase a mesma estatura que eles. O Saci olhou para cima e deu risada. Parecia bem assustador agora.

— Ei, menino besta! — chamou ele. — Quem foi que disse que Saci tem palavra?

— Você prometeu! — falou Tibor, desesperado com a situação em que os colocara.

— Prometi? Num me alembro — disse ele em deboche. — E, na verdade, ocê num me sortô nada, a garrafa que caiu da sua mão.

— Mas eu ia te soltar...

— E eu ia ajudá ocês...

As folhagens se remexeram num canto e algo escuro pulou na direção do filhote de Saci. Um vento forte surgiu e obrigou Tibor e Rurique a fecharem os olhos. Mas eles sabiam que o menino matreiro tinha se transformado num tufão, como fazia o pai. O turbilhãozinho de ar se distanciou, e a figura negra seguiu-o pelo breu da floresta.

— Maldito Saci! — vociferou Tibor.

— É impressão minha ou o lobo correu atrás do Saci? — perguntou Rosa da árvore ao lado.

— É! Acho que vi a mesma coisa — disse Rurique.

— Então é hora de descer — falou Tibor, decidido, pulando lá de cima.

Quando os três pisaram o chão, olharam ao redor com um medo tremendo de dar um passo sobre aquela folhagem seca e barulhenta.

— Vamos para o sítio depressa! — falou Tibor.

— Não, não vão, não! — disse uma voz às costas deles, uma voz grossa e grave que eles não conheciam.

Um homem estava parado ali, com uma espingarda nas mãos.

— Ouvi o grito de uma garota e vim correndo. O Lobisomem já os farejou e seguirá o rastro de vocês até o sítio. É melhor virem comigo — disse o homem com pinta de lenhador.

Nenhum deles abriu a boca. Achavam que tinha razão e, acreditando no que ele dizia, seguiram-no.

— Minha casa é por aqui. Não estaremos totalmente seguros lá, mas, ainda assim, é um abrigo para passarem a noite — disse o homem.

As botas que calçava estavam sujas, assim como a barra de suas calças. Usava um chapéu de palha e olhava para cada canto da floresta por trás da espingarda, pronto para disparar a qualquer momento.

— Você deve ser o menino Lobato, não é? — disse ele, olhando para Tibor. O menino assentiu calado. — Soube do sumiço de sua irmã, acredito que estão tentando encontrá-la. Bem, sinto dizer, não sei nada sobre o assunto. Só sei que esse maldito Lobisomem passou a nos infernizar com suas visitas à Vila do Meio.

— O que ele está fazendo aqui? Sempre ouvi boatos de que ele rondava a Vila Guará — disse Rurique, quase tão branco quanto o fantasma de Miguel.

— Os rumores são verdadeiros — confirmou o homem de botas, abrindo caminho por entre um emaranhado de galhos em véu à frente. — Ele sempre rondou por aquelas bandas. Não sei o que está fazendo por estes lados. Tudo o que sei é que, desde que essa quaresma começou, as coisas estão macabras por aqui.

Tibor olhou para o homem e o achou muito parecido com alguém que conhecia.

— E quem é o senhor? — quis saber o menino.

— Meu nome é Horácio. Sou filho da Dona Arlinda, amiga da avó de vocês. Moro por aqui com minha esposa, numa antiga cabana da família, desde outubro do ano passado. Morava na Vila Guará, quando meu filho nasceu, e nos mudamos exatamente por esse motivo.

— Que motivo? O Lobisomem? — quis saber Rosa.

— Exato — confirmou ele. — Lobisomens são atraídos pelo cheiro de recém-nascidos. Eu não podia arriscar a vida de meu filho morando no lugar onde rondava a fera. Mas ele passou a aterrorizar a Vila do Meio e isso é raro. Não acontece desde antes de eu mesmo nascer.

— Acha que ele o seguiu por conta do bebê? — perguntou Tibor.

— Não acredito. Não sou o único a ter um filho neste mundo, garoto! — O homem parou em frente a uma pequena porteira de madeira preta. — Cá estamos. Ficarão aqui até que o sol dê as caras. Assim que isso acontecer, voltarão direto para o sítio de sua avó, combinado?

Os três fizeram que sim com a cabeça.

A porta na frente deles era a única entrada de uma casinha reforçada, feita de madeira, que ficava em meio às árvores chorosas. Horácio bateu três vezes na porta e, depois de alguns segundos, mais uma única vez, como um código para que quem estivesse lá dentro reconhecesse quem batia do lado de fora. Barulhos de trancas e trincos na extensão de toda a porta mostraram o quanto Horácio era preocupado com a proteção de sua família.

A porta rangeu ao ser aberta e uma jovem apareceu, espantada ao ver as crianças que acompanhavam o marido. Não perdeu tempo e os mandou entrar.

A casa era bem rústica e pequena. As cadeiras, a mesa, o armário, tudo parecia ter sido esculpido na mesma madeira. Horácio travou todas as trancas da porta, enquanto a jovem acendia uma vela próxima à pia e ajeitava as cadeiras para que os três se acomodassem.

— Vocês estão bem? — perguntou ela aproximando a vela e examinando-os de baixo a cima. — O Lobisomem tocou vocês? Estão feridos?

— Estamos bem — resumiu Tibor.

— Que ótimo! Horácio estava de vigia quando escutamos um grito, pedi que fosse verificar, pois parecia de uma criança. Que bom que ele os encontrou! — disse a moça. — Meu nome é Janaína. Você deve ser o menino Lobato, estou certa?

— Sim — respondeu Tibor. — E esses são meus amigos Rurique e Rosa. Estamos à procura da minha irmã. — Tibor pôde ver traços indígenas no pouco que a vela revelava do rosto da moça.

— Eu soube do desaparecimento dela. Dois homens vieram saber se a tínhamos visto em algum lugar — falou Janaína, com seu rosto pequeno e rechonchudo.

— Devem ter sido meu pai e o pai de Rurique — contou Rosa. — Eles procuraram Sátir por três dias seguidos.

— Ouviram falar de algum forasteiro que tem rondado por aqui? — quis saber Tibor.

— A única coisa que ronda por aqui é esse maldito Lobisomem — disse Horácio, olhando pela fresta da janela. A espingarda ainda em punho.

— Pena não podermos ajudar com sua irmã, Tibor. Se soubermos de algo, vocês serão avisados o mais rápido possível — disse Janaína.

— Shhh! — fez Horácio. — Ouvi alguma coisa lá fora. Janaína, apague a vela!

E a pequena cozinha caiu no breu.

Ouviram um som esquisito em volta da casa. Horácio não sabia para onde apontar a espingarda. Olhou por uma janela e não viu nada. Olhou por outra e nada.

— Onde você está, seu lobo maldito? — sussurrou ele.

O barulho que escutavam parecia de algo raspando a parede. Mas não sabiam de que lado o som vinha.

Um choro de criança despertou a atenção de todos na cozinha apertada.

— Flavinho! — disse Janaína, e correu desesperada para o outro cômodo da casa. Horácio e os outros a seguiram.

Entraram no quarto e o que viram foi horripilante.

Um berço estava encostado à parede, e o filho de Horácio e Janaína chorava inquieto deitado dentro dele. Logo acima, da fresta de uma pequena janela, um braço comprido e peludo pendia, raspando e tateando a parede à procura do bebê. Alguns centímetros a mais e ele encontraria o seu jantar.

Janaína correu e puxou o berço ao mesmo tempo que a mão cheia de pelos avermelhados e sujos agarrava a outra extremidade. A jovem gritou em desespero e se assustou quando a criatura puxou o berço de volta com violência. O bebê começou a chorar mais alto e isso parecia deixar o monstro mais agitado, pois seu braço se movia freneticamente, tentando alcançar sua presa. Horácio não queria arriscar um disparo tão perto de Flavinho e passou a dar coronhadas com a espingarda no braço do bicho, mas ele não recuava.

Era uma luta pela vida do bebê. Tibor, Rurique e Rosa estavam em choque e sem reação. Os pelos de seus braços estavam eriçados de pavor e medo.

Num movimento rápido, Janaína conseguiu pegar o filho nos braços.

— Tire o bebê daqui, querida! Proteja os ouvidos dele, porque eu vou atirar! — avisou Horácio.

A mulher saiu correndo do quarto, e os três garotos nem tiveram tempo de tapar os ouvidos; o disparo veio rápido, fazendo surgir um clarão no quarto. Antes que a mãozorra do lobo sumisse pela fresta da janela, Horácio disparou mais uma vez. Finalmente, a mão desapareceu e as passadas pesadas do lobo se distanciaram da casa.

Tibor, Rurique e Rosa não escutavam nada mais que um zunido fino e irritante, por causa dos disparos desferidos tão perto deles.

Horácio correu até a esposa e verificou se tudo estava bem. Ficaram abraçados por um tempo e só quando o homem verificou todas as janelas e soltou a espingarda num canto atrás da porta, Tibor pôde enfim relaxar um pouco e tentar retomar o controle de suas pernas.

O que era aquilo? Que criatura terrível teria coragem de fazer mal a um ser humano indefeso e tão pequeno? Será que Sátir tinha topado com aquele bicho? Tibor estava com medo pela irmã. Onde é que ela estava?

O menino estava tão cansado que sem perceber cochilou na cadeira da cozinha.

O rangido da porta o despertou e, quando Tibor abriu os olhos, a luz forte de um sol brilhante tomava conta da cozinha inteira.

— Boa tarde, garoto! — disse Horácio. — Conforme combinamos, está na hora de vocês partirem. Aliás, passou da hora. — O homenzarrão dava umas batidinhas no relógio de pulso, como se estivesse quebrado. — Porcaria de quaresma... — reclamou ele, tirando o relógio do braço.

Tibor levantou-se zonzo de sono e, pela altura do sol lá fora, com certeza já passara da hora do almoço há um bom tempo.

— Seus amigos estão com Janaína e Flavinho no quintal. Separei uma coisa pra você levar. — Horácio colocou uma caixa em cima da mesa. — São tempos difíceis e isso pode ajudar. São trincos que sobraram dos que comprei para colocar na casa da minha mãe. Coloque nas portas e janelas da casa toda. Com o Lobisomem rondando a Vila do Meio, ninguém está seguro!

Tibor estremeceu só de pensar no episódio da noite anterior.

Antes de se despedirem, Horácio lhes explicou como chegar à estrada principal, que os levaria de volta ao sítio da família Lobato.

Os três caminhavam sob o sol quente. Estavam moídos de cansaço e bem desanimados. A única pista que tinham conseguido era sobre o tal forasteiro que andava pela Vila Serena. Nada mais.

Rosa despediu-se dos dois meninos no meio da estrada e seguiu para sua casa. Pela experiência que tivera, nunca mais duvidaria de nada relacionado a Sacis ou Lobisomens. Rurique e Tibor passaram pela porteira do sítio, já discutindo uma possível ida à Vila Serena.

— Vamos precisar ao menos de duas trocas de roupas na mochila — disse Tibor.

— Acha mesmo que devemos viajar até Vila Serena? Nem sabemos o caminho direito.

Tibor encarou o amigo e respondeu:

— Acho que devemos sim, Rurique. Que outra pista temos? Precisamos acreditar em Miguel; ele afirmou que há um forasteiro e, se houver, eu pretendo encontrá-lo — falou Tibor.

Antes de chegarem à varandinha da casa, deram de cara com uma Dona Gailde enfurecida e de braços cruzados.

— Tibor Lobato e Rurique de Freitas! — ralhou ela cortando o papo dos dois. — Entrem já! Precisamos ter uma conversa *daquelas* — e dizendo isso, Gailde entrou na casa com passos fortes e decididos.

10

ANIVERSÁRIO DE CASTIGO

Tibor e Rurique se entreolharam. A saliva desceu com dificuldade pela garganta. Tibor vira Dona Gailde nervosa daquele jeito uma única vez, no combate contra Sacireno no Oitavo Vilarejo, e teve medo dela. Quase preferia enfrentar um Lobisomem a entrar na sala naquele momento. Mas não tinha escolha.

Os dois meninos entraram de cabeça baixa. Tibor ainda olhou ao redor para ver se Sátir tinha voltado, mas não havia sinal da irmã.

Dona Gailde sentou-se na cadeira de balanço e seu semblante estava rígido, mas também triste. Os dois se sentaram no sofá de frente para ela. Só então perceberam como estavam sujos. Tinham barro por todo lado e folhas secas até nos cabelos.

— Muito bem — começou ela. — O que vocês fizeram foi um desrespeito enorme. São tempos difíceis e me aprontam uma coisa dessas?

— Vó, eu só tentei consertar as coisas e... — Tibor tentou argumentar.

— Consertar o quê? — interrompeu ela em voz alta. — Não vejo a minha neta chegando com vocês; ao que parece ela ainda está desaparecida. As buscas continuam amanhã e por pouco essa busca não é por um trio; ou melhor, um quarteto. Afinal, levaram a menina Bronze com vocês! — A cadeira de balanço se movia num ritmo frenético para a frente e para trás. — E o filhote do Saci?

— Aquele filho da mãe nos... — Tibor tentou novamente, mas a avó não lhe deu atenção e continuou a falar por cima dele.

— Aquele diabrete era a única barganha que eu tinha para manter o acordo que fiz com Sacireno Pereira. Um acordo que, em tempos como este, seria muito benéfico para nós. O acordo era para não deixarmos que nenhum mal acontecesse aos Sacis recém-nascidos; em troca, como estamos sem um amuleto de Muiraquitã, Sacireno iria proteger vocês nessa quaresma. E agora? Onde está ele?

— Então era esse o acordo? Não precisamos de proteção de nenhum... — e Tibor foi interrompido mais uma vez.

— Onde está o Saci, Tibor? — Gailde estava furiosa.

— Ele fugiu — respondeu Tibor, baixando a cabeça e se sentindo pouco à vontade naquele sofá que sempre lhe parecera tão confortável.

— Ele fugiu! — continuou a avó. — Levando consigo uma ínfima esperança de algo que nos protegesse nesta quaresma.

Tibor se perguntava se realmente a proteção de um Saci era bem-vinda. Um ser vil como aquele...

— Por mais que eu seja contra um acordo com um assassino, Sacireno é um ser poderosíssimo. A única coisa que tínhamos de fazer era não mexer com os filhos dele no momento do nascimento. Isso iria garantir que não teríamos problema algum com o Saci durante, ao menos, esta quaresma. E eu teria conseguido mantê-lo longe de vocês. — Ela pousou um olhar intimidador sobre os dois meninos. — Como podem perceber, algo muito maior do que nós está acontecendo por aqui e precisamos nos defender antes que isso nos afete — concluiu Dona Gailde.

— Antes que nos afete? Vó, minha irmã foi sequestrada e...

— ELA FUGIU DE CASA, TIBOR! — gritou ela, levantando-se e fazendo com que os dois meninos afundassem mais ainda no sofá. — Aceite esse fato de uma vez por todas, menino. A letra naquele papel é a letra da sua irmã. Ela escreveu uma carta de despedida de próprio punho. Uma menina da idade dela não deve andar por aí sozinha, ainda mais na quaresma. Quando ela voltar, não me interessam os motivos, ela ficará de castigo.

— Mas, vó, ela...

— E você também, mocinho! O senhor está de castigo até que eu mude de ideia; até que eu acredite que essa sua teimosia e esse seu nervosismo incomum deixaram de causar problemas.

Tibor gelou ao ouvir o que sua avó dizia. Se antes o garoto se sentia com as mãos atadas por não conseguir fazer nada em relação ao sumiço da irmã, agora se sentia a própria corda que amarrava e atrapalhava os outros ao redor. Dona Gailde se virou para Rurique e completou:

— Quanto a você, Rurique, como seu amigo estará de castigo, amanhã mesmo o levarei de volta para sua casa. Você ficará com seus pais até que Tibor possa sair do sítio outra vez. Não posso me sujeitar a perder mais ninguém desta família. Os dois entenderam bem o que eu disse? — perguntou ela, com o dedo em riste e a expressão mais dura que nunca.

E agora? Como achar o tal forasteiro estando trancafiado no sítio? E se naquele exato momento a irmã estivesse sofrendo em algum dos sete vilarejos? Como convencer a avó de que a irmã não tinha fugido de casa?

O cérebro de Tibor estava travando uma guerra. Bombardeado a cada segundo por todo tipo de argumento que pudesse fazer a avó mudar de ideia. Ao levantar os olhos e encarar o olhar feroz de Dona Gailde, percebeu que não haveria argumento que a fizesse desistir do castigo.

— Eu perguntei aos dois se entenderam tudo o que eu disse! — repetiu ela, exaltada.

Os dois assentiram, pesarosos.

— Ótimo! Subam já e, depois do banho, não ousem dar um único passo para fora do quarto!

Os dois se levantaram calados do sofá e seguiram para o quarto como se fossem para uma masmorra.

Tibor chorou embaixo do chuveiro.

Naquela noite, queria apenas abrir os olhos, descer as escadas e encontrar Sátir sorridente sentada ao lado da avó à mesa do jantar. Mas sabia que a realidade estava bem longe dessa normalidade que ele tanto almejava. Onde estavam os dias gloriosos em que o sítio era o melhor lugar do mundo? O que estava acontecendo? Caberia tanta culpa num menino da sua idade? Tibor não sabia responder. Na verdade não queria nem procurar as respostas. Não queria pensar em nada.

Sua cabeça doía; os pés estavam inchados por causa da caminhada na floresta e latejavam.

A avó nem lhe dera ouvidos. Como ela podia acreditar que Sátir tinha fugido de casa? Será que não era óbvio que ela tinha sido sequestrada? Ou será que ele estava mesmo equivocado? No final, era só mais sentimento de culpa para sua coleção. O menino chorava mais e mais, tentando esvaziar a mente de tudo quanto era pensamento e o coração de tudo que era sentimento. Queria dormir e só, sem pensar nem em acordar. Mesmo não acreditando, torcia para que o dia seguinte trouxesse uma surpresa. O som da água caindo do chuveiro, somado aos soluços pesarosos do garoto, compunha uma música nada agradável; uma música para ser esquecida; uma música para nunca mais ser ouvida.

— Ei, Tibor! — a voz de Rurique resgatou o menino de um sonho ruim. Quando abriu os olhos, viu o rosto do amigo bem na sua frente.

— O que foi, Rurique? — quis saber ele, percebendo a luz do sol esparramada pelo quarto.

Rurique estava agachado ao lado da cama do garoto. O colchão em que ele dormira já estava arrumado e ele carregava sua mochila nas costas.

— Sua avó está me esperando lá embaixo. Ela vai me levar de volta para casa.

Tibor ficou chateado quando tudo voltou a sua memória. A irmã estava mesmo desaparecida; ele estava mesmo de castigo e Rurique estava mesmo indo embora.

— Fique atento ao...

— Está pronto, Rurique? — Gailde chamou ao pé da escada.

— Já vou indo! — gritou ele e voltou a encarar o amigo. — Fique atento ao telefone de lata, ok? Assim que conseguir, venho voando para cá e daí poderemos ir à Vila Serena.

— Telefone de lata? — repetiu Tibor, sonolento.

— Carambolas! Esqueceu o telefone de lata no quarto de Sátir? — Rurique falava rápido e sussurrado.

No dia em que terminaram de construir a casa da árvore, João, com duas latas de milho verde e um pedaço considerável de barbante, tinha feito um telefone de lata que permitia a comunicação entre a casa da árvore e o quarto de Sátir. Tinham deixado de usá-lo há um bom tempo.

— Ei, Rurique, esqueça, amigão. Não vamos a lugar algum. Talvez minha vó tenha razão...

— Estou te esperando na porteira, Rurique! — gritou a avó do hall de entrada.

— Já vou! — respondeu o menino apressado e voltou-se mais uma vez para Tibor. — Não faça nenhuma bobagem, Tibor. Sua irmã ainda está por aí e o Lobisomem também. E quem é esse forasteiro? — perguntou Rurique, tentando reanimar o amigo.

Uma porta batendo lá embaixo indicava a impaciência de Dona Gailde.

— Preciso ir! — disse Rurique, caminhando depressa até a porta do quarto. — Não se esqueça! Fique ligado no telefone de lata! — E o menino se foi.

Tibor Lobato escutou os pés do amigo descerem as escadas, passarem pela porta e sumirem.

O silêncio pairou na casa. O menino tentou se levantar, mas sua cabeça doía tanto que desistiu; afinal, aonde iria? Estava de castigo mesmo, todo o resto poderia esperar. Inclusive sua fome. Ela nem apertava tanto assim; seu desânimo, sim, esse era tão grande que só interessava a Tibor voltar a dormir.

O dia 20 de março chegou. Era o dia em que Tibor Lobato ficava mais velho; o dia em que deveria comemorar o seu aniversário de 15 anos. Mas ele apenas cobriu a cabeça com o edredom, desejando que o sono pudesse voltar e fazer o tempo passar depressa.

Pensou na irmã, nos aniversários passados e em como Sátir sempre estivera presente em sua vida. Depois da morte dos pais, a menina tinha sido mesmo quase mãe dele nos tempos em que estiveram no Orfanato São Quirino, assumindo a tarefa de cuidar do irmão e protegê-lo.

Tibor lembrou-se de ter ficado feliz quando passaram a morar no sítio. O fato de ter alguém para cuidar deles tirava um pouco da responsabilidade da irmã e ela poderia curtir mais sua idade. Mas agora ela estava desaparecida. Ninguém sabia seu paradeiro, e ele estava realmente sentindo muita falta dela.

Foi até a janela e olhou os arredores do sítio. Estava tudo lá, imóvel; nada se importava com ele. O poço, o galinheiro, o curral, a mangueira; e quando Tibor se sentiu sozinho e completamente vazio, Dona Gailde entrou no quarto com uma bandeja nas mãos.

O menino olhou-a de esguelha.

— Posso conversar um pouco com o meu neto? — perguntou ela, deixando a bandeja sobre o criado-mudo.

Tibor assentiu e ela se sentou na cama dele. Ele se mantinha de costas para ela com o olhar vago, perdido na paisagem da janela.

Assim mesmo ela pôs-se a falar:

— Eu me lembro de quando sua irmã nasceu... — Nesse momento, uma das primeiras gotas da chuva que chegaria em breve começou a escorrer na janela a alguns centímetros do nariz do garoto.

— Leonel e Hana estavam tão felizes! Nunca tinha visto os dois daquele jeito. Quando vi meu reflexo num espelho, percebi que meu sorriso estava enorme, tanto quanto o deles. Era uma sensação de missão cumprida. Meu filho estava pronto para criar um filho. Estava pronto para ser pai e agora era a minha vez de relaxar e ser avó.

Tibor olhou de leve para trás e pôde notar que a avó estava sorrindo e chorando ao mesmo tempo.

— Quando peguei Sátir no colo, ela não demorou a dormir. Eu me lembro do semblante de paz que ela tinha, mas os traços fortes já indicavam que ela não seria de brincadeira quando crescesse.

Com um nó na garganta, Tibor respirou fundo e se lembrou do rosto da irmã.

— E então, pouco tempo depois, você nasceu. Pensei que nunca mais seria tão feliz quanto tinha sido no dia do nascimento da minha neta, mas me enganei, lá estava eu sentindo aquela mesma felicidade de novo. Agora via nascer meu neto! — disse ela orgulhosa.

Dona Gailde estendeu as mãos para o neto e Tibor não teve como recusar, foi até ela e se sentou na cama. Ela o encarou e seus olhos eram bondosos e amáveis. Suas lágrimas desciam pelas bochechas enrugadas enquanto ela falava.

— Lembro bem quando você me olhou com seus imensos olhos verdes-folha. Não bastava olhar, você sempre foi muito curioso e precisava tocar. Seus bracinhos estavam estendidos em direção ao meu rosto e eu aproximei suas mãozinhas de mim. Seus pequenos dedinhos tatearam meu nariz, minha boca e de repente você sorriu.

A avó puxou-o para o colo e começou a fazer cafuné nos cabelos do menino, que não rejeitou as carícias.

Avó e neto eram cúmplices naquele momento, cúmplices de um amor eterno e de família.

— Isso foi há quinze anos e parece que foi ontem — continuou ela. — Vocês estão lindos e saudáveis e trouxeram felicidade a esta velhinha, com toda a certeza. Tenho medo de perdê-los. Como perdi seus pais. Meus netos são a minha joia mais rara.

Tibor se levantou do colo dela e se sentou na cama. Olhou para a avó e deu-lhe um abraço apertado.

— Por favor, Tibor! Não faça mais isso com a sua avó — pediu ela, chorando. — Me desculpe por ter sido tão rude nesses dias, mas eu amo vocês demais e tenho muito medo de perdê-los, é só isso.

Soltaram-se do abraço, e a avó completou:

— Parabéns, meu netinho. Saiba que eu não o culpo de nada, viu? Desejo que você seja sempre feliz, não deixe nada deprimir você. Faça seu próprio caminho e, se o caminho que você está trilhando não agradá-lo, mude. Entende o que digo? Siga sempre o seu coração. O seu! — e pôs a mão do lado esquerdo do peito do garoto.

Tibor assentiu e respirou fundo, sentindo-se mais leve. O peso da culpa começava a desaparecer, como num truque de mágica.

— Trouxe o café da manhã pra você — disse a avó apontando a bandeja. — Com tudo o que aconteceu, não tive tempo de pensar em presentes, espero que entenda.

O menino assentiu novamente e pôs-se a comer o bolo de cenoura com cobertura de chocolate que estava na bandeja. Estava mesmo com fome.

Dona Gailde permaneceu em silêncio por um longo tempo, observando o neto comer, e então perguntou:

— Se não se importa, gostaria de saber o que aconteceu enquanto procuravam sua irmã — falou Dona Gailde. — Pode me dizer?

Então, Tibor contou sobre os bambus quebrados na casa de Sacireno, sobre a estranha visita ao moinho abandonado e o aviso de Tork a respeito de um forasteiro em Vila Serena. Dona Gailde disse que avisaria o pai de Rurique e o de Rosa e pediria que eles averiguassem.

Tibor contou também do ataque do Lobisomem e ressaltou o fato de ele perambular pela Vila do Meio. Mostrou a caixa com trancas e trincos que Horácio havia lhe dado e se ofereceu para colocá-los nas portas e janelas da casa naquele dia mesmo.

A avó se mostrou intrigada com o assunto do forasteiro e realmente assustada com a perseguição do Lobisomem e o ataque à casa de Horácio e Janaína.

Lá pelas duas da tarde, Tibor terminou de pregar as trancas e os trincos na última janela da casa. Agora estavam um pouco mais seguros, caso houvesse um ataque ao sítio. Dona Gailde cumprira o que dissera e ambos, Seu Avelino e o Senhor Bronze, foram avisados do tal forasteiro.

Um pouco mais tarde, a avó pediu a ajuda do neto no jardim.

— Tibor, por favor, vá buscar esterco seco no curral. Preciso adubar as damas-da-noite que ganhei de Arlinda.

O menino foi até o curral, pensando na sua situação. A irmã desaparecida e ele ali, no dia do seu aniversário, de castigo e ainda tendo de pegar o cocô seco da Mimosa.

Encheu dois baldes com o alimento processado pelo estômago da vaca e os levou para Dona Gailde. Depois ajudou a distribuir o adubo entre as flores, que ainda estavam fechadas, mas que, dava para notar, eram brancas.

— Cada ser tem sua peculiaridade, meu neto — disse Dona Gailde. — Esta planta que estamos adubando, por exemplo, é conhecida como dama-da-noite porque suas flores se abrem apenas quando anoitece e por seu perfume único.

O menino imaginava que perfume aquela flor teria.

— O adubo a fará crescer forte e saudável, portanto, mãos à obra — disse ela enchendo as mãos com esterco e indicando com a cabeça para que Tibor fizesse o mesmo.

— Que ótimo! — resmungou ele entre os dentes, antes de atolar a mão no outro balde de esterco.

Naquela noite, junto ao aroma inebriante exalado pelas damas-da--noite, a lua cheia trouxe de longe algo que pareciam uivos de Lobisomem. Mas como nada além disso aconteceu, avó e neto dormiram em paz.

Se para Tibor a rotina era uma coisa ruim, acrescente a isso o castigo e ela ficou quase insuportável. Nos dias que se seguiram, Tibor e a avó trocaram poucas palavras sobre o sumiço de Sátir. O menino cumpria seus deveres e voltava para o quarto. O tempo, para piorar, não melhorava; teimava em pintar o céu de cinza escuro, deixando o dia sempre com cara de chuva.

Certa vez, da janela de seu quarto, ele viu o pai de Rosa Bronze avisar algo a Dona Gailde. Pela cara da avó, Tibor deduziu que as buscas não estavam dando resultado algum. E o mês de março ia dando adeus àquele ano.

No dia 1º de abril, quando Tibor entrou na cozinha com os ovos que acabara de pegar do galinheiro, encontrou Dona Gailde fechando uma maleta pequena com alguns frascos dentro dela. A velha senhora chamou o neto que, depois de colocar os ovos na geladeira, aproximou-se.

— Tibor, pode fazer um favor para mim? Tenho de me encontrar com Dona Arlinda e não posso fazer duas coisas ao mesmo tempo.

O menino não pensou duas vezes, ainda estava de castigo e desconfiou que o favor que sua avó lhe pediria consistia em fazer algo fora do sítio.

— Claro, vó! — respondeu prontamente.

— Preciso que leve esses antídotos à casa dos Bronze. Mesmo tanto tempo depois, ainda há alguns enfermos por lá, e estes são os remédios de que precisam.

Quando o menino ia pegar a maleta, ela o impediu e completou.

— Mais uma coisa — disse, retirando um dos frascos de dentro da maleta. — Este frasco em especial — Tibor pôde ler um nome no rótulo — é para João Málabu. A doença dele anda meio fora de controle e receio que ele possa vir a ter um acesso nos próximos dias. Então, para evitar que isso aconteça, leve isto para ele. É importantíssimo que você só entregue a ele, pode ser?

Tibor assentiu feliz por, finalmente, poder dar uma volta fora de casa. Calçou as botas e partiu porteira afora.

Ao chegar ao sítio dos Bronze, entregou a maleta a Dona Miranda, a mãe de Rosa, e pediu licença para ir até a casa do caseiro João, nos fundos do terreno. O sol estava alto naquela tarde e o céu, limpo.

A casa do grandalhão estava fechada. O menino bateu na porta, mas ninguém atendeu. Bateu novamente e nada. Tentou, então, girar a maçaneta e viu que estava trancada.

— Oi, Tibor — disse Rosa às suas costas.

Ele se virou para a menina e cumprimentou-a sem jeito. Fazia tempo que não a via.

— Se está procurando Málabu, saiba que ele saiu numa viagem às pressas para Vila Serena — disse a menina.

— Vila Serena? O que ele foi fazer lá? — intrigou-se Tibor.

— Não sei, mas ouvi meu pai dizer que há boatos de que o tal forasteiro apareceu por lá — ela abaixou a voz e completou — e que não estava sozinho.

— Não estava sozinho, como assim?

— Parece que ele anda acompanhado de uma garota. — Tibor congelou ao ouvir isso. — Achei que você deveria saber, agora preciso entrar, também estou de castigo. Ah! — disse ela, se lembrando de algo. — Parabéns! Soube que fez aniversário. — Depois de um sorriso, despediu-se: — Preciso mesmo ir.

Antes que Tibor começasse a formular teorias sobre o forasteiro visto com uma jovem em Vila Serena, um pio alto de coruja chamou sua atenção. Uma coruja, ave de hábitos noturnos, piava sobre o telhado da casa de João Málabu. Um frio percorreu a espinha de Tibor Lobato. Lembrou-se do ano anterior, quando ele e o amigo Rurique tinham visto uma coruja piando sobre um telhado. Na época, Rurique lhe dissera que, na quaresma, quando uma coruja piava sobre a casa de alguém, isso era prenúncio da morte do dono do lugar.

Tibor olhou para o frasco com o nome do amigo em suas mãos. Segundo a avó, ele poderia ter um acesso da sua doença desconhecida. Será que aquela coruja estava avisando que algo ruim iria acontecer a Málabu? Ou era um alarme falso, como da última vez?

Não poderia esperar para saber se a aparição da coruja era apenas uma coincidência. Lembrou-se das palavras da avó: *Faça seu próprio caminho, se o caminho que está trilhando não agradá-lo, mude.*

Com mil ideias na cabeça, sem nem mesmo ter se livrado do castigo, Tibor previu que em breve receberia outro. Estava decidido a entregar o frasco a João Málabu e, mais do que nunca, a encontrar a irmã.

11

ENCANTADOS

Tibor passou pela porteira do sítio como um foguete. Acreditava que, se Dona Gailde soubesse que Málabu tinha ido procurar por Sátir sem o seu remédio, talvez quisesse fazer alguma coisa a respeito.

Entrou na sala e chamou pela avó, mas ninguém respondeu. Subiu ao quarto dela e nada. Onde ela estaria? Lembrou-se de que a avó tinha mencionado algo sobre se encontrar com Dona Arlinda. Será que deveria esperá-la?, perguntava seu lado racional. E seu lado emocional martelava: E se for tarde demais? Não queria envolver o amigo Rurique dessa vez. Se existisse algum culpado, no fim de tudo, preferiria que fosse só ele mesmo.

Precisava preparar sua mochila.

Entrou correndo no quarto e despejou em cima da cama os livros que estavam dentro da mochila. Procurou algumas roupas, enfiou tudo de qualquer jeito na mochila surrada e, antes de sair do quarto, pensou em deixar um bilhete para a avó. Não achou nenhum papel em branco em seu quarto, então foi ao quarto de Sátir. Ela sempre mantinha o material escolar organizado.

Achou uma folha de fichário e uma caneta. Pensou em começar dizendo para a avó ter cuidado com o Lobisomem, mas não estavam em época de lua cheia e pretendia voltar bem antes que ela começasse. Pensou então em escrever apenas um "volto logo".

— Eu sei o que isso está parecendo — disse ele baixinho para si mesmo, lembrando-se de quando encontrou a carta de despedida da irmã. — Espero que me entenda, vó. Não estou fazendo a mesma coisa, eu juro!

E o garoto escreveu brevemente onde estaria, o motivo pelo qual tinha de partir e que esperava que ela não ficasse chateada. Ao terminar a carta, um barulho na janela de Sátir chamou sua atenção. O garoto olhou rápido e viu uma lata pendurada por um barbante que passava pela fresta da janela do quarto. A lata se mexia e foi então que Tibor se lembrou: *o telefone de lata!*

Foi até a janela, pegou a lata e esticou o barbante o máximo que pôde, para deixá-lo tensionado.

— Rurique? É você? — disse o menino pela boca da lata e logo em seguida levando-a ao ouvido para escutar a resposta.

Um cochicho esquisito veio da lata e Tibor olhou de esguelha pelo parapeito da janela para a casa da árvore. Tudo parecia quieto, nada se movia, mas de onde estava não conseguia ver todo o interior da casinha.

— Rurique? — perguntou mais uma vez, e ouviu mais barulhos estranhos saindo pela lata. Chiados medonhos vinham em resposta. Que diabos estava acontecendo? Será que o raptor de Sátir estava ali?

— Rurique? É você? — perguntou Tibor outra vez, e apesar de estar apreensivo colocou mais firmeza na voz.

— Mas é claro que sou eu, já disse! — A voz do amigo estava metálica, mas nítida. Tibor respirou aliviado. — Puxa vida, Tibor! Eu disse para não se esquecer do telefone de lata. Estive aqui várias vezes tentando contato e nada. Sempre voltava para casa sem falar com você. Nem sei mais há quanto tempo estou escondido aqui na casa da árvore. Passei a noite aqui.

— Passou a noite? Desculpe, cara! Esqueci completamente — disse o menino. — Acabo de vir da casa dos Bronze.

— Então, saiu de casa? Fiquei vigiando, esperando o momento certo de chamar você, mas não te vi saindo. — Rurique parou um pouco como se pensasse na situação toda e completou: — Também, estou há tanto tempo aqui que devo ter cochilado umas duas vezes. Se foi à casa dos Bronze, já deve estar sabendo do boato sobre o forasteiro ter...

— ...sido visto com uma garota? — completou Tibor pela lata de milho verde.

— Sim — respondeu Rurique. — Vim correndo assim que soube. Desde então tenho esperado o momento certo para falar com você.

Já pensou se sua avó me pega aqui? Tenho certeza de que vai obrigar meus pais a me colocarem de castigo. Veja a Rosa Bronze, também está de castigo. Então cuidado para que a sua avó não escute a gente, viu? — pediu o menino.

— Minha avó não está em casa. Foi visitar Dona Arlinda — informou Tibor.

— Ela também saiu? — questionou o garoto do outro lado do barbante. — Puxa, então devo ter cochilado bem mais do que umas duas vezes... — disse ele, pensativo. — E agora? Qual é o plano? Daqui estou vendo você com uma mochila nas costas.

— Estou indo para a Vila Serena encontrar minha irmã e levar um remédio para Málabu.

— Ok, vamos agora mesmo?

Tibor engoliu em seco antes de responder, mas sabia que era o correto a fazer e, quando falou, estava decidido.

— Não, amigão. Vai me desculpar, mas desta vez irei sozinho.

— O quê?! — Rurique deu um berro tão grande do outro lado que Tibor teve até que afastar a lata da orelha.

— É isso mesmo. Vou sozinho — repetiu ele com firmeza.

— Não acho uma boa ideia — disse Rurique.

— E eu posso saber por quê? — perguntou Tibor, colocando a mão na cintura e esperando a resposta do amigo sair pela lata.

— Você precisa da minha ajuda, a não ser que saiba como chegar a Vila Serena sozinho. Não se esqueça de que em matéria de vilarejos, você e sua irmã são novatos. Faz só um ano que moram aqui.

Tibor ficou em silêncio. Não queria envolver o amigo em mais uma jornada arriscada. Na última, quase tinham virado comida de Lobisomem. Mas Rurique tinha razão, ele não fazia ideia de como chegar à Vila Serena. Nunca tinha visitado o vilarejo. Mas já causara problemas demais e não queria repetir o erro.

— Ei, Rurique! — chamou Tibor. — Rurique? — chamou ele pela lata. — Está me ouvindo? — Nenhum som vinha do outro lado. — Rurique, você está aí? — Tibor tentava esticar mais o fio, pois se não estivesse tensionado o som não se propagaria. — Rurique?

— Ainda bem que vim preparado — disse Rurique, parado na porta do quarto de Sátir. Tibor levou um baita susto ao ver o amigo ali com uma mochila nas costas. Largou a lata e, percebendo o quanto seria impossível convencer o amigo a ficar de fora da viagem, foi logo pegando a carta que tinha escrito à avó e dizendo:

— Algo me diz que essa viagem não vai ser nada fácil, Rurique. Se prepare — alertou Tibor.

— E o que até agora foi fácil desde que essa quaresma começou? — rebateu Rurique.

Com um sorriso, Tibor teve de concordar.

— Está bem, vamos então. Preciso achar um bom lugar para deixar este bilhete.

— Tudo bem, mas, antes, por favor me arrume algo para comer. Estou morrendo de fome — disse Rurique, tentando fazer a voz se sobressair ao ronco do seu estômago.

Os dois deixaram o quarto e desceram as escadas em direção à cozinha. Fizeram sanduíches de queijo e salame com quatro andares de pão de forma. Depois encheram duas garrafas com água fresca para a viagem, e Tibor grudou o bilhete para a avó na porta da geladeira, com um ímã no formato de vaca, onde se lia em vermelho: *Mimosa*.

Antes de fechar a porta, Tibor olhou para o hall, com a mão ainda na maçaneta, e deu uma última olhada na casa. Tudo estava no lugar como sempre, o que lhe transmitia um agradável sentimento de segurança. Por isso, toda vez que deixava o sítio durante a quaresma tinha a sensação de que estava deixando seu porto seguro.

— Volto logo, prometo! — disse ele em voz baixa. E fechou a porta atrás de si.

Subiram correndo até a porteira, ambos com o espírito aventureiro explodindo no peito.

Caminharam em direção ao Vilarejo de Braço Turvo. Segundo Rurique, aquele seria o melhor caminho. O sol que os banhava de luz, também os banhava de suor. Por mais de duas vezes tinham usado a água que levavam para beber, tentando refrescar ao menos o rosto e o pescoço.

— Temos de encher nossas garrafas quando chegarmos à Lagoa Cinzenta — lembrou Tibor.

— Ahã! — respondeu o amigo, que já estava cansado de tanto andar. Estavam na estrada há mais de uma hora.

Quando pararam para descansar, sentaram-se embaixo de uma árvore cujas raízes se estendiam até quase a metade da estrada.

— Ao chegarmos lá, o que faremos? — perguntou Rurique. — Como vamos encontrar o tal forasteiro?

— Não sei bem. Acho que teremos de sair perguntando para as pessoas na rua — disse Tibor, tentando fazer com que a ausência de um plano não parecesse desanimadora.

— E quando ele aparecer?

— No mínimo, vou esganá-lo — respondeu Tibor, dando de ombros.

— Já pensou que ele pode ser perigoso?

Ambos ficaram refletindo a respeito, sem dizer nada por um tempo.

— Espero que Sátir esteja bem! — desejou Rurique. — E esse tal remédio do João, hein?!

— O que tem o remédio?

— Ora, que tipo de doença é essa? Esquisito, não acha? — questionou Rurique.

Tibor assentiu, calado. Já parara há tempos de pensar no assunto. Parecia haver um segredo entre sua avó e o caseiro dos Bronze. Cansado de não conseguir entender, Tibor já tinha até parado de tentar desvendar aquele mistério.

Tomaram um pouco mais de água e, aproveitando o momento de silêncio, Rurique resolveu matar sua curiosidade:

— Posso te perguntar uma coisa?

— Pode sim — disse Tibor.

O menino ainda pensou um pouco antes de fazer a pergunta e meio encabulado arriscou:

— Como foi o beijo entre você e Rosa?

Tibor sentiu o rosto corar de leve. Nunca tinham tocado no assunto até então e respondeu sem jeito:

— Foi bom, ué!

— Só bom?

— É, só bom. O que mais queria que eu dissesse? — indagou Tibor, encarando o amigo.

— Não sei, molhado talvez — falou Rurique.

— É, isso também.

Deram mais uma golada na água.

— Você gosta dela? — quis saber Rurique.

Tibor notou o amigo meio cabisbaixo ao fazer a pergunta. Não respondeu logo, mediu as palavras e então disse:

— Gosto. Sei lá, acho que gosto... — Ele não queria pensar no assunto naquele momento.

Ficaram mais um tempo em silêncio.

— Vamos? — perguntou Tibor, levantando-se.

— Vamos! — concordou Rurique. — A propósito... — e Tibor virou-se para olhar o amigo. — Parabéns! — disse ele. — Não consegui despistar meus pais e aparecer dia 20 lá no sítio. Eles realmente têm fechado o cerco — explicou-se.

— Obrigado, amigão! — E os dois se abraçaram no meio da estrada, antes de seguir viagem.

Já podiam avistar, ao longe, os últimos raios de sol refletindo na superfície de um lago enorme e escuro.

— Ainda bem que estamos chegando — balbuciou Rurique, cansado.

Apertaram o passo um pouco mais, a sede era grande e a vontade de se refrescar no lago, ainda maior.

Ao chegar, deixaram as mochilas na areia e entraram até os joelhos na lagoa. Molharam o rosto e se sentiram revigorados com a água gelada.

Tibor olhou ao redor e, até onde sua vista alcançava, não havia ninguém nas margens do lago.

— Agora iremos para onde? — perguntou Tibor, enchendo a última garrafa com água.

Rurique respirou fundo e disse:

— Bom, imagino que devemos ir para lá. — Ele apontou para uma trilha à direita, mas olhou em dúvida para o caminho à esquerda.

Tibor olhou para os dois caminhos e viu que levavam a direções totalmente opostas.

— Ei, qual dos dois, Rurique?

— Acho que é aquele ali — disse apontando o caminho da esquerda dessa vez.

— Você acha? — interpelou Tibor, confuso.

— Definitivamente é aquele ali, vamos? — disse Rurique, pegando a mochila e evitando o olhar desconfiado do amigo.

— Tem certeza? — perguntou Tibor, colocando a mochila nas costas e observando o amigo, que parecia perdido.

Rurique parou, olhou para as duas trilhas, coçou o queixo e apontou para um terceiro caminho que seguia em outra direção. — É por ali, claro!

— Você não sabe como chegar à Vila Serena, certo? — disse Tibor.

— Lógico que sei, Tibor. Moro aqui há muito mais tempo que você, esqueceu? — retrucou ele, com ar superior.

— Então me aponte o caminho correto, aquele que você apontar é o que vamos seguir — disse Tibor, cruzando os braços.

O menino ficou nervoso com a responsabilidade. Olhava indeciso para todos os caminhos. Parecia não fazer ideia para que lado ficava o tal vilarejo.

— Não acredito! — falou Tibor, irritado. — Você disse que sabia o caminho para Vila Serena.

— De que outra forma eu convenceria você a me deixar vir? — desabafou Rurique. — Eu precisava dizer alguma coisa, certo?

— Errado! — Tibor estava indignado. — E agora? Como vamos chegar lá? Sátir pode estar em perigo neste exato momento.

— Ei! Não pense que não me importo com Sátir. Quero achá-la tanto quanto você — falou Rurique, enfezado, apontando o dedo para o amigo.

— Ótimo! Bela maneira de demonstrar isso.

Rurique já ia responder à provocação quando escutaram algo que os fez se calar.

Um som começou a envolver toda a extensão do lago. Parecia preencher tudo ao redor. Aos poucos foram notando que se tratava de uma voz.

Um canto, na verdade.

Os dois olharam intrigados para um ponto específico da lagoa. O canto parecia vir dali. Era uma voz doce e suave que lhes causava um leve torpor e, aos poucos, foram sentindo os músculos relaxarem.

— Que diabos é isso? — quis saber Tibor, falando mole.

— Não faço a menor ideia — respondeu Rurique, quase em câmera lenta.

O volume da música foi ficando mais alto e ela parecia penetrar no cérebro deles. Tibor podia jurar que a música tinha até cheiro. Um cheiro delicioso que não se parecia com nada que já tivesse sentido antes.

Percebeu que seu coração começou a bater no ritmo da música. Seu corpo parecia guiado pela melodia. Quis que a música parasse. Não sabia por que, mas algo parecia muito errado naquilo tudo. Definitivamente, não queria mais ouvir. Tibor levou as mãos aos ouvidos em vão.

A cada nota o menino perdia mais o controle de seus movimentos. Quando tentava resistir, uma voz vinda do fundo de seu cérebro dizia para se entregar. Uma alegria incomum invadiu seu coração, fazendo-o se esquecer de todos os problemas. Tentou se lembrar por que estavam viajando e onde precisavam chegar, mas nada mais parecia urgente.

Um turbilhão de bolhas surgiu na sua frente, como se ele escorregasse por um túnel submerso. Não sentia os braços nem as pernas, não sentia o ar a seu redor. Onde estava a Lagoa Cinzenta? Agora só havia bolhas e a luz do sol se infiltrando na água, em feixes dourados.

Uma espécie de sonolência invadiu sua mente e Tibor entregou-se de vez ao som da doce voz, que parecia não querer parar de cantar nunca mais.

12

A GUARDIÃ DE MUIRAQUITÃS

De olhos fechados, o menino percebeu que estava deitado de costas no chão. Abriu os olhos e viu um céu bem estranho. Respirou fundo e o ar parecia diferente. Ainda era ar, mas era... diferente.

Olhou ao redor e o que viu era difícil de descrever. Estava no fundo do lago? Via plantas dançando no ritmo de correntes subaquáticas.

Um enjoo repentino apertou seu estômago e ele teve de se virar de lado para vomitar. Ele odiava vomitar. Fazia sua barriga doer.

Então precisou respirar de novo para se certificar de que o que respirava era mesmo ar, mas não tinha certeza.

Só uma coisa estava clara. Não estavam mais à beira da Lagoa Cinzenta.

Ainda estava um pouco tonto e sentiu dificuldade para se levantar. Ouviu um gemido e logo depois percebeu que alguém ali por perto vomitava também. Rurique estava há alguns metros de distância e limpava a boca com a camiseta.

— Tudo bem aí? — quis saber Tibor, desviando o olhar para um bando de pássaros que voavam ao longe.

— Nada bem — respondeu o menino ofegante, balançando a cabeça. — Nada bem — repetiu e pôs-se a vomitar novamente.

Tibor tentou andar e sentiu como se não pesasse mais do que um passarinho. A impressão que tinha era que a menor das brisas o arrastaria com facilidade. Então reparou que, mesmo sem nenhum vento ou corrente de ar, os cabelos de Rurique esvoaçavam levemente. Era como se estivesse sonhando. Tornou a olhar para o bando de pássaros e percebeu que não eram pássaros, mas não podia dizer o que realmente eram.

— Onde estamos? — perguntou Rurique, assustado.

Nenhum deles sabia a resposta. Olhavam ao redor e nada era reconhecível. Perceberam que a voz doce ainda cantava, mas ao longe, como se tocasse em amplificadores bem distantes dali.

Um sentimento de saudade apertou seu coração, mas não entendeu o que estava acontecendo até que ouviu uma voz suave:

— Sejam bem-vindos ao meu mundo!

Tibor e Rurique olharam para o lado e viram uma mulher pairando no ar. Tinha a pele bem morena e seus cabelos, trançados em *dread*, como um emaranhado de cordas, esvoaçavam levemente, acompanhando a oscilação da água. Ela usava vários colares e penduricalhos no pescoço. Mas o que os assustou mesmo foi verem que, da cintura para baixo, a moça não tinha pernas e sim o rabo de um peixe de escamas negras, com mais de dois metros. As escamas brilhavam à medida que se mexiam, no mesmo compasso das plantas ao redor.

Os dois garotos começaram a tremer de medo ao constatar que tinham uma sereia bem na frente deles. Não sabiam o que fazer, o canto que escutavam continuava a lhes confundir o cérebro. Não conseguiam elaborar um plano de fuga nem coisa parecida; não conseguiam pensar em correr e isso os desesperava ainda mais.

— Não tenham medo, pequenas criaturas — disse a sereia. — Se eu quisesse lhes fazer algum mal, podem ter certeza de que já teria feito. — Ao ouvirem a moça dizer isso, uma repentina falta de ar os atingiu, mas em alguns segundos voltaram a respirar normalmente.

A boca da sereia se movia levemente ao falar e ela parecia bondosa e ameaçadora ao mesmo tempo.

— Sei os seus nomes e suas intenções. Posso perscrutar o coração dos homens, sentir seus medos e suas alegrias — disse. — Permitam que eu me apresente — e ela deu uma pirueta. — Na língua de vocês, meu nome é Naara, que significa "espírito jovem e sagaz". Sou descendente das Iaras e responsável pelas águas que permeiam os vilarejos onde vocês moram e ainda mais, muito mais... — Ela abriu os braços como se abarcasse tudo ao redor. — Meu domínio vai muito além, mas isso não importa a vocês.

Tibor lembrou-se da sereia. Vira-a um ano antes, quando ele e o amigo pescavam na Lagoa Cinzenta. Agora percebia... Recordava-se de uma música parecida com aquela, que ainda ouvia ao fundo vinda de algum lugar, mas na época pensou que tudo não passara de uma alucinação. Pelo que podia ver, estava muito enganado.

— Para quem está tentando chegar em Vila Serena, não é uma boa opção passar por Braço Turvo — ela falou. Tibor olhou feio para o amigo, que deu de ombros, com as mãos no estômago e cara de enjoado. E ela completou: — Mas para minha ou *nossa* sorte, vocês passaram por aqui.

Tibor não entendeu bem por que ela usara o plural, mas sentia estar prestes a descobrir.

— Tentem relaxar e esse enjoo logo vai passar — disse ela. — É a primeira vez que cruzam uma fronteira entre os mundos. Não poderiam esperar reação diferente, não é mesmo? — Os olhos negros e vivos da mulher-peixe pairavam sobre os dois garotos com interesse e desdém ao mesmo tempo.

— Que... que lugar é este? — perguntou Tibor. — Estamos na Lagoa Cinzenta? — arriscou ele.

Ela assentiu.

— No fundo dela, para ser exata. Estão sob meus encantos, caso contrário, morreriam afogados. — Mais uma vez uma incômoda falta de ar os dominou, mas, como da primeira vez, desapareceu quase instantaneamente.

Tibor viu um cardume de peixes passar por ali, como se voassem devagar, e se espantou quando percebeu que era o mesmo que antes ele pensara ser de pássaros.

Apesar do medo, não podiam deixar de ficar maravilhados. Era uma visão incrível e espetacular. Olharam para o alto e a superfície da lagoa parecia estar muitos metros acima. Feixes de luz desciam lá do alto até onde estavam.

— Esta música... — falou Rurique, que, como o amigo, procurava a origem da voz.

— É o meu canto — disse a mulher-peixe, categórica. — Meus poderes encantam os homens, transformando-os em isca fácil. — Os olhos negros dela fitaram os dois meninos, fazendo-os se sentirem fracos e patéticos, e isso os assustou ainda mais. Era difícil saber se ela os mantinha sob sua custódia para o bem ou para o mal. — O que escutam agora é o eco da minha voz em seus cérebros. Enquanto a escutarem, estarão seguros aqui embaixo.

Os meninos sentiram um calafrio ao saberem disso. Tinham consciência de que estavam completamente à mercê da sereia.

— O que quer conosco? — Tibor arriscou perguntar.

Ela o encarou, analisando a atitude do menino.

— Há um ano venho tentando avisá-lo de um acontecimento grave, menino Lobato — disse Naara com os olhos negros fixos no garoto. — Nosso último encontro aqui na lagoa não foi por acaso. — Ela parou de falar, dando um tempo para que Tibor recordasse o dia em que ela aparecera para ele.

Rurique olhou da moça para Tibor, sem entender muito bem aquela história de "último encontro", mas ficou calado, só escutando.

— Joguei meus encantos sobre você enquanto pescava, mas você ainda não tinha se tornado um homem — disse ela.

O menino fez uma cara de quem não estava compreendendo muito bem, e ela continuou.

— Meus poderes só fazem efeito sobre quem já se apaixonou. E quando isso acontece, nós, Iaras, sabemos que vocês se tornaram homens — explicou ela. — Pelo que vejo, ambos já tiveram o coração fisgado alguma vez.

Os meninos se olharam intrigados. Tibor estava ali graças a Rosa Bronze? E Rurique, por quem se apaixonara? Não o via com muitas garotas; será que o amigo tinha uma queda por sua irmã?

— Um ano atrás — começou Naara, tirando Tibor do devaneio —, algo terrível aconteceu e eu precisava alertá-lo de alguma maneira, mas não consegui... até hoje. — A sereia falava com ar de mistério e um tom de urgência, que ela parecia tentar esconder. — Agora que estão aqui, vou lhes contar o que está acontecendo. Em tempos como estes, notícias ruins prenunciam muitas desventuras, e tudo o que NÃO precisam agora é de uma pitada de azar em sua jornada, estou certa? — disse ela, arqueando as sobrancelhas negras.

Os dois assentiram com ênfase. Naara passou a flutuar em certa direção e fez um sinal para que eles a seguissem.

Por mais incrível que pudesse parecer, era bem fácil andar por ali. Sentiam que não pesavam mais que uma moeda. Tibor imaginava se caminhar na lua seria parecido.

— Eu conheci o seu bisavô — disse Naara, deixando os meninos de orelha em pé e prendendo a atenção deles. — O Curupira, como vocês humanos o chamam, era um amigo natural. E ele confiava em mim. — A sereia os encarava nos olhos quando olhava para trás, e isso era muito intimidador. Tibor lutava contra esse sentimento e tentava prestar atenção ao que ela dizia, mas era bem difícil quando, vez ou outra, o ar lhe faltava. Além disso, sentia certo pânico pela sensação de afogamento que o acometia. Apesar de tudo ser bem interessante, o cenário não ajudava muito, porque era meio claustrofóbico.

— Não é a primeira vez que os seres humanos enfrentam tempos difíceis e posso sentir que não será também a última — dizia ela como se pudesse prever o futuro. — Venho de outros tempos e tenho na memória mais de mil quaresmas vividas. Estou sempre observando os seres humanos e as mudanças provocadas pela sua evolução. Quando os tempos eram outros, e algo muito grave acontecia na Terra, grave o bastante para atingir *outros mundos*, nós nos uníamos — disse ela.

— Desculpe, Naara — interrompeu Tibor, não compreendendo muito bem. — O que quer dizer com outros mundos? Não é a primeira vez que ouço isso. — O menino se lembrava claramente das palavras do velho de manto azul que se transformara em beija-flor. Ele tinha dito que a Cuca estava vigiando o outro lado. Algo em outro mundo interessava muito a ela.

A sereia balançou o enorme rabo de peixe para se manter flutuando no lugar. Seus cabelos balançavam de maneira fantasmagórica, com um vento que não existia ali.

— Vocês humanos são tão ignorantes e, ao mesmo tempo, tão arrogantes! — A falta de ar de repente os acometeu e Tibor não teve dúvida de que era a sereia quem lhes infligia isso. — Acreditam saber tanto do meio onde vivem, mas não sabem nada além do que seus olhos podem ver e suas mãos podem tocar. — Naara parecia ter se irritado com a pergunta do garoto. — Três mundos coexistem. — O ar estava realmente fazendo falta aos dois, mas a curiosidade os obrigava a prestar atenção no que a sereia dizia. — A *Terra* é o primeiro deles. É onde vivem os humanos sabichões, que destroem e desequilibram todo o nosso ecossistema com suas leis absurdas. Muitos rios clamam por ajuda, mas, por causa da podridão em que vocês os deixaram, não posso nem me aproximar da maioria deles. — Ela parecia cada vez mais ameaçadora, com seu rabo de peixe se agitando na água. — Ah, vocês têm muito que aprender, tem sim! — disse com os olhos negros brilhando estranhamente. A falta de ar parecia durar mais tempo que o normal e, só quando Tibor começou a arroxear, sufocado, o ar voltou.

— O segundo mundo é a *Água* — continuou ela. — A maneira que vocês enxergam o meu mundo é *só* a maneira terrena de interpretá-lo. O mundo das águas é maior do que qualquer humano, um dia, possa vir a compreender. Os humanos não podem e não devem ter acesso a meu mundo. Estarão mais seguros assim, podem ter certeza — frisou com um tom de ameaça na voz.

Rurique parecia estar bem mais incomodado com os intervalos sem ar do que com as coisas que Naara estava contando. Mas, para o menino Lobato, muita coisa começava a fazer sentido. Mas o que tinha acontecido para que a sereia os levasse até as profundezas da Lagoa Cinzenta?

— E o terceiro? — quis saber Tibor, respirando com dificuldade.

Naara o encarou com seus imensos olhos negros. Parecia ponderar se devia ou não contar a eles sobre o terceiro mundo. Por fim, disse com cautela:

— O terceiro mundo é o *Além*! — Fez um breve silêncio antes de prosseguir. — Nós não sabemos muito sobre esse mundo. Tanto os humanos como nós, os seres das águas, no fim do nosso tempo aqui, vamos para o Além. — Ela analisou com cuidado a expressão dos garotos... — É o mundo dos fantasmas — finalizou.

Um arrepio passou por eles. Tibor Lobato pensou um pouco sobre o que Naara acabara de dizer. Parecia irreal, mas considerou tudo o que já tinha presenciado e achou que devia acreditar. Três mundos! Em qual deles a Cuca estava interessada? E o que, neste mundo, poderia interessar tanto assim a ela?

— Agora que falei o que queriam saber sobre o terceiro mundo, posso voltar ao que estava dizendo antes? Afinal, como eu disse, trata-se de um assunto urgente.

Os meninos fizeram que sim com a cabeça, ainda intrigados com o que tinham ouvido sobre os três mundos. Aquilo fazia total sentido, ao mesmo tempo que não fazia sentido nenhum.

— Em tempos antigos, de trevas, seu bisavô me procurou para guardar algo valioso para ele — continuou Naara. — Mal sabia ele que aquele artefato também era poderoso aqui, no mundo aquático. Claro que em outros níveis. Mas pela nossa amizade e pela necessidade de um elo entre os mundos, resolvi atender a seu pedido. — Tibor e Rurique estavam totalmente concentrados na história. A sereia continuou: — Ele me contou que, um dia, uma de suas filhas se ergueria com tremendo poder e que, até que alguém apto a derrotá-la estivesse pronto, eu deveria guardar três objetos para ele.

— Que objetos são esses? — perguntou Tibor.

— Três pedras esculpidas em jade, cada uma com um poder especial e imenso — disse ela. — São chamadas de Muiraquitã. Eu sei que vocês já as conhecem bem.

Tibor e Rurique se olharam intrigados.

— O Curupira me fez prometer que eu as protegeria, até que alguém pudesse usá-las para derrotar essa tal filha dele.

— A Cuca — falou Tibor. — Mas ela não é...

— Exatamente — confirmou ela. — Sem um Muiraquitã é impossível vencê-la. Por esse motivo, o Curupira me fez prometer protegê-los. E promessa aqui no mundo submerso é algo realmente levado a sério, ao contrário do que pensam muitos humanos da superfície. — O ar lhes faltou uma vez mais e Tibor achou que fosse desmaiar, mas conseguiu se manter consciente. — Ele me falou muito sobre o perigo de um amuleto desses cair em mãos erradas. Isso jamais poderia acontecer — advertiu Naara.

Tibor começou a raciocinar. Por que a sereia estava explicando tudo aquilo antes de dar a tal má notícia? O que poderia ter acontecido?

— Então, fui nomeada pelo seu bisavô como a Guardiã de Muiraquitãs.

Um enxame de bolhas os envolveu novamente. O rosto da sereia desapareceu em meio ao novo turbilhão, e os meninos foram carregados por uma correnteza, embora não sentissem nem um pingo de água tocar neles. A respiração era bem difícil, uma tontura incômoda tomou conta dos dois por um tempo, até que eles pararam.

Ao abrirem os olhos, estavam num local bem mais iluminado, banhado de uma cor azul.

— Estamos em outra lagoa, certo? — quis saber Tibor ao ver a sereia se aproximando.

— Não, não é uma lagoa. Estamos no mar. — A expressão de Naara ao dizer isso demonstrava o orgulho que tinha do seu próprio poder.

— Como é possível? — indagou Rurique. — A Lagoa Cinzenta não tem saída para o mar, e os vilarejos ficam a quilômetros de distância de qualquer praia! Eu mesmo nunca fui à praia.

Nesse momento, um facho de luz colorida passou flutuando pouco acima deles. Os meninos acompanharam intrigados aquele rastro de luz, que continha muitas cores. Puderam distinguir sete no total.

— Ignorante e arrogante, como eu disse. Assim é o ser humano — repetiu ela olhando para Rurique, que baixou a cabeça ao cruzar o olhar com o da sereia. — Como podem notar, estamos a quilômetros de qualquer vilarejo que conheçam. No mundo submerso, há segredos que nunca serão compreendidos por vocês.

Tibor olhou para cima e a superfície estava a uma altura maior do que a de um arranha-céu.

— Certa vez, o Curupira me pediu um dos três Muiraquitãs de volta. Alegou que sua filha estava crescendo em poder e que não havia muito que pudesse fazer, porque estava muito velho. Assim, entregou um dos primeiro Muiraquitãs a sua outra filha, Gailde Lobato — disse ela. — A avó de vocês. — Os dois olhavam perplexos para a sereia. — Depois, seu bisavô decidiu entregar a segunda pedra ao neto, Leonel Lobato. — Tibor estava atônito com tais revelações. — O bisavô de vocês andava com medo de que algo acontecesse ao neto e à esposa. A pedra foi dada a eles para que pudessem aprender a utilizar os poderes do amuleto e se proteger de um eventual ataque.

— Mas o Muiraquitã que estava com a minha avó foi quebrado pelo Saci no ano passado — disse Tibor, com uma pontada de desespero.

— Sei bem disso! Posso sentir daqui o quanto Sacireno ficou arrependido. Conheço-o também e saibam desde já que desaprovo todos os seus atos. Eu mesma o afogaria se tivesse uma chance, mas o pilantra escapa todas as vezes que tento.

Tibor não aguentava mais inspirar e não sentir o ar entrando em seus pulmões. Olhou para o alto, para a superfície do mar, e viu mais uma vez o facho de luz colorida que mais parecia um cometa multicolorido movendo-se pra lá e pra cá.

Os dois amigos, meio atordoados por não conseguirem respirar direito, viram um facho de luz se aproximando. A luz circulou-os lentamente e se foi. Parecia que as luzes estranhas queriam vê-los de perto.

— Odeio o Saci desde quando soube que ele foi um dos responsáveis pela morte de meu amigo Curupira. Mas o bisavô de vocês já me alertara, dias antes, de que algo do tipo estava para acontecer. Com folhas de chá, ele conseguiu prever a própria morte e mesmo assim seguiu em frente, caindo na armadilha que fizeram para ele.

Tibor sentia o respeito enorme que Naara tinha por seu bisavô. A sereia passeou seus olhos negros por eles e o ar voltou a circular pelas vias respiratórias dos meninos.

— O Muiraquitã que estava com seus pais desapareceu no dia do incêndio que os levou. Não sei do paradeiro dele. Não consigo senti-lo.

Tibor ficou imaginando se alguma vez vira o amuleto com seus pais, mas não tinha recordação nenhuma dele. A avó, sem querer, tinha criado uma suspeita em seu coração. O incêndio que matara seus pais fora mesmo um acidente? Ou tinha sido provocado por alguém? Agora Tibor imaginava se o Muiraquitã desaparecido tinha relação com a morte dos pais.

Por alguns momentos, Tibor se entregou à nostalgia e sua mente se encheu de lembranças dos pais. Ele afastou depressa esses pensamentos. Sabia que precisava ficar atento ao momento presente, sentia estar em perigo e precisava se manter alerta.

— Um amuleto foi dado a minha avó — disse ele —, o outro a meus pais. Então, você ainda tem um Muiraquitã, certo? — quis saber Tibor. — Um é suficiente para usarmos contra a Cuca.

Ela o encarou com seriedade, com um olhar que não dava nenhuma pista de qual seria a resposta.

— Ali era o lugar onde ficavam os Muiraquitãs. — Ela apontou para uma espécie de altar mais à frente. — Nenhum ser aquático tem permissão ou poder suficiente para entrar aqui, a não ser que eu mesma permita — disse ela, imponente.

O altar se erguia em meio a algumas pedras. Algas e corais enfeitavam um arco sobre ele. Ambos, altar e arco, pareciam ter sido construídos há séculos. Eram como ruínas de uma construção grega. Mas não havia nenhum Muiraquitã por ali. Tibor e Rurique olharam assustados para Naara. Não queriam nem pensar na possibilidade de não haver mais nenhum amuleto sob a proteção da guardiã.

— Foi exatamente há um ano — lamentou ela. — Tenho caçado o responsável e tentado entender como isso pôde acontecer. Minhas defesas continuam tão poderosas quanto sempre foram, desde milênios atrás. É impossível que alguém tenha entrado aqui. E mesmo assim, foi o que aconteceu. Tenho vigias espalhados por todos os cantos dos meus domínios. — Naara apontou para os fachos de luzes coloridas que agora dançavam próximos à superfície. — E ainda assim aconteceu — disse ela, olhando para os fachos dançarinos, e um deles veio até ela. — Os Galafuz estão em polvorosa desde então. Não conseguem entender como alguém pôde ter burlado a vigilância deles. — O feixe luminoso que havia se aproximado se retirou e sumiu na imensidão azul. — Os Galafuz são meus vigias. São entidades que estão além da compreensão de vocês. Qualquer coisa que entre em nosso mundo é vigiada por eles. Seria impossível alguém entrar aqui sem ser visto e roubar o último Muiraquitã. Nunca algo do tipo aconteceu antes.

— Como assim? — desesperou-se Tibor. — O último Muiraquitã foi... roubado?

— Tentei avisá-lo assim que aconteceu, mas, como disse, você ainda não tinha se tornado homem, ainda não tinha se apaixonado e meus poderes eram inúteis em você. Perguntei-me de que adiantaria avisar você do roubo, mas seu bisavô tinha tanta fé nos bisnetos... Ele jurava que um de vocês iria derrotar a Cuca, então resolvi ter fé também — disse ela. — Por isso, aqui estou. Minha missão é ajudá-lo a encontrar a pedra. Esse é o legado que me foi passado pelo Curupira — finalizou ela.

Tibor e Rurique se entreolharam, completamente atônitos. Ao longe, muitos peixes passavam como se voassem em bandos de um lado para o outro.

— Nem sei por onde começar — disse Tibor.

— Pois bem, eu sei! — a sereia disse. — Não há vestígios dessa pedra em nenhum lugar do meu mundo. Os Galafuz vasculharam tudo e não encontraram nada. Isso só pode significar que o amuleto está no mundo de vocês. Estive averiguando e uma coisa me chamou a atenção. — O rabo da sereia se movia devagar, mantendo-a parada no ar. — Há algo de estranho em Vila Serena. Um boato sobre um forasteiro que perambula por lá há um bom tempo e sei que vocês já sabem disso. Os Galafuz o têm observado e o que descobriram foi que ele é um sujeito esperto e até por aqui, no mundo submerso, existem boatos sobre ele. Posso ajudá-los a encontrar a garota desaparecida. Mas vocês têm de tomar cuidado, tudo está muito diferente em Vila Serena — alertou ela.

— E como pode nos ajudar? — quis saber Tibor.

Naara olhou para eles com um olhar maroto, e naquele momento o ar sumiu completamente. O desespero se alojou nos pulmões dos meninos.

— Querem mesmo saber como? — perguntou ela.

Mais uma vez as bolhas se agitaram e o sono tomou conta de suas mentes.

13

BARBA RUIVA

Num segundo, Tibor levantou o rosto da areia molhada. Estava prestes a desmaiar sob aquelas bolhas malucas. Achou que iria morrer afogado e de repente estava deitado em terra firme.

Olhou ao redor e viu que estava numa vila de pescadores. O que havia acontecido? Sabia que não tinha sonhado e que a sereia era real, mas, ao olhar o rio que banhava seus pés, não conseguia entender como aquilo poderia ser possível.

Ele e Rurique tinham ficado desacordados à beira daquele rio sabe-se lá há quanto tempo. Tinham perdido a noção do tempo. Eles tossiram bastante até começarem a respirar ar puro. Parecia que o corpo deles precisava se acostumar novamente com ar de verdade.

Que lugar era aquele? Estariam na Vila Serena?

Havia barcos de pesca ancorados por toda a extensão do rio. Um pouco mais acima, viram enormes vitórias-régias, que boiavam na superfície da água. Aquelas eram gigantescas, pareciam plantas pré-históricas enfeitando a margem do rio.

Os dois se levantaram e começaram a caminhar em silêncio. Tinham tido uma experiência tão absurda com a sereia que nenhum deles sabia o que dizer. De certa maneira, ainda procuravam entender o que tinham vivido.

Meu bisavô era amigo de Naara e a nomeou guardiã de três Muiraquitãs. Um foi dado a minha avó; outro a meus pais. Até aí, tudo bem! Mas Naara era uma sereia. E isso foi só o começo do quanto tudo aquilo era estranho. A sereia afirmou que sem um Muiraquitã é impossível vencer minha tia-avó, e nesse ponto ela foi categórica. Está claro que um embate com a Cuca será inevitável, e acontecerá mais cedo ou mais tarde. Um dos amuletos foi destruído pelo Saci na luta no Oitavo Vilarejo; o que estava com meus pais sumiu no incêndio que os matou. E um terceiro, que estava sobre a guarda de Naara e seus Galafuz, foi roubado. Ou seja, estamos ferrados, pensava Tibor.

Num relance, lembrou-se do que precisava fazer. Tinha de encontrar a irmã. E depois do que Miguel Torquado e Naara tinham dito sobre o tal forasteiro, não restava dúvida de que essa era a pista certa a seguir. Um resquício de esperança voltou a brotar em seu peito; afinal, tinham novamente algo que dava a ele um rumo.

Tudo estava muito quieto por ali. Parecia que tinha acabado de amanhecer e que o dia ainda estava por começar naquele vilarejo. Mas depois de alguns instantes os meninos ouviram um burburinho ao longe e resolveram descobrir do que se tratava.

Passaram por um pequeno corredor, formado por bambus amarelados, que os conduziu para fora da orla do rio. Deram numa ruazinha de paralelepípedos bem estreita que sumia à esquerda. Seguiram por ela, olhando tudo ao redor. Tibor nunca tinha estado naquele vilarejo antes. As casas eram simples e bem pequenas, todas geminadas. Os garotos imaginaram que aquelas eram as casas dos pescadores.

A rua estava deserta, a não ser por alguém que passou por eles em disparada, trombando com os dois, que quase foram ao chão. Era um garoto.

Pensando em pedir informação, Tibor e Rurique o chamaram, mas o menino continuou a correr, sem lhes dar a mínima atenção.

Sem entender por que, o menino Lobato tinha a sensação de que algo estava errado por ali. Lembrou-se do aviso de Naara sobre as coisas estarem mudadas em Vila Serena. Se é que aquele lugar era mesmo Vila Serena.

Decidiram seguir pelo mesmo caminho do garoto.

À medida que andavam pela viela de paralelepípedos, podiam escutar um vozerio se avolumando. As vozes gritavam e xingavam furiosas. Algo realmente estava muito errado ali. Parecia que todos os moradores do vilarejo estavam reunidos no mesmo local. Viram uma senhora trancando a porta de casa e se preparando para seguir, apressada, naquela mesma direção.

— Senhora! — chamaram eles. — Senhora!

Ela parou, contrariada. Aonde quer que fosse, era nítido que não queria se atrasar.

— Falem logo, moleques. Não quero perder essa! — disse ela, contrariada.

— Desculpe, mas a senhora pode nos informar que vilarejo é este? — perguntou Tibor.

A mulher fez uma careta de desdém e cuspiu no chão.

— Moleques! Estão de gozação, é? — rosnou ela. — Deveriam estar lá na praça se orgulhando do que os moradores de Vila Serena conseguiram. Pelo jeito não são daqui e devem ser moradores de um desses vilarejos em que os habitantes não estão nem aí.

Tibor perguntou alto quando a mulher pôs-se a andar apressada.

— E o que foi que os moradores daqui conseguiram?

Ela olhou para trás, parecendo não acreditar na pergunta do garoto.

— Ora, tantos dias na labuta! Já estava mais do que na hora de pegarem o forasteiro! — e saiu correndo com a mesma pressa que o menino.

— O forasteiro? — Rurique repetiu, olhando para Tibor com as sobrancelhas arqueadas. — Temos de ir até lá. Sátir pode estar com ele — cochichou o amigo.

Tibor assentiu com o coração na boca. E, com receio do que iam encontrar, os dois apertaram o passo pela estreita ruazinha.

Chegaram a uma praça enorme, com várias árvores frondosas. Um grande aglomerado de pessoas rodeava uma carroça parada no meio da praça. Alguém começou a falar aos berros e todos fizeram silêncio para escutar.

— Hoje é um grande dia para nós, cidadãos de Vila Serena! — Tibor e Rurique se infiltravam por entre a multidão, tentando enxergar alguma coisa. — Hoje mostramos o quanto somos fortes. Não iremos mais tolerar o roubo de nossos tesouros. Isso é um absurdo! Lã, leite, carne, roupas, nossas coisas preciosas... — O povo ouvia com atenção. Tibor, na ponta dos pés, conseguiu ver um homem careca de pé em cima de um dos bancos da praça. — Ontem descobrimos que estávamos sendo alvo de um velho inimigo desta vila. Ontem descobrimos que os boatos sobre o forasteiro eram verdadeiros e resolvemos demonstrar coragem e esperteza contra essas forças nojentas que nos assolam. — Nesse momento, muitas pessoas começaram a se agitar e gritar xingamentos direcionados ao centro da praça e vivas ao senhor careca. — Hoje — continuou ele ainda mais alto —, decidimos que somos fortes; que aquela bruxa velha não irá nos atazanar por muito mais tempo.

Tibor apurou os ouvidos.

Bruxa velha? De quem, afinal, aquele homem estaria falando? Não poderia haver muitas bruxas velhas pelos vilarejos, certo?

— Temos pistas muito confiáveis sobre o local onde ela mora. Portanto, ela está com os dias contados — vociferou ele, e as pessoas berraram excitadas em resposta. Pareciam malucos, mas, se estivessem se referindo a Cuca, Tibor precisava saber mais.

— Ei! Sua bruxa velha! — continuou o homem. — Espero que esteja aqui nos ouvindo hoje! — berrava ele, olhando ao redor. — Nós já pegamos o seu capacho. Pegamos o tal forasteiro; você é a próxima! — e o povo gritava ensandecido.

Tibor e Rurique começaram a ter medo daquela multidão, as pessoas pareciam descontroladas.

— Ali está, senhoras e senhores! — disse o homem careca apontando para o centro da praça. — Eis o nosso bandido. Um homem declarado, há muito tempo, nosso inimigo. Um ladrão vindo de outras bandas, um forasteiro em nossas terras. — O homem fez uma pausa para enxugar a baba que escorria de sua boca, fazendo-o parecer um cão raivoso. — Senhoras e senhores, ali está o Barba Ruiva! — gritou, e a multidão explodiu em altos brados.

Ainda na ponta dos pés, Tibor viu, em cima da carroça, algo que lembrava uma cela com grades de madeira. Um homem alto e forte estava encerrado nela. Não conseguia enxergar muito mais além disso, mas viu que o homem estava bem machucado.

Esticou o pescoço, tentou se aproximar um pouco mais da carroça e constatou que isso era uma tarefa impossível.

— Você é Tibor Lobato?

O menino sentiu uma mão segurar o seu ombro, com tanta força que chegava a doer, e virou-se depressa. Um garoto um pouco mais velho que ele encarou-o nos olhos.

— É Tibor ou não? Se for, terá de vir comigo agora mesmo — disse o garoto ameaçadoramente.

O homem careca no meio da praça recomeçou seu discurso.

— E nós devemos isso ao grande herói que descobriu onde o Barba Ruiva estava e o entregou! — A multidão tinha voltado a ficar em silêncio, atenta ao que o homem dizia.

Tibor tentou se livrar da mão que o apertava. Agora, o estranho o segurava pelos dois ombros, fitando-o nervoso, como se tentasse reconhecê-lo.

— É você mesmo, não é?

— Quem é você? — quis saber Tibor, tentando se desvencilhar, enquanto Rurique tentava abrir espaço entre as pessoas para chegar até ele.

— Gostaria de chamar aqui o grande responsável pela captura desse monstro. — As mãos do garoto afrouxaram nos ombros de Tibor, e o careca seguiu dizendo: — Senhor Humbertolomeu, por favor, venha até aqui receber as palmas que a Vila Serena quer lhe oferecer. — O careca olhava diretamente para o garoto que há pouco apertava os ombros de Tibor.

Várias cabeças se voltaram para ele, que deu uma ajeitada no chapéu branco, esticou um pouco o paletó, também branco, e começou a andar na direção do careca. Mas não antes de olhar para Tibor e dizer baixinho:

— Não suma daqui, garoto. Nem ouse fazer isso ou eu acabo com você! — ameaçou.

Tibor o encarou até ele se virar e seguir em frente, sumindo no emaranhado de gente. Por um momento, ficou assustado de verdade e percebeu que suas mãos estavam tremendo. A força daquele garoto era espantosa.

— O que aconteceu? Quem era aquele cara segurando seu ombro? — perguntou Rurique alcançando o amigo ao mesmo tempo que a praça explodia em palmas. — E que nome ridículo era aquele? Humbertolomeu!?

— Não sei — respondeu Tibor. — Mas ele sabe quem eu sou. Disse que eu deveria ir com ele e me ameaçou, caso não fosse. Não fui nem um pouco com a cara dele — completou o menino, massageando um dos ombros.

— Acho que é melhor a gente sair daqui, ele pode ser perigoso — falou Rurique.

Tibor assentiu, balançando a cabeça lentamente.

No meio da praça, Humbertolomeu subiu no banco para que todos pudessem vê-lo ao lado do homem careca que, após apertar a mão dele, disse:

— Muito bem, pessoal! Podem parar com os aplausos, vamos deixar nosso herói se pronunciar. — O homem se voltou para ele: — Há algo que queira dizer a todos nós? Há algum recado que queira mandar àquela bruxa que nos assola, garoto, onde quer que ela esteja?

O garoto passeou os olhos por todos os rostos atentos, parecendo pensar no que deveria dizer.

— Tibor, vamos sair daqui enquanto dá tempo — apressou-o Rurique.

— Espere, quero ouvir o que ele tem a dizer.

— Eu acredito — começou ele num tom pomposo — que um ato vale mais que mil palavras. — Muitos concordaram com a cabeça. — Então, o meu recado para a tal bruxa é o seguinte... — Ele apanhou uma pedra no chão, mirou o cercado onde estava o prisioneiro Barba Ruiva e a atirou em sua direção. A pedra atingiu as grades e caiu no chão.

— Que covarde! — sussurrou Tibor.

Na multidão calada, os olhares eram de espanto diante do ato violento do garoto. Mas o homem careca voltou a falar e instigou a multidão:

— Acredito que todos nós entendemos o recado, certo? Eles não têm compaixão por nós, por que devemos ter por eles?

Alguém em meio à multidão jogou outra pedra na direção do cercado. Uma mira certeira fez com que, dessa vez, a pedra atingisse o homem dentro da cela e, entre o mar de cabeças, Tibor viu o homenzarrão cair de joelhos com a dor.

Tibor resolveu concordar com Rurique. Estava na hora de sair dali; as pessoas estavam ficando cada vez mais agitadas. Cutucou o amigo, fazendo sinal de que deveriam deixar a praça, mas Rurique estava em choque e não saía do lugar.

— O que foi? — perguntou Tibor. — O que há com você, Rurique?

— Tibor, você viu? Viu o Barba Ruiva?

— Estava tentando fazer isso até agora, mas parece impossível...

— É o Málabu! — disse Rurique cortando o amigo. — É o João Málabu quem está preso naquela carroça.

— O que acham que ele merece? — gritou o garoto de branco, empoleirado no banco da praça, e virou-se para olhar o prisioneiro. — Já nos causou problemas demais, Senhor Barba Ruiva, está mais do que na hora deste vilarejo lhe dar o revide.

— Afinal de contas, precisamos mostrar àquela bruxa velha do que somos capazes — disse o careca, completando o discurso afetado do garoto.

Muitas pessoas gritaram em polvorosa e, atiçadas pelas palavras dos dois, começaram a jogar pedras na direção da cela. A gritaria e a algazarra aumentavam o clima de terror.

Ao estalar de um chicote, o cavalo atrelado à carroça relinchou e começou a avançar em meio à multidão. O prisioneiro já não conseguia ficar de pé, e a carroça se moveu depressa, antes que os moradores da vila conseguissem matar o homem a pedradas.

Por uma fração de segundo, enquanto a carroça saía da praça por uma rua lateral, Tibor enxergou o rosto do prisioneiro e ficou chocado. Rurique tinha razão, o homem alvejado por pedras era João Málabu, o caseiro da família Bronze. O que ele estaria fazendo ali? Tibor tinha certeza de que Málabu não era o forasteiro que procuravam. E quem é Barba Ruiva?, perguntava-se o menino.

Tibor puxou o amigo até uma calçada próxima, onde havia menos gente, e eles puderam seguir de longe a carroça que levava João Málabu dali.

Precisavam salvar o amigo, mas como?

Um frio gelou a barriga de Tibor quando ele percebeu que o garoto já não estava mais ao lado do careca. Talvez estivesse procurando por ele. Talvez estivesse bem próximo. Era hora de sumir dali de vez.

As pessoas seguiam a carroça e ainda tentavam acertar pedras no prisioneiro. A vontade de Tibor era gritar que o amigo era inocente e obrigar aquele bando de malucos a parar com aquela barbaridade. Mas o menino sabia que não iria adiantar, e talvez isso só piorasse as coisas. O melhor agora era seguir a carroça, despistar seu perseguidor e parar num lugar seguro para traçar um plano. Ou seja, ele não tinha a menor ideia do que realmente deveria fazer.

Aos poucos, a carroça foi se distanciando, e as pessoas foram deixando de segui-la. Apenas Tibor e Rurique ainda corriam ao lado dela pela calçada, evitando serem vistos pelo cocheiro. Dez minutos depois, os meninos não aguentavam mais correr, mas ainda conseguiram ver Málabu amarrado com as mãos para trás e de joelhos, enquanto a carroça os deixava para trás.

Tibor se culpou, imaginando que tinha demorado a trazer o remédio de João e isso, de algum modo, o colocara onde estava agora.

— O que faremos? — perguntou Rurique, em pânico.

Tibor não sabia o que responder a Rurique. Queria mesmo ter um plano, mas não lhe ocorria nenhuma ideia.

— O amigo de vocês está encrencado? — perguntou uma voz atrás deles.

Ambos se viraram e deram de cara com um garoto de uns 17 anos, de olhos muito vivos, vestido de branco dos pés à cabeça. Era Humbertolomeu.

Tibor pensou que não era uma boa ideia responder que sim. Se saíssem por aí dizendo que eram amigos do Barba Ruiva, as chances de salvá-lo seriam ainda menores.

— Está sim — respondeu Rurique de sopetão. Tibor lhe deu um cutucão, mas já era tarde demais.

— É bem perigoso fazer amizade com ladrões por aqui — disse o garoto em tom sarcástico.

— João Málabu não é ladrão! — desafiou Tibor. — Seu covarde! — vociferou.

— João, é? Quer dizer que o Barba Ruiva tem nome? — debochou o garoto, sem se importar com o xingamento.

— Ele não é o Barba Ruiva, você acusou o cara errado — falou Rurique.

— Não é o que a barba dele mostra, não é? — retrucou o garoto. — Mas voltando a nossa conversinha — disse olhando para Tibor —, você é um Lobato, certo?

Tibor pensou antes de responder. O que aquele garoto queria com ele? Parecia ser mais forte que Tibor e Rurique juntos. E ainda por cima tinha ameaçado fazer-lhe mal, caso não o seguisse.

A raiva crescia no peito do garoto, aquele tal de Humberto sei lá o que tinha colocado Málabu numa situação deplorável. Tibor adoraria fazê-lo pagar por isso.

— Por que quer saber? — perguntou, irritado.

O garoto olhou fixo para ele, então virou a cabeça lentamente para um lado e depois para o outro, querendo se certificar de que não havia ninguém por perto. — Ora, se você for um Lobato, acredito que tenho uma informação que lhe interessará muito.

— E o que seria? — retrucou Tibor, sem muita paciência.

Ele fixou os olhos ameaçadoramente em Tibor antes de dizer:

— Talvez eu saiba onde está sua irmã. — Manteve os olhos pregados em Tibor e completou: — E então, você é ou não é Tibor Lobato?

14

A QUARESMEIRA NEGRA

— Sou eu, sim. Sou Tibor Lobato — respondeu, ansioso para saber da irmã. — E agora me diga o que sabe!

Rápido como uma cobra, o garoto segurou Tibor pelo ombro ainda mais forte que da primeira vez e o encarou bem de perto, com o nariz quase tocando o dele. Rurique quis soltar a mão agarrada ao ombro do amigo, mas o garoto o deteve com a outra mão. Tibor ficou por um tempo à mercê do estranho.

Quando o garoto o soltou, disse com os lábios colocados ao ouvido de Tibor:

— Os olhos de vocês são idênticos... — Depois, dirigindo-se aos dois meninos, determinou: — Vocês terão de vir comigo; a menina corre perigo.

— Perigo? Onde ela está? — quis saber Ruriquee, impulsivo.

— Não sei como explicar exatamente, terei de levá-los até lá.

— Então vamos logo! Nos leve até ela! — disse Tibor com nervosismo.

— Só que vão ter que se embrenhar na floresta... — avisou ele, ajeitando o chapéu na cabeça.

— Ela está muito longe? Não está neste vilarejo? — perguntou Tibor.

— Ela está presa entre este vilarejo e a Vila de Pedra Polida. Pelo menos é o que eu imagino. E não, não é longe daqui. Mas o percurso será longo — respondeu ele.

— Você disse presa? — repetiu Tibor.

— Exatamente. Ela está sob a custódia de uma criatura.

— Criatura? — repetiu Rurique com a voz já trêmula.

— Não temos tempo, explico no caminho.

— Mas e quanto a Málabu? — quis saber Tibor.

— O caso do amiguinho criminoso de vocês pode esperar até amanhã, quando voltarmos; o da menina, não.

Os meninos se entreolharam desconfiados.

— Tudo bem, mas quando voltarmos você vai nos ajudar a tirá-lo de lá. Você acusou alguém inocente! — declarou Tibor.

— Ora, se querem resgatar a menina e depois o amigo de vocês, não fiquem aí parados perdendo o pouco tempo que temos.

Enquanto caminhavam, o céu se fechava em nuvens cinzentas. Dava para ver que uma tempestade caía ao longe.

— Aonde estamos indo? Não tínhamos que levar alguma arma? — quis saber Rurique, vendo que se afastavam da cidade. — Afinal, você disse que vamos ao encontro de uma "criatura".

— Não há tempo para isso — respondeu o garoto. — Agora, só podemos contar com nossa inteligência; ela será nossa arma.

Chegaram a uma viela de terra e seguiram por ela o mais rápido que podiam.

— E, então, que criatura é essa? — perguntou Tibor, um pouco ofegante.

— Essa criatura não é daqui — explicou o garoto, enquanto desciam a estradinha. — Nem imagino o que ela esteja fazendo neste vilarejo. Ela pertence a outras terras.

— Um forasteiro — concluiu Tibor.

— Exatamente. As histórias contadas sobre ele sempre se passam em lugares com muito calor, terras áridas, dunas de areia. Não isto: rios, chuva! Ele não devia mesmo estar aqui.

— De quem você está falando, afinal? — perguntou Rurique, temendo a resposta.

No fim da viela, encontraram a entrada de uma trilha que seguia matagal adentro. Afastaram os galhos que impediam a passagem e iniciaram com dificuldade a caminhada pela trilha.

— O nome dele é Gorjala. Alguns boatos em Vila Serena dizem que a tal bruxa está reunindo seres de outras regiões e que pretende organizar uma espécie de exército. Talvez alguém não tenha gostado das acomodações oferecidas pela bruxa e tenha escapado.

— E você acha que foi esse tal Gorjala? — quis saber Rurique.

— Boatos são boatos, cara! As pessoas daqui acreditam, sim, que uma criatura fugiu de algum lugar sombrio onde está concentrado o tal exército. Por isso, o Barba Ruiva é tão odiado. Acreditam que pode ser ele.

— Você o acusou injustamente. Que provas tem contra ele? — perguntou Tibor.

— Ora, chega desse assunto. Se você é amigo de criminosos não posso fazer nada. O Barba Ruiva é um ladrão muito conhecido por essas terras.

— Ele não é o Barba Ruiva! — repetiu Rurique com raiva.

— Podem parar! Estamos prestes a encontrar Gorjala, e vocês querem discutir sobre o Barba Ruiva? — indignou-se o garoto, ajeitando mais uma vez o chapéu.

Os três seguiram calados por um tempo. Tibor sentia-se culpado por deixar Málabu para trás e, ainda por cima, aceitar a ajuda do seu delator. Mas precisava encontrar a irmã.

— Quem é Gorjala? Como ele é? — perguntou Rurique, interrompendo o silêncio.

— Até que enfim uma pergunta pertinente! — comemorou o garoto, empurrando um galho troncudo que obstruía a passagem. — Gorjala é uma criatura enorme, de quase quatro metros de altura. E um colecionador de tesouros. Um ladrão nato.

— Um ladrão? — perguntou Tibor, imaginando se a tal criatura podia ser responsável pelo roubo do terceiro Muiraquitã dos domínios de Naara.

— Sim, um ladrão. Além disso, ele é um monstro horrendo. Também há boatos de que pessoas somem por onde ele passa.

— Mas que droga de bicho é esse? — desabafou Rurique. — Que vantagem teremos contra ele?

— Temos uma! — disse o garoto no momento em que chegavam a uma clareira. — Ele tem apenas um olho.

— Um olho? Como assim? Ele é caolho? — perguntou Rurique.

— Não! Ele não é caolho. Ele tem um olho no meio da testa.

Depois de atravessarem a clareira, deram de cara com um extenso rio e um bote bamboleando na água. O garoto começou a preparar a embarcação para que os três prosseguissem a jornada. Rurique e Tibor ficaram mais atrás de propósito.

— O que você acha? — perguntou Tibor aos sussurros.

— Eu já o vi, Tibor — respondeu Rurique.

— Você já viu o Gorjala?

— Não — disse Rurique. — Acho que já vi esse cara — e ele apontou o garoto com o queixo.

— Você já o viu? Onde? — quis saber Tibor, surpreso.

— Na festa de aniversário de Rosa. Lembro dele parado num canto, atrás da mesa de bebidas. Ele parecia interessado em Sátir.

Tibor apertou os olhos, lembrando-se também.

— É verdade. Ele estava lá mesmo — disse, exaltado, e Rurique fez sinal para que o amigo abaixasse o tom de voz.

— E lembro de ter comentado com sua irmã que ele não parava de olhar para ela — recordou Rurique.

Tibor ficou intrigado com essa informação.

— Algo está muito estranho nessa história toda... Esse tal Gorjala é um ladrão e um forasteiro. Exatamente o que eles estão dizendo de Málabu: *ladrão* e *forasteiro*. E quem delatou Málabu foi o sujeito que estava na festa de Rosa olhando para minha irmã, que por coincidência está desaparecida — concluiu Tibor com cinismo. — Acho que estamos bem perto de descobrir alguma coisa.

Rurique, chocado, concordou. No mesmo instante, Humbertolomeu chamou-os para dentro do bote.

— Vamos, meninos! Não temos muito tempo.

Tibor ainda conseguiu cochichar:

— Vamos ficar de olho. Depois que resgatarmos Sátir, vamos ter de esclarecer essa história toda, nem que seja à força. Fique preparado!

Os dois entraram no rio com a água até os joelhos, e subiram no bote.

A lua já ia alta no céu, quando Tibor perguntou:

— Ainda estamos em Vila Serena?

— Sim. Vamos pelo rio para chegar mais rápido no esconderijo da fera. Não se iluda com a distância do trajeto, Gorjala não está longe da cidade. Só pegamos uma rota diferente — disse o garoto, ajeitando o chapéu branco mais uma vez.

Com exceção do leve barulho das águas batendo no casco do barco, tudo era silêncio.

— A propósito, meu nome é Humbertolomeu.

— O meu é Rurique e o dele é... bom, você já sabe.

De repente a superfície da água ficou coalhada com uma espécie de planta redonda, flutuante.

— São vitórias-régias — explicou Rurique. — Meu pai me contou a história delas. Ele disse que havia uma índia que era fascinada pela lua; uma vez ela tentou tocar o reflexo que via da lua no meio do lago e se afogou. A lua, com pena dela, transformou-a numa vitória-régia. Para agradar a índia, deu a ela o formato do reflexo da própria lua na água; por isso essa planta é redonda, para se parecer com a lua.

— De onde eu venho, a história é bem diferente — disse o garoto para Rurique. — Seja como for, nem na minha versão nem na do seu pai elas são tão grandes como estas.

— Aposto que não — falou o menino, olhando-as admirado.

— Ei, que tipo de nome estranho é esse? Humbertolomeu — perguntou Tibor.

— De onde eu venho, esse nome não é tão estranho assim — respondeu ele.

— E de onde você vem? De qual vilarejo você é?

— Não sou de vilarejo nenhum.

De repente, ouviram um rugido rasgando a noite; um rugido que só poderia ser de uma criatura muito grande. Ficaram quietos tentando ouvir mais alguma coisa. Mas só havia o som da água batendo no casco do bote e o coaxar das rãs, que pareciam ter acabado de despertar.

Humbertolomeu levou o barco até a margem, e os três afundaram os pés ao desembarcar. O local era pura lama; parecia um brejo.

— Tomem cuidado! É por aqui que o Gorjala está — avisou ele. — Veem aquela montanha? — e apontou algumas luzinhas acesas no alto de um morro. — Ali é Vila Serena. Não disse que era perto?

Um emaranhado de bananeiras se estendia até o pé da montanha em que ficava o vilarejo.

— O que tem ali? — perguntou Tibor, apontando para um enorme buraco no pé da montanha.

— É uma gruta, a casa do Gorjala. Dali, ele pode ver o caminho da cidade até a gruta. Por isso, optei por dar a volta, ou seríamos surpreendidos pela criatura.

— E como você sabe que Sátir está lá? — quis saber Tibor.

— Ele raptou Sátir como se ela fosse um troféu, um prêmio. Tudo o que tem esse significado para ele, fica guardado numa gruta ou numa caverna.

— Raptou-a como um troféu!? — repetiu Tibor com muita indignação.

Humbertolomeu apenas assentiu.

— E como vamos chegar lá? — perguntou Rurique.

Humbertolomeu apontou para o bananal, querendo dizer que precisavam atravessá-lo.

O solo estava encharcado por conta das chuvas recentes na região. Várias folhas de bananeira se espalhavam pelo chão, formando um tapete por onde ficava mais fácil caminhar. Com a escuridão da noite, eles tinham a impressão de ver vultos andando por ali. Tibor preferia acreditar que tudo era fruto de sua imaginação; que tudo o que havia eram apenas sombras e folhagens que se movimentavam com o vento.

Assim que terminaram de cruzar o bananal, um novo rugido cortou a noite. Os três se entreolharam e se esconderam atrás de algumas bananeiras. Mas tinham que ficar o tempo todo agitando as mãos na frente do rosto por causa da nuvem de mosquitos que voavam por ali.

Abaixados, com os joelhos enterrados na lama, viram uma silhueta com mais de quatro metros de altura se mover na escuridão. Só aquela terrível visão era o suficiente para fazer os três vacilarem. A figura entrou na gruta e desapareceu, misturando-se com as sombras do buraco.

Rurique tremia a ponto de seus joelhos estalarem. Tibor tentava não parecer nervoso, mas isso era uma tarefa impossível. Por breves segundos, o menino pensou na sua "teimosia" e no que havia conseguido com ela. Humbertolomeu também tremia, mas movido por algum motivo mais forte.

— Precisamos entrar lá! — foi logo dizendo.

— Como? — perguntou Rurique, não vendo como poderiam fazer isso sem serem destroçados pelo monstro.

— Precisamos de um plano — acudiu Tibor.

— Ótimo, e que plano seria esse? Eu não consigo nem imaginar... — disse Rurique dando um tapa no pescoço para afastar os mosquitos que o importunavam.

— Se tivéssemos algo que... — Tibor olhou ao redor e viu que, a meio caminho da gruta, havia diversos objetos espalhados pelo chão. Provavelmente eram coisas que o Gorjala tinha deixado cair. Uma em particular chamou sua atenção. Ele então correu em direção à gruta sem explicar nada aos outros.

Rurique e Humbertolomeu acharam que o menino tinha endoidado, mas Tibor parou no meio do caminho, pegou algo do chão e voltou para onde eles estavam.

— Ficou maluco? — ralhou Rurique. — Quer me matar do coração?

— Ei, fique quieto! — disse Tibor. — Tenho uma ideia, mas acho que teremos de esperar até amanhã...

— E que ideia é essa? — perguntou Humbertolomeu.

— Vamos atrair o Gorjala para fora da gruta enquanto um de nós entra e tira Sátir de lá — disse ele, se achando genial por ter descoberto uma maneira de fazer isso.

— Ah, claro! E quem vai ser o voluntário para tentar atrair o Gorjala? E como? — quis saber o garoto de terno branco, duvidando que Tibor tivesse uma boa resposta.

— Vamos usar uma coisa que nos manterá em segurança.

— O quê? — indagou Rurique, sem entender nada.

Tibor mostrou um pedaço de espelho.

— O Gorjala deve ter deixado cair — explicou Tibor. — Pela manhã, vamos usar o espelho para refletir os raios de sol dentro da caverna. Se tudo der certo, o monstro vai seguir a luz, que o conduzirá para fora. E então um de nós entra e resgata Sátir.

Humbertolomeu o fitou.

— Você é bem inteligente, cara — disse —, e pensa rápido também, apesar de seu plano parecer um absurdo — completou.

Tibor gostou do elogio. Agora o garoto do terno branco sabia que não estava lidando com crianças; e que não deveria tentar tapeá-los.

— Então vamos dormir, estou certo? — concluiu Humbertolomeu.

— Está — respondeu Tibor, procurando um canto seco para se deitar.

— Cubram-se com as folhas das bananeiras. — sugeriu o garoto. — São grandes o suficiente para nos esconder, caso o bicho acorde antes de nós!

Rurique e Tibor puseram-se a procurar folhas grandes e secas. Encontraram alguns cachos maduros de banana e os três aproveitaram para matar a fome antes de dormir.

Ao se deitar, Tibor pôs-se a pensar. Algum tempo atrás, não dormiria perto de uma gruta com um monstro assassino à espreita. Talvez nem tivesse coragem de passar perto. Mas ultimamente estava diferente. Não sentia medo. Lembrou-se do incidente do ano anterior, quando o Boitatá o ensinara a vencer os seus medos durante a batalha contra Sacireno. Havia duas consequências no fato de não sentir medo. A primeira o tornava corajoso e disposto a enfrentar o que viesse. Estaria ele pronto para enfrentar alguma das tias-avós? A segunda o tornava um desmiolado sem juízo, que não se detinha diante de uma situação de muito perigo. Por não dar a devida importância ao perigo, poderia colocar a si e aos outros numa investida suicida. Estaria fazendo isso agora? O que descobria naquela hora é que, por não respeitar o perigo, por não lhe dar a devida atenção, passara a achar tudo entediante. Sua personalidade aventureira precisava estar sempre diante de desafios.

Tibor lembrou-se das brigas que tivera com a irmã e com Rurique pouco antes de a quaresma começar; lembrou-se também de seu comportamento agressivo nas discussões que tivera com a avó. Para ele, era claro que seu nervosismo e o tédio constante que vinha sentindo eram consequência do fato de não mais sentir medo.

Então enumerou todas as vezes que sentiu medo e tentou dar a devida importância aos apuros que passara. O ataque do Lobisomem e dos Sacis, por exemplo. Precisava praticar isso ou no dia seguinte poderia agir como um louco e botar tudo a perder, podendo arriscar a vida da irmã e do amigo.

Olhou a lua e a viu, bonita, no céu. Lembrou-se da história da vitória-régia que Rurique havia contado e se perguntou se alguém lá em cima os vigiava naquele exato momento. Por um instante, uma das estrelas que faz parte das Três Marias pareceu brilhar mais forte. Tibor ficou olhando para o agrupamento de estrelas na esperança de vê-las brilhar outra vez, mas foi em vão.

Um som tirou Tibor do seu devaneio.

Pensou que pudesse ser o Gorjala e virou-se lentamente para não fazer barulho, caso o bicho estivesse por ali. Ao se virar, flagrou Humbertolomeu mexendo em sua mochila.

— Ei! Tire a mão da minha mochila! — esbravejou Tibor.

Humbertolomeu se assustou, largou a mochila o mais depressa que pôde e correu a cobrir a cabeça com o chapéu branco.

— O que você estava procurando? — perguntou Tibor, levantando-se e pegando a mochila.

— Nada, juro que nada! Só estava curioso... — disse o garoto, cujo terno branco estava terrivelmente sujo.

Ao conferir a mochila, Tibor percebeu que algumas coisas estavam em bolsos diferentes dos que ele havia deixado. Uma delas era o frasco com o rótulo escrito "João Málabu". Mas, aparentemente, estava tudo ali.

Tibor encarou Humbertolomeu e disse nervoso:

— Nunca mais mexa na minha mochila!

— Que seja! — disse ele, dando de ombros.

O sol despontava no horizonte quando Tibor foi chacoalhado até acordar.

— Está na hora! — avisou Humbertolomeu. — Dormimos demais.

Ele se levantou rápido, vendo os dois já acordados. Tibor sentia o corpo cansado. Olhou para a gruta, que mesmo de dia era bem escura, pois os raios de sol não entravam nela.

— Onde está o Gorjala? — perguntou Tibor.

— Não sabemos. Está tudo quieto assim desde quando acordamos — disse Rurique.

— Ótimo — ironizou Tibor.

Os três fizeram silêncio e tentaram escutar algum barulho que pudesse anunciar onde estava a criatura. E então Humbertolomeu teve uma ideia.

— Dois vão até lá para tentar entrar na gruta. Um fica aqui para avisar caso veja o Gorjala em algum lugar.

— E o plano de atraí-lo para fora? Não vamos mais segui-lo? — quis saber Rurique.

— E se ele não estiver lá? — disse Humbertolomeu.

— E se ele estiver? — rebateu Tibor.

— Vamos tentar, então. Usamos o espelho para atraí-lo para fora — disse Rurique, decidido.

— Se não der certo, faremos o que você propôs — disse Tibor, olhando para Humbertolomeu.

Apontaram o pedaço de espelho para o sol, de maneira que um feixe de luz se refletisse nele e convergisse para dentro da caverna. Isso deveria despertar a atenção do monstro. Tentaram por um bom tempo, mirando em diferentes ângulos. Não funcionou.

— Pode ser que ele não seja tão burro assim de seguir uma luz até aqui fora — opinou Rurique.

— Ou ele está dormindo — arriscou Tibor. — Acho difícil ele seguir alguma coisa se estiver roncando lá dentro. — O menino sentia o corpo cansado, mas não podia se entregar agora que estava tão perto de resgatar a irmã.

— Ou ele pode mesmo não estar lá — falou Humbertolomeu. — O que o impedia de sair enquanto dormíamos?

Tibor e Rurique se olharam.

Alguém tem de ir, pensou Tibor. *Não temos alternativa. É o mais sensato a fazer.*

— Eu vou! — disse o menino Lobato. E apesar de Rurique pedir para ir com ele, o menino fez questão de que Humbertolomeu o acompanhasse. Se o garoto não fosse confiável, era preferível que não fosse ele o responsável por avisar sobre a presença do Gorjala.

Rurique ficou com o espelho preparado. Se visse ou ouvisse qualquer coisa suspeita miraria os feixes refletidos pelo espelho nas paredes da gruta, alertando os outros dois, sem que precisasse se expor. Assim, poderia manter-se em segurança. O menino sabia que a criatura podia estar em qualquer parte, por isso ficou concentrado, com os olhos e ouvidos bem atentos. Tibor e Humbertolomeu desceram com cuidado até o caminho que levava à gruta.

Tibor se lembrou de seus devaneios sobre não sentir medo e pensou se tinha mesmo razão ou não em suas conclusões, pois sentia as pernas tremerem enquanto corria e, se não fosse de medo, não saberia explicar o motivo de tanta tremedeira.

Ao chegarem na entrada da gruta, Tibor tentou imaginar em que estado encontraria a irmã se ela estivesse lá dentro e não aguentou ver o que sua imaginação lhe mostrava. Precisava tirá-la de lá.

Com o pensamento em Sátir, Tibor encontrou forças para seguir adiante. Respirou fundo e mergulhou no breu da gruta ao lado de Humbertolomeu.

Eles esperaram até que suas pupilas se acostumassem à pouca luz que havia dentro da gruta e começaram a andar pé ante pé, tomando o máximo cuidado para não fazer nenhum barulho.

A gruta não era tão profunda quanto tinham imaginado e logo tiveram certeza de que o Gorjala não estava mesmo por lá. Tinham corrido um grande risco, com um monstro daqueles saindo enquanto dormiam lá fora sob folhas de bananeira... Poderiam ter sido pisoteados antes mesmo de acordar.

Encontraram um grande buraco, semelhante a um poço, onde o Gorjala guardava seu tesouro. Estava repleto de artefatos antigos, móveis quebrados, peças de decoração e objetos sem nenhum valor, como uma gaiola sem porta, uma bicicleta sem pneus e pedaços de arame farpado. Tibor considerou que para o Gorjala essas tranqueiras deveriam significar muito ou não fariam parte do seu tesouro.

Mas, num canto do buraco, ele viu uma pilha de moedas e no alto da pilha havia uma pessoa!

Apesar da escuridão, ele a reconheceu imediatamente. Era Sátir.

Ele nem podia acreditar. Tanto tempo procurando a irmã e finalmente a encontrara. Lógico que não seriam o Senhor Bronze e o Seu Avelino a achá-la. Eles acreditavam que Sátir tinha fugido de casa. Mas Tibor sabia que não. Tibor sabia que a irmã tinha sido sequestrada; tinha certeza disso. Ele a conhecia muito bem e sabia que ciúme nunca a levaria a fugir do sítio.

Pediu para que Humbertolomeu segurasse suas pernas e o descesse de cabeça para baixo até onde estavam os tesouros do Gorjala. Foi nesse momento que ele reparou que a irmã não se mexia. Por que será que, depois de tanto tempo, a irmã não demonstrava felicidade por ele estar ali? Estranhamente, ela não demonstrava emoção alguma, não demonstrava nada. Parecia que nem os tinha visto.

Será que está em choque?, perguntou-se Tibor. De onde ele estava, parecia bem.

Humbertolomeu, segurando as pernas de Tibor, desceu-o devagar pelo poço. Era evidente o nervosismo do garoto; ele olhava o tempo todo em todas as direções, muito preocupado com a possibilidade de o Gorjala voltar à gruta a qualquer momento. Se Rurique mandasse um sinal, o que fariam? Não tinham pensado nisso quando traçaram o plano. A gruta só tinha uma saída.

— Vamos logo com isso, menino! — apressou-o Humbertolomeu.

Ao chegar mais perto, Tibor reparou que a irmã estava descabelada e suja; e bem mais magra do que da última vez que a vira. Ele a segurou pelos braços e a ajudou a subir. Ela aceitou a ajuda, mas não disse nenhuma palavra. Fora do poço, ela ficou de pé e, em vez de abraçar o irmão depois de tanto tempo sem vê-lo ou ao menos agradecer por ele estar ali, ela apenas olhou nos olhos de Humbertolomeu ainda sem dizer nada.

Mesmo estranhando muito a reação da irmã, Tibor deu um abraço na menina, sem acreditar que finalmente a tinha encontrado. Sátir não correspondeu ao abraço do irmão e ele ficou um pouco ressentido. Pensou nos apuros que ela passara, mas não esperava essa reação. De qualquer maneira, só teria tempo para pensar nisso depois que estivessem a salvo.

— Você está bem, Sátir? — perguntou Tibor, tentando arrancar pelo menos uma palavra da menina.

Ela parecia infeliz, e só balançou a cabeça dizendo que sim.

— Então vamos embora daqui rápido — disse ele.

Um raio de luz apareceu na parede. Era um reflexo de espelho. O pânico tomou conta dos garotos.

— Mas que droga! O Gorjala deve estar vindo! — exclamou Humbertolomeu.

O som dos passos pesados do monstro ecoava dentro da gruta. A silhueta da criatura surgiu na entrada da pequena caverna, e os três fugiram para o único lugar em que poderiam se esconder. Dentro do poço.

Ajoelharam-se atrás das quinquilharias do Gorjala, ralando os joelhos e as canelas, mas não tinham tempo nem mesmo para sentir dor.

Olharam para cima e viram dois braços enormes e escuros despejarem várias outras bugigangas dentro do poço, em meio a uma cascata de moedas. Os três tiveram de proteger a cabeça com os braços para não se machucarem mais. Cadeiras, pedaços de varas de pesca, galões de água vazios, sapatos e chinelos choviam sobre eles.

Depois, o monstro pareceu se afastar em direção à saída da gruta. Era hora de fugir dali.

Com dificuldade e ajudando um ao outro, os dois garotos conseguiram subir e tirar Sátir do poço. Não havia sinal da criatura, e os três correram em direção à saída. A luz do sol lá fora ofuscou a vista deles, que precisaram de alguns segundos para se acostumar à luminosidade.

Enquanto isso, em meio às bananeiras, Rurique gesticulava loucamente na tentativa de avisá-los do perigo iminente. Um pouco mais à frente, o monstro de pele grossa e escura largava o que parecia ser a carcaça de um animal, como se de repente perdesse o interesse nela, e olhava para os três com seu único olho vermelho-sangue. O olho do monstro brilhou de interesse ao fitar os três e ele disparou na direção deles. Não era preciso ser muito esperto para adivinhar que sua intenção era matá-los.

— Corram! — gritou Humbertolomeu.

Tibor puxou a irmã pelo braço e se enfiou na mata.

O chão tremia no ritmo compassado e rápido das passadas da fera. Bananeiras tombavam, arrancadas por suas joelhadas.

Tibor corria de mãos dadas com a irmã, enquanto Humbertolomeu sumia brejo adentro. Por ironia do destino, o Gorjala escolheu a direção dos irmãos Lobato, rugindo feito um leão faminto.

Tibor olhou para trás e viu que a enorme criatura era muito pesada, apesar de ser tão rápida. Pensou, então, que se conseguisse fazê-la se cansar, eles poderiam ter uma chance.

De repente uma mãozorra desceu do alto, tentando enterrar Tibor e a irmã no solo. Por pouco o soco não atingiu os dois, mas espalhou lama para todos os lados.

Quando Tibor olhou para trás e viu os dentes arreganhados do Gorjala, tropeçou numa raiz de árvore e caiu de peito no barro. Todo enlameado, só se virou a tempo de ver outro murro sendo desferido do alto, para soterrá-lo na lama para sempre. Dessa vez pôde dar uma boa olhada na fera. Sua pele era muito escura e se parecia muito com couro de elefante; ele também tinha duas presas que pareciam talhadas em marfim, mas elas eram amareladas, como se envelhecidas pelo tempo. A testa da criatura franzia-se de tal maneira que fazia a sobrancelha desgrenhada do bicho apertar seu único olho, que estava focado no garoto caído no chão. Por uma fração de segundo, enquanto o murro descia em sua direção, Tibor se viu refletido no olho enfurecido do Gorjala.

No segundo seguinte, um feixe de luz refletiu-se no único olho da fera, desorientando-a. Rurique, do meio do bananal, em cima do barranco, salvara a vida do amigo com a ajuda do espelho. O Gorjala virou a cabeça para os lados, procurando a fonte da luz que o cegara, mas Rurique se escondeu depressa. O olho do monstro parecia um rubi, vermelho e brilhante. Tibor aproveitou a distração do monstro e correu para o alto da montanha, sempre puxando Sátir pela mão. O caminho íngreme fazia seus joelhos doerem. *Mas se para nós a subida é difícil, talvez seja impossível para o Gorjala*, pensou Tibor. E isso era bom.

Com o olho vermelho pregado nos irmãos e exalando raiva, o Gorjala começou a correr morro acima. Tibor e Sátir subiram até o cume; e o monstro manteve-se no encalço deles, chegando por vezes muito perto de alcançá-los. Em meio à fuga, Tibor se perguntou como o monstro os classificaria se os pegasse: tesouro ou comida?

Quando o Gorjala chegou ao topo, estava ofegante. Será que está dando certo? Ele está se cansando?

Os irmãos continuaram correndo feito loucos até avistar uma clareira no alto da montanha. De repente, um tapa do Gorjala, que mais pareceu o golpe de uma pá de trator, separou os irmãos, jogando Sátir para o meio das árvores e Tibor para a clareira.

O menino sentou-se atordoado e, ao olhar para os lados, viu garotos de várias idades olhando para ele, perplexos. Um deles tinha uma bola nas mãos. Tibor percebeu que tinha caído no meio de um campo de futebol de terra batida. Estava de volta à civilização. Algumas pessoas que assistiam ao jogo dos garotos viram, atordoadas, quando um menino saiu voando da floresta, direto para o meio do campo.

O Gorjala continuava atrás de Tibor, pisoteando o mato por onde passava. Ao verem o gigante de quase quatro metros de altura, os meninos entraram em pânico e correram em todas as direções. Isso irritou o Gorjala que, num movimento rápido, agarrou dois dos garotos, um em cada mão.

— Ei! Largue esses garotos! — gritou Tibor, no meio do campo.

Uma mulher gritava desesperada. Os meninos capturados pelas mãos do Gorjala choravam de medo, um deles pendurado de cabeça para baixo.

Tibor pegou uma pedra e, sem pensar duas vezes, jogou-a na direção da criatura. A pedra atingiu em cheio o olho do Gorjala, que soltou os garotos na hora e levou as mãos ao olho ferido, com uma expressão de dor.

Tibor aproveitou a deixa e gritou para todos enquanto o Gorjala gemia:

— Este é o verdadeiro capacho da bruxa! — Ele percebeu que as pessoas, mesmo em pânico, prestavam atenção ao que ele dizia. De longe, várias cabeças escondidas atrás das árvores assistiam à cena bizarra. — O homem que chamam de Barba Ruiva é inocente. Este é o vilão que procuram — continuou ele.

O que estou fazendo?, pensava o menino. *Esse bicho vai me esmagar se eu continuar aqui.* Mas Tibor sentia que aquele ato de bravura, por mais louco que fosse, poderia, de alguma forma, salvar Málabu de seu cárcere.

Com a raiva triplicada e uma força descomunal, o Gorjala lançou-se em sua direção. Quando Tibor achou que estava perdido, uma luz brilhou no meio do mato. Pensou que era Rurique com o espelho novamente, mas viu que era Sátir, escondida num lugar onde só Tibor podia vê-la. Nas mãos ela segurava algo que emitia um brilho muito forte.

Aos olhos do menino, tudo pareceu acontecer em câmera lenta.

O Gorjala corria em sua direção, as articulações musculosas das pernas impulsionando aquela imensa massa corpórea para a frente. Com o olho semicerrado fixo em sua presa, a criatura rugia com os braços estendidos, prontos para esganá-lo e esmagá-lo.

Foi nesse instante que Tibor reconheceu o objeto que brilhava nas mãos de Sátir. Inacreditavelmente, era um Muiraquitã.

A pedra em formato de sapo emitia uma luz esverdeada, exatamente como na ocasião em que ela estava nas mãos da avó. Mas, então, numa fração de segundo, uma imensa labareda de fogo verde se materializou e tomou a forma de uma imensa cobra flamejante, que deslizou rápida da orla da mata na direção do Gorjala.

A criatura negra estava a pouco de alcançar Tibor. O menino não tinha para onde correr, então continuou parado, assistindo ao derradeiro momento do Gorjala.

O Boitatá, através do Muiraquitã, interveio pela menina, que estava escondida em meio à vegetação que cercava o campo de futebol de terra batida.

O rosto da irmã estava tão sério que meteu medo em Tibor.

A cobra de fogo rastejou veloz até se aprumar às costas do monstrengo caolho e, num solavanco, deu um bote certeiro, de cima. As chamas cobriram a criatura negra por inteiro, derrubando o Gorjala de cara no chão e desaparecendo, como se as chamas tivessem se infiltrado na terra.

O chão do campo de futebol estremeceu por alguns instantes, como se algum tipo de força viesse de dentro da terra. O monstro olhou para Tibor e soltou um berro ameaçador. Raízes brotaram como braços do solo, e envolveram o bicho, prendendo-o no chão.

Além das raízes que prendiam o Gorjala, galhos de diferentes formas saíram de rachaduras no chão seco e cobriram o corpo do gigante, que urrava tentando se desvencilhar dos ramos que o apertavam. Os galhos se entrelaçavam e, como cobras, se enroscavam no corpo todo da criatura.

Era uma visão impressionante.

Do chão seco do campo de futebol, as raízes brotavam, rachando o solo e formando um emaranhado ao redor da fera. Pouco se via do Gorjala, por baixo das raízes implacáveis. Ninguém nem pensava em se mexer; estavam todos estupefatos diante do fenômeno inimaginável.

O monstro por fim se calou, sob os galhos entrelaçados que formavam uma espécie de casca em torno do seu corpo, fazendo-o parecer um tronco de árvore. Em poucos minutos, nasceu no centro do campo de futebol uma quaresmeira adulta, de folhas pretas e tronco encaroçado. Flores vermelhas esparramaram-se por toda a árvore, cuja seiva era o próprio sangue do Gorjala.

O Boitatá transformara o Gorjala numa árvore e equilibrara mais uma vez o jogo, como era de seu feitio.

Atônito e ainda paralisado no lugar, Tibor procurou a irmã com os olhos. Viu Sátir desmaiar sem forças e, antes que pudesse correr até ela, os garotos que antes jogavam futebol e todas as pessoas que tinham presenciado aquela incrível mutação se aproximaram dele gritando vivas e rodearam a árvore, ao ver que não havia mais perigo. Alguns levantaram Tibor nos ombros e todos o saudavam como a um herói.

15

JUNTOS NOVAMENTE

— Ei, me soltem! — esbravejava Tibor, olhando fixamente para o lugar onde estava a irmã. — Não sou herói de nada.

Quando viu Humbertolomeu se aproximar de Sátir, sentiu o coração gelar. Não sabia por que, mas algo dentro dele dizia que a irmã corria perigo.

— Viva nosso herói! Viva nosso herói! — repetiam todos ao redor da árvore negra que nascera inesperadamente no meio do campo de terra vermelha.

— Me soltem! — gritou Tibor, e saltou dos ombros dos meninos. Quando seus pés tocaram o chão, ele endireitou o corpo e correu na direção da irmã.

— Ei, garoto! — chamou um deles. — Qual é o seu nome?

— É Tibor. Tibor Lobato.

Mesmo correndo feito louco, ouviu repetirem seu nome e também algo sobre o Oitavo Vilarejo. Mas queria mesmo era se distanciar de tudo isso, não conhecia aquela gente e todo aquele papo de herói o assustava um bocado.

Agora que encontrara a irmã, só queria tirar Málabu da prisão e voltar para casa. *Coitada da vó!*, pensou ele. Ela devia estar sofrendo sem os netos e sem o caseiro dos Bronze para auxiliá-la. E devia estar uma fera! Mas sabia que, se voltasse com Sátir, ela não acharia nada mal.

Chegou até os arbustos que escondiam Sátir e encontrou Rurique e Humbertolomeu se atracando ao lado da irmã desmaiada.

— Ei, mas o que é isso? — disse Tibor, separando-os.

— Ele estava tentando roubar o Muiraquitã de Sátir — disse Rurique depressa.

Tibor olhou para Humbertolomeu, que ofegava, olhando para os dois. Suas roupas brancas estavam sujas e cheias de folhas.

— Eu vi o que ela fez com essa pedra — disse ele com o chapéu balançando em sua cabeça. — É disso que eu preciso. Eu sabia que não estava errado em minha escolha.

— Ei, do que você está falando? — perguntou Tibor, agachando-se para acordar a irmã. — Sátir, acorde!

Por um tempo ninguém disse nada e ficaram olhando para a menina caída no chão.

— Ela não vai acordar — disse Humbertolomeu quebrando o silêncio.

— O que disse? — Tibor olhou feio para ele.

— Disse que ela não vai acordar. Ela está sob meus encantos e está sem forças — falou Humbertolomeu com os olhos orgulhosos desafiando Tibor.

— Seus encantos? Quem é você, afinal? E o que fez com a minha irmã? — gritou Tibor, levantando-se e dando um empurrão no garoto.

— Escuta aqui! — disse Humbertolomeu, feroz. — Vocês não vão me impedir. Não a esta altura. Já fui longe demais para perder agora.

— Você sequestrou minha irmã, não foi? — perguntou Tibor, fuzilando Humbertolomeu com o olhar.

— Sim! — confessou ele, depois de hesitar por um instante.

Rurique levou as mãos à boca, chocado.

— Mas e o bilhete? Tinha a letra dela — quis saber.

— Eu a fiz escrever aquele bilhete. Vocês não entendem, eu *preciso* desta pedra! — Ele se agachou, pronto para tirar a pedra das mãos de Sátir.

Tibor e Rurique avançaram para cima dele e foram empurrados para longe. Humbertolomeu era bem mais forte do que os dois. Investiram de novo, dessa vez juntos e com mais força, e conseguiram afastá-lo de Sátir.

Tibor olhou para a mão da irmã, o Muiraquitã estava amarrado em seu pulso. Por isso o rapaz não tinha conseguido pegá-lo.

— Acorde, Sátir! Agora! — mandou Tibor.

— Não! — negou-se Humbertolomeu, parecendo se divertir com a situação.

— Eram seus encantos... — disse Tibor. — Por isso ela parecia um zumbi dentro da gruta! — concluiu ele. — Para que precisa da pedra? Vai ter de nos explicar.

— Ou o quê? — disse Humbertolomeu. — Vão me atacar? Não tenho medo de vocês. Seus fracos! — vociferou ele. — Todos vocês são fracos, é da sua natureza serem fracos.

Tibor não entendeu o comentário do garoto, mas teve de concordar que Humbertolomeu parecia muito forte. Será que ele e Rurique dariam conta dele?

— Algum problema, Tibor? — perguntou uma voz vinda do campo de futebol. Vários garotos vinham se aproximando de onde estavam. Rurique olhava para todos sem entender.

— É, algum problema, Tibor? — repetiu um dos garotos. — Esse cara de chapéu está te incomodando?

— Podemos ajudar, é só pedir — falou um menino moreno entre eles.

Tibor olhou para eles, quase não acreditando na sua sorte, e, percebendo que tinha aliados, deu um sorrisinho de alívio.

Humbertolomeu podia ser mais forte, mas era um só; enquanto ele, Rurique e os meninos eram muitos. Se havia uma vantagem a seu favor, ele não iria desperdiçá-la.

— Sim, temos um problema! — disse Tibor. Depois se voltou para Humbertolomeu e perguntou: — Então era por isso que você queria ajudar a libertar minha irmã do Gorjala? Para pegar o Muiraquitã? — Tibor fechou os punhos com força, se preparando para investir contra ele.

— Você não sabe de nada, menino! — gritou Humbertolomeu, partindo pra cima de Tibor.

Todos os meninos saíram em defesa de Tibor e afastaram Humbertolomeu aos empurrões. No meio da confusão, um deles acabou tirando o chapéu dele e um buraco estranho apareceu em sua cabeça.

— Olhem só aquele machucado! — disse um dos meninos.

Todos olharam intrigados para a testa de Humbertolomeu. A um palmo de distância dos olhos, mais ou menos, havia uma cavidade de aparência bem estranha.

Humbertolomeu foi se afastando de costas dos meninos e se embrenhando na mata. Apontou para Tibor e sussurrou uma ameaça:

— Eu vou atrás de vocês!

— Saia daqui, seu "furúnculo na cabeça"! — gritou um menino de olhos puxados e rosto redondo.

— É, saia daqui! — gritou um gordinho, pegando a bola de futebol e chutando-a em Humbertolomeu, que a agarrou no ar.

Antes de sumir, levando a bola para o meio do mato, o garoto de branco apontou mais uma vez para Tibor, como que para enfatizar o que havia dito antes. Iria atrás dele!

Tibor e Rurique se olharam, pensando na ameaça feita pelo garoto, que já havia desaparecido no bananal.

— O que aconteceu? — indagou uma voz que despertou a atenção de todos.

— Sátir! — disseram os dois, alegres ao vê-la acordada.

A menina estava sentada com as mãos na cabeça.

— Olá, pessoal! — Ela olhou para o irmão e para o amigo, parecendo atordoada, mas abriu logo um sorriso, respirou fundo e disse: — Como é bom ver vocês! — Ela parecia ter voltado ao normal.

Eles se agacharam e a abraçaram, felizes. Tibor sentiu um grande alívio no peito, mas todas as outras preocupações pesaram instantaneamente no seu coração.

— Sátir, precisamos conversar! — disse Tibor. E olhou para o bando de garotos que os vigiavam. — Mas não agora! — decidiu ele. Não queria falar nada na frente daquela gente.

— Ei, Tibor! — disse um senhor careca que abria caminho em meio aos garotos.

Tibor o reconheceu: era o orador da praça onde Málabu tinha sido apedrejado e acusado de ser o Barba Ruiva.

— Olá, eu me chamo Antenor — disse, estendendo a mão para Tibor. — É um prazer conhecê-lo. Conheci seus pais — contou o homem.

Ao ouvir isso, Tibor passou a prestar mais atenção ao que o homem dizia. Ele conhecera seus pais? Quem era ele?

— Vocês não devem viajar de volta para a Vila do Meio! Não hoje. Estão esgotados. Por que não descansam em minha casa? — sugeriu Antenor. — E amanhã podem voltar descansados e alimentados.

O homem tinha razão. Tibor e os outros estavam mesmo cansados, e ir até a casa de Antenor seria uma oportunidade para saber quem ele era. Além do mais, ainda tinham algo a fazer.

— Antes de qualquer coisa, queremos falar sobre o homem que vocês estão chamando de Barba Ruiva — começou Tibor. — Ele não é quem vocês pensam. O nome dele é João Málabu e vocês acreditaram numa mentira contada por um sequestrador esperto — disse Tibor, aguardando uma reação das pessoas ao redor.

— Ótimo! — respondeu o homem careca, surpreendendo a todos. Ele olhava para Tibor com certo brilho nos olhos. — Eu ouvi o que você disse antes de acabar com o Gorjala da maneira como fez. — Tibor tentou argumentar dizendo que não tinha feito nada, mas Antenor continuou, sem lhe dar atenção: — Podemos discutir o futuro do prisioneiro enquanto jantamos em minha casa, o que acha? — perguntou o homem.

— Até lá, eu posso assegurar que ninguém fará mal ao João "sei lá o quê".

Tibor pensava no que fazer quando Rurique deu um tapa em seu braço e o obrigou a olhar para ele. O menino Lobato até deu um sorriso quando viu a cara do amigo. Rurique olhava para ele com uma cara faminta e fatigada, como quem dizia, "por favor, aceite!", e ele aceitou.

Já tinham atravessado o campo de futebol, depois de serem praticamente obrigados a cumprimentar todos os garotos, que pareciam maravilhados com o "ato heroico" de Tibor. O menino estava meio constrangido e não gostava da reação dos garotos. Respondia às saudações dizendo "Não sou herói nenhum", mas isso pouco adiantava; todos queriam vê-lo de perto e cumprimentá-lo.

— Eles acham que você controla um Boitatá e que acabou de matar o Gorjala, cara. Esperava o quê? — disse Rurique. — Você é um herói para eles.

Os três seguiam Antenor, que agora os guiava pela calçada de uma rua de paralelepípedos.

— Posso perguntar uma coisa? — começou Tibor, encarando o amigo e lembrando-se de ter escutado, entre os murmúrios dos meninos, comentários sobre o incidente no Oitavo Vilarejo. — Como é que a notícia do que aconteceu no Oitavo Vilarejo veio parar aqui, se só nós estivemos lá?

Rurique olhou para Sátir sem jeito e respondeu:

— Bom, eu não sabia que era segredo — e deu de ombros evitando o olhar de Tibor.

— E não era, certo? — falou Sátir dando apoio ao amigo.

Tibor teve de rir. Tinham amigos na escola que moravam em Vila Serena. Não precisou de muito para deduzir que Sátir e Rurique deviam ter contado, fazendo a história correr como num telefone sem fio.

Antenor abriu a porta da casa e os convidou a entrar.

— Fiquem à vontade — disse ele.

A casa era bonita, decorada em estilo colonial, com escadas e assoalho de madeira. Os três pararam no hall e Antenor seguiu na frente deles, mostrando os aposentos. Passaram por todos os cômodos e depois o homem careca os levou ao quarto em que iriam dormir.

— Podem descansar tranquilos aqui! Em breve o jantar será servido e chamarei vocês. — E, com um aceno de cabeça, ele fechou a porta.

A sós, como há semanas não acontecia, os três se entreolharam, ansiosos e aliviados.

— Juntos novamente! — disse Tibor, em tom de alívio e comemoração.

— Que bom! — exclamou Sátir.

Rurique concordou com a cabeça.

Na suíte, os três tomaram banho e vestiram roupas limpas que Antenor emprestara dos filhos. Segundo havia contado, eles estavam viajando com a mãe.

— Sátir, quero saber tudo! — falou Tibor. — Você nos deu um baita susto. A vó está muito preocupada. Conte tudo o que aconteceu desde que você foi sequestrada. Quero saber o que ele fez com você, como se alimentou por todo esse tempo, enfim, tudo!

Tibor e Rurique se acomodaram, cada um numa cama dos filhos de Antenor, com os ouvidos prontos para ouvir as informações que faltavam naquele quebra-cabeça.

— Eu não me lembro! — disse a menina, dando de ombros.

Os dois olharam para ela, perplexos. O que ela queria dizer com "não me lembro"? Não podiam acreditar que, àquela altura, Sátir pudesse vir com uma piada fora de hora e sem graça. Encararam-na por mais um tempo, esperando alguma palavra a mais sobre o assunto, mas a menina não disse nada.

— Não se lembra? — perguntou Rurique, impaciente com a mudez da amiga. — Como assim?

— Quem raptou você? — quis saber Tibor. — Foi Humbertolomeu, certo? — Ele arregalou os olhos verdes-folha, ansioso por essa informação.

— Eu... eu não sei.

— Como assim, não sabe? Quer dizer que passou um tempão perdida por aí e não se lembra de nada?

— Eu não sei! — insistiu a menina Lobato. — Não me lembro de nada mesmo. A não ser *flashes*; fora isso, mais nada! — O olhar dela era sincero.

Tibor bufou. Pensou em várias maneiras de resgatar a memória dela, como bater com uma panela na cabeça da menina, mas nem essa nem as outras ideias que teve pareceram sensatas.

— Bom — começou Rurique, percebendo que a amiga estava pálida e bem abaixo de seu peso normal —, pelo jeito você não comeu nadica de nada esse tempo todo que esteve com o cérebro desligado.

— Era como se eu estivesse sob efeito de algum feitiço — disse ela, tentando explicar. — Sabia que os dias estavam passando e que eu estava longe do sítio. Eu tinha vontade de acordar, mas simplesmente não conseguia. — A menina fez uma pausa, como se forçasse a memória a buscar alguma lembrança, depois continuou: — Houve apenas um momento em que me lembro de ter tido um sonho. Na verdade, não era muito bem um sonho, mas um pesadelo — e ela olhou para Tibor. — Sonhei que nossa mãe estava dentro de uma tenda. Uma cigana tirava cartas para ela, e ela estava apreensiva. A cartomante dizia que o significado das cartas era bem claro e que o destino dela e do nosso pai já estava de fato traçado. Pela cara da cartomante, o destino que a carta mostrava não era nada bom. — Tibor engoliu em seco ao ouvir aquilo. — Depois vi a mãe chorar e nosso antigo acampamento cigano em chamas.

— O sonho podia ser apenas o teste do Boitatá. Lembra? Aconteceu o mesmo comigo no ano passado — falou Tibor, lembrando-se dos pesadelos que tivera logo após tocar o Muiraquitã pela primeira vez.

— Pode ser... Então, acordei — continuou Sátir. — Eu estava no meio de um monte de bugigangas. Bicicletas quebradas, baús velhos, uns tonéis vazios.

— A gruta do Gorjala? — arriscou Rurique, e Tibor olhou, atento, a irmã.

— Não sei como isso veio parar no meu pulso — disse ela, jogando o amuleto verde em forma de sapo em cima da cama. — Quando acordei e vi a pedra na minha mão, achei que ainda estava sonhando. Não sabia que existia mais de um Muiraquitã. Depois disso, uma tontura tomou conta de mim, como se algo controlasse meus pensamentos e daí... mais nada.

Pela cara de Sátir, Tibor sabia que a irmã não estava mentindo. Mas não conseguia aceitar que ela não se lembrasse de mais nada. Achou que finalmente iria solucionar o caso do sumiço dela. Ao menos se consolava por ter acertado que Sátir tinha sido sequestrada, e agora ela estava de volta. Mas sua curiosidade fazia cócegas em seu cérebro, impedindo que ficasse em paz. Era irritante não poder concluir os fatos.

O menino se levantou da cama e foi até o parapeito da janela. O piso de madeira maciça rangia a cada passo seu. Pensou no sonho de Sátir e imaginou se aquele episódio da mãe com a cartomante cigana realmente acontecera. Será que a mãe sabia o que ia acontecer? Por isso uma pedra havia sido dada a eles? Para se protegerem? Mas de quê? E a pedra que tinha aparecido com Sátir? Seria a que estava sob a guarda de Naara ou a que estivera com os pais? Da janela, Tibor podia ver a rua deserta lá embaixo. As sombras da noite se esgueiravam por cada canto da ruazinha de paralelepípedos.

— Não se lembra do que aconteceu hoje? Que tiramos você do poço de dentro da caverna? — O menino pensava no semblante sem expressão da irmã quando a encontrou. — Não se lembra do Boitatá ou do Gorjala? — inquiriu Tibor. — Não se lembra que foi você quem nos salvou?

Ela balançou a cabeça negativamente. Parecia espantada com as revelações que o irmão despejava sobre ela.

— Pelo que vi no rosto das pessoas lá no campo de futebol, achei que você é que tinha salvado todo mundo. Nem sei direito do quê. Tudo o que você está dizendo é novo para mim. É até meio assustador — falou ela com o olhar perdido em pensamentos, como se ainda vasculhasse seu cérebro em busca de memórias perdidas.

— Humbertolomeu raptou e enfeitiçou você, do mesmo modo que Naara fez conosco — concluiu Rurique, tentando solucionar o caso. Sátir, no entanto, se mostrava intrigada e perdida ao ouvir tudo o que diziam. Por mais que se esforçasse, não se lembrava de nada, desde que havia sido levada do sítio.

Os dois deram uma rápida explicação sobre quem era Naara e como a tinham conhecido, para que a menina se inteirasse ao menos um pouco dos acontecimentos. É claro que ela achou tudo aquilo um tremendo absurdo, mas a exaustão que pesava sobre seus ombros a impediu de fazer perguntas, e ela apenas aceitou as maluquices que os meninos diziam sobre uma sereia que os levara até o fundo do oceano, a quilômetros de distância de qualquer vilarejo, para lhes mostrar um altar onde guardava Muiraquitãs a pedido de seu bisavô, o Curupira.

— Sob efeito do feitiço que Humbertolomeu fez — continuou Tibor olhando para a irmã —, você escreveu um bilhete de despedida, e isso despistou o que ele estava fazendo — explicava Tibor, pensativo, olhando para o amuleto em cima da cama. — E o que quer que ele estivesse planejando, isso incluía o Muiraquitã. Mas como a pedra foi parar no seu pulso? E para que Humbertolomeu precisa tanto dela? — perguntou o menino. — É isso que ainda não sabemos.

— Ele disse que Sátir tinha sido sua escolha certa, lembra? — falou Rurique.

Tibor pensou um pouco, voltando seu olhar curioso para um cachorro magrelo que passeava no escuro pela calçada lá fora.

— Ou seja, ele ficou em dúvida sobre qual de nós dois deveria sequestrar — concluiu Tibor. — Afinal, ele procurava um Lobato, certo? Algo o convenceu de que Sátir, talvez, pudesse ser a escolha certa e então a levou — concluiu.

— Lembro-me dele na festa de Rosa. A única coisa que ele botava na boca, naquele dia, era o que tinha na garrafinha em suas mãos — contou Rurique.

— Garrafinha? — questionou Tibor, lembrando-se de um dado novo.

— Ahã — confirmou Rurique. — Não o vi beber mais nada durante a festa inteira.

— Achei algumas garrafas em nossa casa da árvore. — Tibor olhou para a irmã, tentando ligar os pontos e encontrar um sentido para aquela história. — Ele esteve observando você antes do sequestro, Sátir! — concluiu ele. — Deve ter passado um tempo na casa da árvore nos observando, enquanto escolhia sua presa. Esteve dentro do nosso sítio o tempo inteiro! — Tibor se enfurecia mais a cada peça do quebra-cabeça que encaixava.

Sátir estremeceu. Não fazia ideia do que tinha acontecido e, ao ouvir o que diziam, tudo soava muito perigoso. Um desconhecido os observara escondido dentro do sítio da avó? Isso era assustador!

— Mas o que ele carregava nas garrafas? Algum tipo de remédio, como o de Málabu? — questionou-se Tibor.

— Filho da mãe! — vociferou Rurique. — Será que foi ele quem roubou o último Muiraquitã de Naara?

— Não, claro que não! Já pensei na hipótese — respondeu Tibor.
— Como ele faria isso? É embaixo d'água!

— Não sei! — retrucou Rurique. — Como explica ele ter enfeitiçado Sátir para fazê-la não se lembrar de nada? Eu não descartaria essa hipótese, não!

— Ele pode ter roubado do ladrão! — aventou Tibor.

— Que seria quem? O Gorjala? — perguntou Rurique. — Acho que não. Ele parecia bem burro. Quem rouba um monte de lixo e guarda como se fosse um tesouro?

Tibor ficou pensativo por um tempo.

— E o que vamos fazer com esse Muiraquitã? Devolver para essa tal sereia que vocês conheceram? — quis saber a irmã.

— Talvez fosse o mais correto a fazer, mas precisamos dele para enfrentar nossas tias-avós — disse Tibor.

— E se ela o quiser de volta? Como vamos contrariar uma sereia? — Rurique se lembrou da sensação de sufocamento frequente que sentiu enquanto estavam à mercê de Naara.

— Os amuletos eram do nosso bisavô. Ela só estava fazendo o favor de guardar, como ele pediu — e Tibor olhou para o amuleto verde. — Acho que devemos ficar com ele por enquanto.

Rurique e Sátir olhavam da pedra para o menino.

Os três se assustaram ao ouvir, na porta do quarto, a voz de Antenor, trazendo-os de volta à realidade:

— Venham comer! O jantar está servido!

Tibor lembrou-se de que estavam na casa do homem que ajudara a condenar Málabu e que o caseiro dos Bronze ainda estava encarcerado em algum canto de Vila Serena. Lembrou-se também que suas atitudes poderiam ou não tirar o amigo da prisão. Deveria ficar alerta, pois não sabiam com quem ou com o que estavam lidando. Além disso, o homem dissera conhecer seus pais. Talvez ele conseguisse esclarecer a dúvida que ainda pairava em sua mente sobre a morte dos pais. Em meio a tudo isso, apenas sentia-se aliviado pelo fato de Sátir não ter fugido de casa por conta do beijo entre ele e Rosa Bronze.

— Guarde o Muiraquitã! — pediu Tibor para Sátir, que o enfiou no bolso da calça, e os três foram para a sala de jantar, onde Antenor os aguardava com a mesa posta.

Estavam sentados à mesa, de banho tomado e se servindo de bolinhos de carne e de queijo, arroz, feijão e batatas fritas. Tibor estava cansado e começou a desejar que a quaresma terminasse, pois o que mais queria era estar no sítio com a avó. *Seria bom ter um pouco de paz. Essa quaresma está agitada demais!*, pensava ele. Estava feliz com o retorno da irmã. Voltaria para o sítio em algumas horas, mas por enquanto ainda teria que adiar o descanso. Málabu ainda precisava ser solto e isso dependia dele.

— E então, nosso herói? — começou Antenor, mastigando a comida.

— Desculpe, senhor, mas não sou herói de nada — cortou o menino, partindo um pedaço do bolinho de queijo.

Antenor deu uma risadinha e continuou.

— Tudo bem, menino — falou o homem com um tom na voz que Tibor interpretou como sarcasmo. — Há algum pedido que queira fazer em troca de ter salvado nosso vilarejo? — quis saber ele. — Sou o encarregado por aqui. Peça e eu verei o que posso fazer. Ouvi você dizer que aquele monstrengo que invadiu o campo de futebol dos garotos era o verdadeiro vilão que Vila Serena procurava. Quer dizer que aquele, chamado por todos de Barba Ruiva, não é nosso inimigo? Pode provar isso?

Tibor terminou de engolir o bolinho de queijo e disse:

— Aquele homem que vocês prenderam não é o Barba Ruiva. Ele é nosso vizinho e amigo, João Málabu. Ele é inocente!

— Como pode provar? — perguntou o homem. — Preciso de argumentos, meu rapaz! Atributos como "amigo" e "vizinho" não garantem a inocência de ninguém.

O menino tomava cuidado para não tropeçar nas palavras e mantinha o olhar firme, para mostrar que tinha certeza do que dizia.

— Existe uma gruta, onde o Gorjala morava. Lá o senhor vai encontrar todos os objetos desaparecidos. Ele guardava tudo lá como se fossem troféus — revelou Tibor.

— Além do mais — começou Sátir, tentando ajudar o irmão a convencer o homem careca —, Málabu estava aqui a minha procura. Eu fui sequestrada por Humbertolomeu — Tibor e Rurique olharam para a menina —, justamente o rapaz que acusou João de ser esse tal de Barba

Ruiva. Não acha tudo isso muito suspeito? — disse ela com um toque de ironia.

Sátir está de volta!, pensou Tibor, se animando.

— Tem razão — disse Antenor, meio sem jeito. — Acho suspeito, sim. Sabem onde Humbertolomeu pode estar?

Os três fizeram que não com a cabeça.

— Ele sumiu pelo bananal logo depois que aquela árvore brotou no meio do campo de futebol — respondeu Tibor.

Antenor se levantou e pôs-se a andar de um lado para o outro com o semblante nervoso.

— Acredito no que dizem e vou verificar essa tal gruta amanhã mesmo — prometeu Antenor. — As acusações feitas por Humbertolomeu sobre o tal João eram mesmo infundadas.

— E prenderam João mesmo assim? — inconformou-se Rurique.

— Meus caros, já olharam aí fora? — começou Antenor, parando de andar e falando para os três. O homem assumia uma nova postura. Parecia, finalmente, não vê-los mais como meras crianças. — Repararam no desespero das pessoas? Este vilarejo nunca foi assim. Temos esse nome por sermos conhecidos como um povo tranquilo. Estamos sob ataque constante de algo que vai além do nosso entendimento e isso se intensificou muito nesta quaresma.

O homem parecia preocupado. Falava com rapidez e suas mãos tremiam. Depois se sentou, respirou fundo e limpou a boca num guardanapo de pano.

— Elas querem resultados! — continuou ele. — Essas pessoas anseiam por isso. Precisam de algo que lhes assegure que o mal não levará a melhor por aqui. Qualquer oportunidade será agarrada. Isto é sempre o que vou fazer: buscar resultados! — Antenor colocou o guardanapo no colo.

— Em que você é diferente dela agindo assim? — interrompeu Tibor.

— Dela? — quis saber Antenor.

— Ora, você fala da bruxa, que ela os ataca injustamente. O que fez a João Málabu não foi a mesma coisa? — Tibor falou sério.

— O homem que prendemos batia com a descrição do ladrão Barba Ruiva, que, inclusive, já assolou essas terras tempos atrás — argumentou Antenor. — E, além disso, há rumores de um recrutamento de seres dessa laia. Como saber a verdade? — indagou ele. — Preferi tomar uma atitude e reconheço a minha falha, mas é certo que a cometeria novamente. — Um nervo na pálpebra de Antenor fazia seu olho direito tremer de nervoso conforme ele falava. — Preciso proteger minha gente!

Os três fitaram-no, entendendo a situação do homem, e viram que sentiam o mesmo com relação ao sítio e à avó; o argumento dele fazia sentido. Também prefeririam prevenir em vez de remediar. Mas, ao se lembrarem da cena do apedrejamento do amigo, Tibor sentiu a raiva aflorar novamente, assim como a necessidade de encontrar culpados.

— Veja bem! — recomeçou Antenor, pegando um garfo e apontando diretamente para Tibor. — Sei que existem coisas estranhas na sua família, garoto. — Tibor apurou os ouvidos como um gato atento ao menor ruído. — Conheci os seus pais. Fomos amigos quando crianças. Os rumores sempre rondaram os Lobato. — Rurique e Sátir trocaram olhares. — Só quero dizer que, hoje, ao enfrentar o Gorjala com aquela cobra de fogo, achei um tanto quanto nobre a atitude que...

— Não fui eu quem... — Tibor, irritado, tentou interromper para dizer que não tinha sido ele que enfrentara o Gorjala e salvara o vilarejo.

— ...*vocês* tomaram — completou Antenor, olhando para Tibor. Espetou um bolinho com o garfo, levou à boca e começou a mastigar.

O silêncio instalou-se na sala de jantar, como se todos procurassem assimilar as últimas informações.

Tibor estava inquieto, queria era ver Málabu em liberdade, não podia deixar o amigo preso por mais uma noite. Antenor, diante daquele incômodo silêncio, interveio:

— Estou pensando em reunir um grupo de pessoas que queiram acabar com essa bruxa velha.

— Que bruxa é essa de quem vocês vivem falando? — perguntou Rurique.

— Não sabemos o nome dela — respondeu o homem careca. — Ela tem arrasado todas as nossas plantações e vários animais foram encontrados mortos por envenenamento. Isso não pode continuar acontecendo, e coisas assim, por aqui, estão cada vez mais frequentes. — Ele começou a sussurrar como se as paredes pudessem ouvir o que dizia: — Sabemos pouco sobre ela. Dizem que algo ronda a pedreira do Vilarejo de Pedra Polida. Que é aqui do lado de Vila Serena. Pode ser que seja ela.

— E que lugar é esse? — quis saber Tibor, imaginando se poderia ser uma das suas tias-avós. Tinham um Muiraquitã, e talvez pudessem enfrentá-la.

Antenor apoiou os cotovelos na mesa, cruzou os dedos e pôs-se a falar:

— Há muitos anos, existia uma pedreira por ali, naquela região da divisa do nosso vilarejo com o de Pedra Polida.

Ele deu uma golada no suco e o silêncio era tanto que eles puderam escutar limões espremidos misturados com açúcar descerem goela abaixo, pela garganta de Antenor.

— Nessa pedreira, detonavam dinamites na montanha para retirar a pedra e revendê-la. Uma dessas dinamites, ao explodir, abriu um rombo que atingiu o lençol freático, fazendo jorrar tanta água que a pedreira acabou sendo inundada por completo. Hoje, o buraco na montanha virou uma extensa represa.

Os meninos ficaram imaginando uma montanha sendo explodida pouco a pouco, e um buraco surgindo dentro dela. Depois imaginaram esse buraco inundado com a água vinda diretamente do lençol freático.

— A água subiu depressa e a pedreira teve que ser desativada. Os trabalhadores foram obrigados a abandonar o local, deixando os tratores e equipamentos embaixo d'água. A única coisa que ficou para trás, intacta, foi a rua em que ficavam as casas onde os funcionários moravam, na orla da pedreira. Depois da inundação, essas casas, que ficavam longe do povoado e no topo da pedreira, foram abandonadas. — Ele olhava de um para o outro e prendia a atenção dos três com cada palavra. — Chamamos o lugar de "cidade fantasma". Apesar de ser apenas uma única ruazinha com uma dúzia de casas velhas e abandonadas, o nome pegou. E dizem que algo sinistro vive por lá.

Antes de prosseguir, Antenor respirou fundo; não parecia acreditar na história que contava.

— Amanhã à noite, eu e mais doze moradores vamos até lá verificar se essa informação procede. Pode ser apenas um boato, mas algo tem de ser feito. Precisamos começar por algum lugar. Não podemos tolerar mais o que vem acontecendo em nossas terras. Nem roubos, nem morte de animais, nem prisão de inocentes. Considerem essa a minha redenção por prender o amigo de vocês — disse como um pedido de desculpas. — Tenho de aproveitar enquanto minha esposa e meus filhos estão viajando — e olhou para um quadro na parede, no qual se viam uma mulher sorridente abraçada a um Antenor um pouco mais jovem e três crianças com cara de travessas.

— Ela nunca me deixaria sair à caça de uma bruxa! E faço isso pelo bem deles — e apontou para a foto da família com um sorrisinho pesaroso. — Minha ideia é formar um grupo de combate, pois eu pressinto que algo está para acontecer, e será em breve. Algo que afetará todos os vilarejos...

Tibor quase se prontificou a fazer parte do tal grupo, achou a ideia de um revide bem interessante. Mas antes queria discutir o assunto com Sátir e Rurique, em particular. Não podia deixar de pensar no que Málabu uma vez lhes contara, sobre um grupo de pessoas que saíra em busca da Cuca treze anos antes para, na volta, descobrir que seus filhos e filhas tinham desaparecido. Tinha sido essa a origem dos trasgos da floresta. Eram os fantasmas das crianças desaparecidas.

Tibor, assim como Antenor, também sentia que algo estava para acontecer. Algo de proporções grandiosas; teve certeza disso ao ver como as pessoas daquele vilarejo estavam agitadas.

Ele emendou quando terminaram de comer:

— Podemos soltar o João da cadeia agora? — perguntou, tentando ser o mais direto possível.

Antenor logo respondeu:

— Podemos, garoto. Podemos sim!

16

BATALHA SOB AS VITÓRIAS-RÉGIAS

Málabu chegou de carro à casa de Antenor. Alguns homens o levaram até lá, seguindo as ordens do homem careca.

Todos se abraçaram felizes com o reencontro, mas Sátir chorou ao ver o estado em que João Málabu chegou.

O caseiro estava realmente machucado. Alguns cortes no rosto estavam infeccionados, sua boca tinha pequenas rachaduras e no seu braço direito havia um curativo enorme. O que quer que aquele curativo escondesse, seria impossível que tivesse sido provocado por pedradas.

Antenor só o olhou de cima a baixo e foi dispensar o capataz que estava na porta à espera de novas ordens.

Conversaram pelo resto da noite. Apesar do desconforto de estar na casa de quem o prendera, João entendeu os motivos de Antenor e até desculpou-o pelo que fez, mas ainda assim as dores não o deixavam esquecer a injustiça que tinha sofrido ali.

— Seu remédio. Estou para entregá-lo há dias — disse Tibor estendendo o frasco para o amigo.

— Obrigado — agradeceu ele. — Vem muito a calhar, já que os homens que me prenderam quebraram meus últimos frascos, dizendo que, para onde eu iria, não precisaria deles.

Antenor passou a mão na careca, amargurado por ter cometido tal engano e por ter sido tão rude com um inocente. Málabu virou-se para Sátir e perguntou:

— Você está bem? Espero que aquele tal Humbertolomeu não tenha feito mal a você.

Ela negou com a cabeça e sorriu.

— Segui cada passo seu, cada rastro. Teria conseguido salvá-la se não tivessem me prendido — disse, dando palmadinhas carinhosas na cabeça da menina. — Eu estava muito perto de pegar esse Humbertolomeu, aí caímos na gruta do Gorjala e a criatura levou você e... — antes de continuar, preocupou-se em baixar a voz até um volume quase inaudível, para que Antenor não entendesse — ...o Muiraquitã — disse Málabu, voltando a falar normalmente. — Juntei-me a Humbertolomeu para salvá-la e o traidor me acusou de ser o Barba Ruiva, temendo que, após matarmos o monstro, eu estragasse seus planos. — Ele olhou para Tibor. — E ele tinha razão, não é mesmo? — disse com sua risada que há tempos não escutavam. — Iria mesmo fazer isso. Iria impedir os planos sujos dele. Fossem quais fossem — e Málabu ficou sério. — Então, ele fez o que fez. Onde já se viu? — lamentou. — Ser confundido com o ladrão Barba Ruiva.

— Já mandei uma equipe de busca atrás do tal rapaz. Onde quer que esteja, não irá muito longe — disse Antenor, querendo mostrar serviço e corrigir seu erro.

— Desculpe, senhor. Digo com todo o respeito, mas o senhor não vai pegá-lo — avisou Málabu.

— E por que não? — quis saber o homem careca.

— Porque eu já tentei! — disse Málabu, seguro de si. — Porque ele é bem esperto e rápido também.

Tibor olhou a rua escura através da janela e não pôde deixar de se lembrar da ameaça que o garoto de terno branco lhe fizera.

Quando o dia seguinte raiou, a vontade de ir para a Vila do Meio era forte em todos. Acordaram tarde por causa do cansaço acumulado nos dias anteriores e não queriam perder mais nenhum segundo. Antenor quis que partissem depois do almoço, mas eles preferiram só tomar o café da manhã, mesmo com o adiantado da hora.

Na soleira da porta, Tibor desejou boa sorte a Antenor na excursão à cidade fantasma e disse que depois queria saber mais sobre a ideia de Antenor de montar um grupo para combater os ataques da bruxa.

Lamentou que não pudessem acompanhá-lo naquela noite, pois precisavam se certificar de que a avó estava bem, mas que se interessava muito pelo assunto.

Antenor disse-lhes que poderiam seguir sossegados pelo vilarejo, pois seus homens já tinham averiguado a gruta pela manhã e os moradores já tinham sido avisados de que Málabu era inocente.

— Tudo isso enquanto vocês ainda dormiam — enfatizou ele.

Tibor pensou em como as pessoas podem mudar dependendo do ponto de vista. Tiveram uma impressão de Antenor quando chegaram em Vila Serena. Ao se permitirem conhecer o homem por trás da imagem que faziam dele, puderam descobrir que não era má pessoa e ainda tinham ganhado um *aliado*.

Antes de partir, todos agradeceram pela hospitalidade e seguiram estrada afora, em direção a Vila do Meio.

Tibor, Sátir, Rurique e Málabu mal podiam esperar para chegar em casa. Tibor se lembrava de quanto era bom colher uma manga no pé e chupá-la até o caroço; ou se molhar com o esguicho e deitar na grama até secar. Também adoraria se deitar no tapete branco felpudo da sala, o seu preferido.

— Bom, vamos ter de atravessar o rio para pegar a estrada que sai do vilarejo — disse Málabu para os meninos, descendo a rua de paralelepípedos.

Uns garotos que Tibor reconheceu do campo de futebol acenaram para ele e o chamaram, mais uma vez, de herói. Lá estavam o menino moreno, o menino que parecia um índio e o gordinho que chutara a bola em Humbertolomeu. Tibor acenou de volta, respondendo, uma vez mais, que não era herói. Quando os três garotos viram Málabu, tomaram um susto, pois para eles João ficaria marcado para sempre como o Barba Ruiva.

Málabu conduziu os amigos por uma passagem ladeada de bambus, que os levava até uma encosta do rio. Graças a Antenor, havia ali um bote com remos, esperando para levá-los até o outro lado.

Os quatro embarcaram, começaram a remar e se afastaram da margem. Tibor e Rurique se ofereceram para serem os primeiros a remar, mas Málabu só aceitou um deles e Rurique passou a remar ao lado de João.

Tibor observava o grandalhão. Olhava cada um dos machucados que aumentariam as cicatrizes da sua coleção. Lembrou-se da coruja piando em seu telhado no ano passado e da outra que ouvira há poucos dias. Será que eram mesmo prenúncios de morte? Podiam ser prenúncios de coisas ruins, pois João Málabu estava ali, ferido sim, mas firme e forte e levando-os para casa. Vai ver as corujas confundiram o telhado de Málabu com o de outra pessoa ou então encontraram naquelas telhas um perfeito poleiro.

Passavam agora pelas vitórias-régias. Mais uma vez admiraram as tais plantas, pois eram mesmo enormes. A coloração de algumas delas era verde-musgo, outras eram de um amarelo opaco. Davam a impressão de um tapete natural sobre as águas. Algo bonito de se ver.

A certa altura, alguma coisa bateu na parte de baixo do barco e o balançou. Eles se seguraram nas laterais do bote, assustados, com exceção de Málabu, que apenas olhou atento ao redor e apertou um pouco mais o remo nas mãos.

— O que foi isso? — perguntou Rurique, olhando para Málabu.

— Não sei — disse ele. — Podemos ter passado em cima de um tronco.

— Pareceu mais que alguém bateu em nosso barco — disse Sátir desconfiada, dizendo em voz alta o que todos de fato pensavam.

Antes que alguém tivesse tempo de dizer mais alguma coisa, sentiram outra pancada. Dessa vez, mais forte e assustadora.

Tibor viu algo de cor rosada passar depressa por baixo do barco, em meio à água escura.

— Eu vi algo ali — apontou ele.

Todos olharam, mas não puderam enxergar nada naquela água turva.

— Fiquem em silêncio — ordenou Málabu.

Uma terceira pancada, dessa vez mais violenta ainda, fez com que o barco balançasse tanto que Rurique se desequilibrou e caiu do bote. Por sorte, caiu em cima de uma das vitórias-régias e ela não o deixou afundar.

— Fique aí, Rurique! — disse Málabu para o menino sentado em cima da planta. — E não se mova! Tem alguma coisa na água.

Todos ficaram alertas. Olharam para as duas margens, mas não havia ninguém a quem pudessem pedir socorro.

O que estaria ali com a intenção de derrubá-los?

Ninguém sabia responder.

Algo passou de novo por debaixo deles. Todos viram dessa vez. Outra pancada e Tibor também se desequilibrou e caiu. Sem a mesma sorte do amigo, afundou e espirrou água para todos os lados.

— Nade! — gritou Sátir. — Nade, maninho.

Tibor batia os braços o mais rápido que podia. Ele começava a se desesperar por não enxergar o que poderia estar oculto na água escura. A coisa podia estar em qualquer lugar. O menino alcançou a vitória-régia mais próxima e subiu nela.

— O que está acontecendo? — perguntou Tibor, ao sair da água. — Viram o que era?

— Ainda não — disse Málabu, ficando de pé no bote, munido de um remo em posição de ataque.

De repente algo saltou da água em direção a João que, num rápido golpe, acertou a criatura com o remo, jogando-a longe.

— O que era aquilo?! — gritou Sátir, assustada.

— Era um boto cor-de-rosa! — disse Málabu. — O que é muito estranho.

— Era um o quê? — perguntou Tibor.

— Um boto — respondeu Rurique.

— Boto? — retrucou Sátir.

— É, boto! Não sabem o que é um boto? — Rurique perguntou.

— Não! — responderam os irmãos Lobato em coro.

— Ora, boto é um... — começou ele. — Ei, Málabu, explique a eles o que é um boto.

— Pelo jeito, você também não sabe — retrucou Sátir.

— Shh, fiquem quietos, todos vocês — disse Málabu. — Não é comum botos agirem assim.

— Eles não costumam atacar? — quis saber Tibor.

— Nunca soube de ataques de botos. Na verdade, botos são bem raros nessa região. Nunca vi nenhum por aqui — continuou João. — São animais parecidos com golfinhos, alguns dizem que são primos distantes, outros que são os antepassados dos golfinhos. De qualquer modo, vivem em água doce, mas bem mais para a Região Norte. E são, em sua maioria, dóceis. Mas este está, definitivamente, nos atacando!

Assim que acabou de falar, Málabu se deparou com um enorme boto cor-de-rosa saltando em sua direção. Ele tentou acertá-lo com o remo, como da primeira vez, mas o bicho foi mais rápido. Sua boca em formato de bico atingiu o brutamontes em cheio no peito, empurrando-o do barco direto para a água.

— Málabu! — gritou Sátir sozinha no bote.

O golfinho cor-de-rosa nadou na direção de Málabu e o arrastou para bem longe dali. Tibor e os outros viram Málabu se debater sem sucesso para se desvencilhar do boto, que o empurrava a toda velocidade. O rastro de espuma deixado na água provocava pequenas ondas que alcançavam a margem do rio. Parecia uma solitária onda de pororoca.

— O que faremos? — perguntou Sátir aos dois meninos, quando Málabu sumiu de vista e a superfície da água voltou a ficar espelhada.

— Me dê a pedra!

Todos olharam na direção da voz e viram Humbertolomeu, que saiu da água usando uma das extremidades da embarcação como apoio.

Sátir gritou de susto quando ele pulou para dentro do barco. Málabu longe, Tibor e Rurique sobre as vitórias-régias, e Humbertolomeu ali no bote com ela.

— Ei! Deixe minha irmã em paz! — gritou Tibor. — Como você veio parar aqui?

— Eu disse que viria atrás de vocês, não disse? Disse que os encontraria! — respondeu Humbertolomeu.

— Tibor! — chamou Rurique. — Ele é o boto.

— O quê? — perguntou Tibor.

— O buraco na cabeça dele é por onde o boto respira, por isso ele não tirava aquele chapéu. Ele é o boto!

— Não entendo — disse Tibor.

— Nunca ouviu minha história? — perguntou Humbertolomeu, ofegante, olhando para Tibor. — Sou o boto cor-de-rosa. Na quaresma, sou amaldiçoado a virar boto todas as noites e virar homem todas as manhãs. Preciso da pedra para quebrar a maldição. — Ele parecia desesperado, seus olhos eram os de um alucinado. — Ouvi rumores de que um membro da família Lobato poderia usar a pedra ou ao menos controlar parte de sua energia. Mais precisamente uma senhora...

— Minha avó! — disse Tibor.

— Isso mesmo! — confirmou ele. — Fiquei sabendo que posso quebrar esse tipo de maldição se destruir um amuleto poderoso como o Muiraquitã num ritual, oferecendo a pessoa apta a usá-lo como sacrifício — ele falou ainda ofegante e com um sorriso demente no rosto.

Tibor reviveu o pesadelo do ano anterior em que Sacireno tentara usar Dona Gailde num ritual para se ver livre da prisão no Oitavo Vilarejo.

— Ao chegar ao sítio de vocês encontrei uma pessoa bem mais fácil de persuadir — disse Humbertolomeu.

E Sátir olhou-o com raiva e medo.

— Fácil, é? — desafiou a menina.

— Você não teve chance alguma — rebateu ele. A menina pareceu concordar, já que se manteve calada.

— Você ia dar minha irmã em sacrifício? — perguntou Tibor, chocado.

— Mas é claro! — respondeu ele com ironia. — Quase consegui uma vez. Encontrei uma gruta perfeita para um ritual desse tipo e comecei os preparativos. Eu tinha a pedra e tinha uma menina tola em meu poder. Ela poderia usar a pedra porque, afinal, é uma Lobato. Então, um monstro inútil de um olho só roubou-a de mim e atrapalhou tudo. Levou a menina e com ela o amuleto. — Ele contava a história com raiva no olhar. Parecia mesmo que estava obstinado a levar aquela jornada até o final. — O amigo de vocês estava me caçando. — Ele apontou para longe, para o meio do rio onde Málabu sumira de vista. — Queria salvar a garota e, ao ver o Gorjala levá-la, tentou resgatá-la comigo. Mas e depois? — dizia ele ensandecido. — E depois que matássemos aquela fera? Aquele tal de Málabu com certeza me atrapalharia e então tive de dar um jeito nele antes de qualquer coisa.

Tibor lembrou-se de Málabu sorrindo na sala de jantar de Antenor, dizendo exatamente qual seria sua intenção depois que matassem Gorjala. Não pôde deixar de gostar ainda mais do amigo brutamontes.

Humbertolomeu fixava seu olhar em cada um de maneira intimidadora.

— E foi assim que dei um presente à Vila Serena. Dei a eles um vilão temporário. Algo pelo que se orgulhar. Bando de hipócritas! — vociferou. — Um falso Barba Ruiva e, mesmo sem confirmar a verdade, eles o prenderam. Mesmo sendo ele inocente.

Tibor e Rurique tentavam se equilibrar sobre as vitórias-régias enquanto Humbertolomeu falava.

— Sem Málabu em seu encalço, como pretendia usar minha irmã e recuperar o Muiraquitã? — Tibor parecia querer mantê-lo falando para ganhar tempo.

— Eu não teria como tirá-la de lá sozinho — disse ele. — Foi então que, andando pela praça no dia em que mostraram o novo prisioneiro ao povo de Vila Serena, minha sorte mudou e eu encontrei ninguém menos que Tibor Lobato em meu caminho! O grande herói, não é assim que o chamam agora? — alfinetou ele, com uma careta de desdém. — Eu ainda não tinha certeza a qual dos irmãos os rumores se referiam. Qual deles conjurara um Boitatá, no passado? Ontem, ao darmos um fim no Gorjala, percebi que escolhi bem. A menina conjurou o Boitatá. Você não é o herói aqui, garoto! Nunca foi. Mas muito obrigado por me ajudar a tirá-la daquele monstro idiota. Nunca duvidei do amor entre irmãos — disse ele, olhando para Tibor. — É dela que eu preciso — e apontou para Sátir. Sua voz começava a se exaltar ainda mais. — Preciso da cura e essa cura vale uma vida. Não quero ficar preso neste corpo de humano a vida toda. O mundo terreno é uma porcaria! Não me serve para nada. — Ele apontou para os três: — Por mim, todos vocês da espécie humana poderiam não existir. — Humbertolomeu voltou-se para Sátir. — Garota, você vem comigo! Vou levá-la para um lugar onde ninguém irá me atrapalhar. Um lugar isolado e abandonado.

Num movimento rápido, a menina fez algo típico de Sátir: mirou o remo na cabeça de Humbertolomeu e investiu contra ele. O jogo parecia ganho, mas, por azar, ele segurou a peça de madeira maciça com uma das mãos antes que pudesse atingi-lo. Tirou o remo da mão dela e o jogou na água. Os olhos dele brilharam num lampejo rápido e, antes que pudesse pensar em um segundo ataque, Sátir desmaiou sob efeito do tal brilho. Antes que a menina caísse, ele a segurou no colo.

— Então foi você? — disse outra voz conhecida dos meninos. Tibor e Rurique, de cima das vitórias-régias, olharam na direção da voz.

A guardiã de Muiraquitãs estava ali com a cabeça fora d'água.

— Naara! — gritaram os dois.

— Como conseguiu passar pela água salgada? — perguntou ela.

Humbertolomeu deu risada e respondeu:

— Confesso que foi bem difícil, mas uma mistura de folhas e raízes me ajudou a respirar sem muita dificuldade no fundo do mar. Isso fez da sua armadilha algo insignificante — disse ele sorrindo, afetado.

— E quem fez essa mistura para você? Conheço apenas duas pessoas que teriam esse conhecimento, uma delas é a avó deles — disse Naara. — E duvido que ela tenha ajudado você nessa missão. Diga-me, andou pedindo ajuda para quem eu estou pensando?

— Se está se referindo à Pisadeira, andei fazendo certos acordos, sim.

Tibor e Rurique perceberam uma aflição no olhar de Humbertolomeu e gelaram ao ouvir aquele nome. Pisadeira, pelo que recordavam, era a irmã da Cuca e de Dona Gailde, ou seja, uma tia-avó dos irmãos Lobato.

Tibor se lembrou das pegadas enormes que tinham encontrado um ano atrás na soleira da casa de Sacireno. As pegadas pertenciam a uma velha macabra que os farejara no escuro.

— Você sabe que ela virá cobrar isso de alguma forma, não sabe? — devolveu Naara. — E seu preço não é nada baixo.

— Não me interessa! Meu plano é perfeito, vou sair daqui e acabar com essa maldição. Vou direto para o lugar de onde vim, onde ela nunca poderá me alcançar. Não ficarei mais tempo no plano terreno. Odeio este lugar! — disse com raiva.

A sereia olhava com desdém para Humbertolomeu.

— Você quebrou nosso código de honra. O código que temos em nosso mundo. Você não apenas invadiu meus domínios, como roubou algo de valor e interferiu, muito mais que o permitido, no mundo terreno — acusou ela.

Rurique olhou para Tibor e sussurrou.

— Já sei por que Humbertolomeu escolheu Sátir. O boto encanta mulheres! E como ele conseguiu um jeito de respirar na água salgada, não foi difícil para ele invadir o esconderijo de Naara.

Tibor apenas assentiu, lembrando-se do lugar onde Naara escondera os Muiraquitãs sob sua custódia. O boto podia muito bem ter nadado até o último Muiraquitã que restara e o roubado.

— E você é quem vai me punir? — disse o garoto desafiando a sereia, ensandecido.

Naara apenas o encarou, mudando sua expressão *furiosa* para *assustadoramente furiosa*.

— Solte a menina e venha acertar as contas comigo! Aproveite o respeito e a compaixão que ainda tenho pelos botos amaldiçoados.

Humbertolomeu olhou irritado para Naara, como se ela fosse uma pedra em seu caminho. Soltou a menina no barco e mergulhou, sumindo na água escura.

— É melhor tomarem cuidado! — disse Naara aos meninos, antes de submergir.

Por um bom tempo, Tibor e Rurique olharam para as águas e nada aconteceu. De repente, ouviram um estouro e viram água espirrando para todos os lados. Era uma briga subaquática. Tibor viu Málabu ao longe, tentando nadar até a margem. O boto havia levado Málabu para lá, onde ele não poderia atrapalhar seus planos.

As águas se agitaram como se um terremoto tivesse abalado o leito do rio. As vitórias-régias balançaram. Tibor e Rurique pensaram em nadar até o barco para conferir se Sátir estava bem, mas, ao olharem para a água, concluíram que não seria seguro.

Agora, luzes estranhas piscavam abaixo da superfície da água, deixando todos se perguntando o que poderia estar acontecendo ali.

Uma pancada embaixo da vitória-régia em que Tibor estava fez com que o menino se desequilibrasse. Ele caiu de joelhos em cima da planta, que começou a se dobrar e afundar, como se alguém a puxasse para baixo. Tibor só teve tempo de pular para a próxima vitória-régia. Olhou para trás e viu que a planta em que estivera há pouco havia sumido.

Foi a vez da planta para a qual tinha pulado começar a se dobrar e afundar, como a anterior. Ao pular para a terceira vitória-régia, Tibor viu uma sombra de coloração rosada passar por baixo de onde ele estava. O boto saltou da água e derrubou Rurique da outra vitória-régia. O menino se debateu em pânico quando Tibor Lobato também foi derrubado.

Humbertolomeu apareceu na superfície da água, subiu no barco e pegou Sátir novamente nos braços.

— Deixe minha irmã em paz! — gritou Tibor. — Por que precisa tanto quebrar essa maldição!? Por que é tão ruim ser um humano como nós?

O boto, que estava prestes a mergulhar, parou ao ouvir a pergunta de Tibor, como se não pudesse deixar de responder. Virou-se para os meninos e dando um suspiro disse:

— Porque vocês são sujos! O que antes era um presente, vocês conseguiram transformar num tormento. Sua raça é uma praga! — vociferou.

Os meninos o encaravam da água sem entender o que ele dizia.

— Nós, botos, já partilhamos da nossa sabedoria com vocês. Fomos seres em comunhão em outros tempos. Éramos duas raças de grande inteligência, cada uma em seu meio e à sua maneira. Vocês no plano terreno e nós no mundo das águas. — Seu rosto estava contraído de raiva. — Alguns de nós foram abençoados com o poder de se transformar em seres humanos. Uma forma que nos permitia viver entre vocês e trocar experiências, estudos e descobertas. — Tibor e Rurique estavam chocados com o que o garoto contava. — Mas o ser humano, sempre com sua ganância e arrogância, fez tudo virar um inferno. Nas eras que se seguiram, cortaram suas relações com a natureza, colocaram o lucro acima de tudo e travaram guerras religiosas, mataram uns aos outros pela cor da pele! — Humbertolomeu parecia cada vez mais exaltado. — Mesmo nos tempos de hoje, com tanto conhecimento, matam com crueldade outros seres vivos para transformá-los em alimento, como faziam seus malditos antepassados! — gritou ele. — Hoje, vocês têm até regras para amar! — Humbertolomeu encarava-os, inconformado. — Deixaram de seguir as regras da natureza, criaram padrões absurdos! — Ele gritava como se quisesse que seu desabafo fosse escutado pelo vilarejo inteiro. — Vocês arrumaram mil maneiras de cortar suas relações com seu próprio ambiente. Com os seus iguais. Vocês são sujos e corruptos. Tomem como exemplo o que fizeram com seu amigo João Málabu. Encarceraram-no sem nenhuma prova ou julgamento. — Humbertolomeu cuspiu no barco. — Vocês me enojam! Só o fato de estar sob pele humana já me dá asco!

Tibor e Rurique ficaram em silêncio durante todo o sermão do boto. As palavras dele eram muito convincentes e muito tristes. Os meninos tentaram imaginar uma interação entre os botos e o ser humano como ele havia dito. Era realmente impossível visualizar algo do tipo acontecendo nos dias de hoje. O garoto de terno olhou para o rosto da jovem Sátir, que estava inconsciente em seu colo.

Naara reapareceu ofegante.

— Você fala como um louco! — vociferou ela. — Nem todos são assim. E esses são apenas jovens! Não pode culpá-los pelos erros de toda uma raça!

— Louco? Eu? — disse ele encarando-a e abaixando o tom de voz. — Responda, Naara, por que os protege? Não percebe? Está claro até demais, por tudo o que já aconteceu até aqui! A raça deles vai acabar com nosso meio de vida, assim como acabou com o deles!

— As regras são claras também! Não devemos interferir no... — ela tentou rebater, mas Humbertolomeu a cortou, exaltando-se novamente.

— Regras? Quem fez as regras que você segue? Que fé cega é essa em um ensinamento do passado? — gritou. Ele parou um tempo e observou a sereia ficar sem argumento.

Tibor e Rurique, por um instante, tiveram medo da reação de Naara. Será que Humbertolomeu tinha feito a cabeça dela e a convencera de que estava certo?

— Eles precisam de uma chance! — falou ela, deixando-os um pouco mais aliviados. Seus *dreads* estavam empapados com a água do rio. Os penduricalhos no pescoço se destacavam sobre o negrume da sua pele.

O boto fez que não com a cabeça.

— Eu quero apenas sair fora. Não quero ser o juiz nem o executor. Estou fazendo isso apenas para me colocar fora da jogada. Não quero mais fazer parte disso. Quero ir para longe de toda essa maluquice. — Ele observou o rosto de Sátir e dos meninos, depois se voltou para Naara: — Estou cometendo erros hoje? Sim, estou. Mas serão os últimos pecados que irei cometer antes de acabar com a minha maldição.

Naara parecia compreendê-lo. Parecia brigar com milhões de conceitos em sua cabeça. Ponderava sobre o que o boto dissera.

— Sinto muito, garota — disse ele, olhando para Sátir —, mas essa maldição precisa ser quebrada. Você é a cura para essa doença que me assola, que é o ser humano. Não admito ser como vocês. Não sou um de vocês.

Para espanto dos dois meninos, o boto se preparou para saltar dentro d'água com Sátir nos braços.

— Sátir! — gritou Tibor em pânico, olhando para o corpo flácido e desacordado da irmã. Não suportaria perder a irmã uma vez mais. — Precisamos fazer alguma coisa!

Os meninos voltaram a cabeça para a sereia ao mesmo tempo que Humbertolomeu sumia nas águas do rio com a menina nos braços.

— Naara! — gritou Rurique pedindo ajuda.

— Ele é de uma linhagem de botos-reis — disse ela.

— O que isso significa? — perguntou Tibor em desespero.

— Que nossos poderes anulam-se um ao outro!

— E então o que podemos fazer? Temos que ir atrás dele — falou o menino em pânico.

— Venham, pequeninos! — disse Naara. — Vou interceptar a passagem de Humbertolomeu.

E um emaranhado de bolhas, acompanhado de uma música entoada por uma voz inebriante, envolveu-os. Sabiam que estavam sendo transportados dali, como da outra vez. O torpor os dominou e resolveram entregar-se à sensação, como se estivessem num sonho. Já sabiam como funcionava o poder de Naara. Mas, de repente, tudo ficou diferente. O sonho virou pesadelo, com imagens medonhas e escuras. Em meio às bolhas, Tibor ouviu a música doce que os conduzia se tornar uma mixórdia de gritos de dor e desespero. E os gritos pareciam ser de Naara.

17

A CIDADE FANTASMA

Tibor e Rurique ainda não tinham se acostumado às viagens ao estilo das sereias, mas sabiam que ao abrir os olhos estariam em alguma margem ou coisa do tipo.

Quando abriram os olhos, viram-se num local cheio de pedras. Olharam ao redor e perceberam que estavam dentro de um buraco gigantesco, no meio de uma montanha. No meio do buraco havia uma enorme piscina de águas profundas. Tibor e Rurique estavam deitados sobre as pedras e suas roupas estavam secas. Um paredão pedregoso murava a enorme lagoa de coloração esverdeada, dando ao lugar uma aparência intimidadora. Não havia nem sinal de Naara, de Sátir ou do boto.

— Onde estamos? — perguntou Rurique.

— Receio que seja a pedreira da cidade fantasma, no Vilarejo de Pedra Polida que Antenor mencionou — respondeu Tibor, esquadrinhando o lugar com os olhos.

Os dois sentiam o enjoo costumeiro depois das viagens com a sereia.

— Quanto tempo ficamos apagados? — perguntou Rurique, levando uma das mãos à barriga.

— Nossas roupas estão secas, então talvez tenhamos ficado desmaiados por um bom tempo. Humbertolomeu pode estar em qualquer lugar! — falou Tibor.

— Ah, que ótimo! Isso porque estávamos a caminho de casa, hein? — resmungou Rurique com ironia.

Os dois ficaram calados, imaginando como sair daquele enorme buraco, já que as paredes de pedra que cercavam a lagoa se estendiam por vários metros até o topo da montanha. Parecia não haver um lugar por onde pudessem subir. Estavam encurralados. Olhavam ao redor e o paredão de pedra os subjugava com sua grandeza.

— Olá, senhores! — cumprimentou-os um velho de manto azul que, de repente, apareceu sentado numa pedra um pouco afastada de onde estavam. Os garotos se espantaram. De onde surgira aquele homem?

— Você? — disse Tibor, reconhecendo-o. Era o mesmo velho que aparecera para ele depois da festa de Rosa Bronze. Em seu último encontro, ele lhe trouxera uma mensagem.

— Sim. Venho lhe comunicar uma coisa — disse o velho. — Desta vez, estou aqui por minha própria conta, pois gostei mesmo de você, garoto!

Tibor teve a impressão nítida de que aquele senhor lia seus pensamentos.

— Esse é o homem de que você falou, que se transforma em beija-flor? — quis saber Rurique.

Tibor assentiu sem tirar os olhos do velho.

— O que estamos fazendo aqui? — perguntou Tibor. — Você nos trouxe até este lugar?

— Eu não fiz absolutamente nada! — respondeu ele com a voz calma e esganiçada de sempre. — Eu sou apenas o mensageiro. A guardiã de Muiraquitãs foi quem os deixou aqui! — disse ele.

— E onde ela está? — perguntou Rurique. — Onde está Naara?

O homem se ajeitou na pedra em que estava sentado e olhou para a água esverdeada da pedreira antes de responder.

— Alguém envenenou a água deste lugar e ela precisou fechar a passagem para que o veneno não se espalhasse pelo lençol freático. Eu a vi se debater de dor enquanto fazia isso. O veneno quase a matou — disse, franzindo a testa.

— E Málabu, onde está? — Tibor perguntou, já sabendo a resposta. Sabia que a sereia não tinha conseguido trazê-lo à pedreira, o boto o tinha empurrado para longe demais. A última vez que o menino vira João, ele estava tentando nadar para uma das margens do rio.

O velho olhou para ambos.

— Creio que estejam por conta própria agora. Acho que Naara não irá mais voltar, o amigo de vocês tampouco. Ao menos, não por enquanto.

O homem falava olhando para o paredão, como se visse além dele.

— E vocês precisam ser rápidos. Dormiram nessa pedra por muito tempo. O sol em breve vai se pôr.

— Foi o boto, não foi? — acusou Tibor. — Ele estava evitando a bebida da festa de Rosa Bronze antes do primeiro dia da quaresma. No dia em que vi o senhor — apontou o menino. — E de repente todos caíram envenenados. Agora aqui está ele tentando evitar que Naara nos ajude, depois de envenenar a água da pedreira também.

Tibor estava farto de Humbertolomeu.

— E estava mexendo no frasco do remédio de Málabu. — Tibor lembrou-se da noite em que tinham dormido sob as bananeiras, à beira da toca do Gorjala. — Deve tê-lo envenenado também. Preciso avisar João que ele pode estar correndo perigo...

O homem de manto azul apenas balançou a cabeça negativamente.

— Creio que essas acusações são infundadas — disse o velhote em tom sereno. — Admito que a índole dele não é das melhores, mas, assim como vocês, ele também tem uma batalha a travar. — Os meninos o encararam incrédulos. — E ele a está travando, acreditando que seus objetivos são sinceros. Ele tem seus motivos, da mesma forma que vocês têm os seus! — falou.

— O que está dizendo? — perguntou Rurique. — Que Humbertolomeu não é o vilão nesta história?

— Estou dizendo que acredito que o menino boto é tão vítima das circunstâncias quanto vocês — disse o homem, olhando para eles de forma penetrante.

— O quê?! — questionou Tibor, indignado.

E antes que o menino terminasse de encher os pulmões para começar a enumerar os males que Humbertolomeu tinha causado até então, o velhote continuou:

— Isso mesmo. Hoje é um dia marcante! As forças que causam o desequilíbrio entre os mundos darão um passo em favor próprio. Vocês terão a chance de intervir, se souberem usar a cabeça — falou com o dedo em riste e um semblante mais sério. — O inimigo de vocês está lá em cima — e ele apontou para o alto.

Tibor e Rurique olharam para cima. Os dois garotos estavam achando tudo aquilo esquisito demais.

— Esta noite, a sorte de todos está lançada — continuou o velho. — As consequências dos atos de hoje se refletirão no futuro.

Olhou com seus olhos azuis diretamente para Tibor, encarou-o por um alguns segundos e por fim disse pausadamente, com um olhar carregado de significado:

— A noite de hoje talvez seja a mais longa de suas vidas.

Tibor percebeu que o olhar do velho era de compaixão, como se soubesse algo que eles não sabiam, algo que ainda estava para acontecer.

— Sua tia-avó ainda vigia o outro lado e agora com uma atenção preocupante — disse ele. — Não a deixe chegar aonde ela quer — e o velho ficou em silêncio.

Tibor olhou para Rurique, que deu de ombros.

— Está bem, precisamos subir até lá, então — concluiu Tibor. — Mas como faremos isso? Não há saída aqui.

O velho de manto e olhos azuis levantou-se da pedra onde estava, lançou-lhes um sorriso sincero e, num piscar de olhos, desapareceu no mesmo instante em que surgiu um beija-flor.

Os meninos ficaram maravilhados diante da transformação. O pássaro azul voou entre os dois garotos, pairando vez ou outra no ar, como um minúsculo helicóptero.

A visão era como o vislumbre de algo bom, um verdadeiro bálsamo, depois do forte estresse causado pelas desventuras daquela quaresma. E que, pelas palavras do velho, ainda estavam longe de terminar. Pelo que tinham entendido, eles estavam prestes a se deparar com um divisor de águas.

Enquanto olhavam o pássaro sob os últimos raios de sol daquele dia, esqueceram seus problemas por um breve instante. Mas o beija-flor voou para trás de uma pedra e depois voltou, como se quisesse que os meninos o acompanhassem, e isso os trouxe de volta à realidade.

— Acho que ele quer que a gente ande até ali — concluiu Tibor, olhando para o amigo.

Descobriram, então, que, no lugar em que o beija-flor estava, havia um tipo de escada rudimentar, esculpida na pedra, que levava até o cume da montanha.

O beija-flor rodeou-os uma última vez e partiu.

— Que ótimo! — reclamou Rurique. — Nunca nos dão a opção de desistir, não é? — Olhando para trás, completou: — Lago envenenado, escada tortuosa que leva até um perigo iminente. Puxa vida! Essa quaresma está realmente demais! — ironizou o garoto.

Um sentimento de desânimo os assolou. Olharam-se por um tempo, tentando reunir a coragem necessária e puseram-se a subir.

Mais de meia hora se passara e eles ainda haviam subido a escada. As mãos já estavam raladas de tanto que tinham de se segurar na pedra para não escorregar. Como a escada era íngreme demais, sentiam vertigem ao olhar para baixo e tinham a impressão de que, a qualquer momento, cairiam no abismo que era a pedreira.

— Se não foi o boto, quem envenenou aquelas pessoas na festa? — perguntou Rurique, apoiando-se num degrau acima e fazendo força para subir.

— Não sei — respondeu Tibor, entre um suspiro e outro —, mas acredito que estamos prestes a descobrir. Seja o que for, temos de achar Humbertolomeu antes que ele pratique o ritual com Sátir.

— Droga! Por que dormimos tanto? Naara deveria ter um modo de viagem para principiantes ou sei lá! — reclamou Rurique. — Será que vamos chegar tarde demais?

Tibor nem quis pensar nessa possibilidade.

Atingiram o cume com muito custo. Olharam para baixo e viram que uma queda dali seria fatal. Uma rua estreita e não muito longa se estendia adiante, até terminar na única estrada, que vinha da cidade.

— Ei, lamento muito ter trazido você comigo — disse Tibor, sentindo um remorso que lhe corroía o peito. Estavam longe de casa, com fome e frio, machucados e prestes a enfrentar algo desconhecido. — Desculpe por estarmos aqui! — finalizou, lembrando-se de sua famosa teimosia.

— Você está maluco? — respondeu Rurique. — O que você fez nisso tudo para ter que pedir desculpas?

— Eu sei lá! Minha avó disse que minha teimosia estava sendo um problema — respondeu ele. — Eu prometo que agora vai ser diferente. Vamos voltar pra casa sãos e salvos e serei alguém melhor.

— Uma hora dessas e você vem com esse papo, Tibor? — disse Rurique. — Não se desculpe, eu vim porque quis.

Tibor olhou para o amigo enquanto andavam. Sabia que sempre poderia contar com ele. E ter alguém com quem contar fazia-o se sentir mais forte.

— Está pronto, Rurique? — perguntou Tibor.

— Estou — disse o garoto, tremendo. — E você?

Tibor apenas assentiu.

Era claro que nenhum dos dois estava preparado, mas precisavam prosseguir. Se realmente quisessem salvar Sátir, não havia outro jeito a não ser seguir em frente.

Andavam devagar entre as casas abandonadas. A maioria delas estava em ruínas; os tijolos à vista por conta das paredes descascadas; poucos telhados ainda tinham telhas; as vidraças estavam trincadas, ou quebradas.

Mas a vista dali era linda. Era possível reconhecer alguns vilarejos lá de cima. O sol se punha no horizonte, que se descortinava de uma só vez, dando-lhes uma visibilidade de 360 graus.

Tibor reparou num tipo de flor de pétalas brancas que brotava na entrada de todas as casas. Reconheceu-a: era dama-da-noite. A flor que, no dia do seu aniversário, ele tinha ajudado a adubar com o esterco da Mimosa.

Na rua, nada se movia, mas o silêncio fantasmagórico lhes enregelava a espinha. Pisavam devagar no chão pedregoso, atentos ao mínimo barulho.

— Tibor! — chamou Rurique olhando para os lados. — Humberto-lomeu e Sátir podem estar em qualquer uma dessas casas.

— Então temos de ser rápidos — respondeu Tibor, decidido. — Olhe pelas janelas das casas do lado de cá e eu olho nas janelas do lado de lá.

A contragosto, Rurique se afastou do amigo. Passaram de janela em janela, tentando enxergar alguma coisa, cada um de um lado da rua. Vidraças quebradas, móveis jogados e desconjuntados, portas arrombadas, paredes caídas. Tudo era um abandono só. Nem um rato passava por ali. As plantas cresciam dentro dos cômodos das casas. Onde antes moravam pessoas, espalhavam-se ramos de damas-da-noite, anunciando que eram as novas donas do lugar.

Tibor e Rurique já tinham revistado quase todas as casas. A noite caía rápido e a esperança de encontrar a irmã antes do ritual começava a vacilar. A certa altura, encontraram-se no meio da rua.

— Nada? — perguntou Rurique.

— Nada! — Tibor respondeu.

— E agora? — Rurique quis saber.

Ouviram um som metálico vindo de uma casa que ainda não tinham olhado. Essa era diferente das outras. Tinha dois andares e ficava na beira da encosta, um pouco mais à frente. Tibor imaginou a altura do abismo. Nunca moraria numa casa daquelas.

Correram agachados e pararam com as costas grudadas na parede lateral da casa. Estavam os dois com os nervos à flor da pele. O que iriam encontrar? O velhote de manto azul dissera que existia um inimigo comum a todos eles, incluindo Humbertolomeu. Será que Antenor tinha razão e uma das bruxas morava por lá? Será que veriam a Cuca? Ou sua irmã, a tal Pisadeira?

Tibor se perguntava o tempo todo se seria capaz de enfrentar o que estava por vir. Estava com medo, porém confiante. Precisava achar a irmã.

Olhou de esguelha pela janela da casa, bem devagar. Pôde ver algo se mover lá dentro, mas as vidraças estavam embaçadas. Teve a impressão de que era algo que exalava vapor.

— Vamos dar a volta — sugeriu Tibor.

Os dois seguiram pela lateral da casa. Não tinham plano algum e não faziam ideia do que poderiam encontrar além do boto e de Sátir.

Subiram uma escadinha que dava nos fundos da casa e tentaram enxergar pela janela da cozinha. Ouviram um barulho vindo de lá de dentro. Por um breve instante, pareceu terem ouvido vozes.

— Rurique — começou Tibor, aos sussurros para o amigo —, Sátir só pode estar aí dentro, não tem mais ninguém por aqui. Vamos fazer o seguinte...

E antes que pudesse terminar, uma voz feminina o interrompeu. Os dois entraram em pânico ao perceber que a dona da voz se aproximava pela lateral da casa. Exatamente do lugar de onde eles tinham vindo.

— Será que os outros já chegaram? — perguntou a voz, como se não se incomodasse que alguém a escutasse. — Eu sei que farejei alguma coisa.

— *Farejar?* — sussurrou Tibor. — Você ouviu isso? — Rurique confirmou, pálido.

Precisavam sair dali. Mas não daria tempo se fossem pela escada. Provavelmente seriam encontrados antes de alcançar o último degrau.

— Vamos entrar! — decidiu Tibor, vendo que essa era a única opção.

Mas a porta da cozinha não se abriu! Para o desespero deles, ela estava trancada. Precisavam fazer alguma coisa. Os passos e a voz horripilante se aproximavam depressa.

Um cheiro esquisito invadiu o nariz de Tibor e Rurique. A partir daí, só *flashes* de memória: pés enormes subindo as escadas na direção deles, o piso gelado de madeira velha encostado nas bochechas. Estavam com a cara no chão?, perguntou-se Tibor, tonto, tentando entender o que estava acontecendo.

Os pés continuavam a subir, cada vez mais próximos. Pés horrendos e compridos. Brancos, descalços e cheios de verrugas.

18

GAIOLAS E CALDEIRÃO

Tibor abriu os olhos e só viu uma imagem turva. Aos poucos identificou alguns objetos. Um caldeirão que borbulhava e soltava fumaça, uma cadeira vazia. Correu os olhos pelo cômodo e percebeu que estava no interior da casa. Isso alarmou o garoto. Afinal, quem o teria levado para dentro?

O torpor começou a passar. A adrenalina causada pelo medo ainda era alta. Quando se recuperou totalmente, Tibor percebeu que estava trancado numa gaiola, que balançava e rangia, presa a correntes no teto da casa.

— Tibor! — alguém sussurrou.

Tibor olhou para o lado e viu a irmã e Humbertolomeu numa outra gaiola. Mas ele também não estava sozinho. Rurique estava com ele, preso sob as mesmas grades.

Velas acesas eram a única iluminação no ambiente. Nenhuma luz entrava pelas janelas, pois lá fora tudo estava escuro.

— O que está acontecendo? — sussurrou ele.

A irmã deu de ombros e respondeu:

— Não sei. Só me lembro de tentar bater o remo na cabeça desse infeliz e tudo ficar escuro — disse, apontando para Humbertolomeu. — Quando acordei estava aqui, enjaulada ao lado dele.

— Você não se lembra de nada porque estava enfeitiçada! — disse Humbertolomeu. Ele estava ofegante e da sua testa escorria suor. O garoto tremia como se estivesse com febre.

Os meninos olharam para ele com espanto.

— Seu filho da mãe! — xingou Tibor, desabafando a raiva que sentia do boto.

— Ela estava sob meu comando — continuou Humbertolomeu ignorando Tibor e olhando para a menina. — Sou um boto amaldiçoado. É isso o que eu faço. Encanto garotas!

Rurique o encarava com raiva, mas, pela expressão enevoada em seu rosto, sua visão ainda estava turva.

Humbertolomeu tossiu baixo, antes de continuar:

— Precisava de um lugar para realizar o ritual — seu olhar para Sátir era o de um derrotado. — Você era o meu plano mais brilhante. E eu estava perto de concretizá-lo — prosseguiu ele, tossindo novamente. — Da primeira vez, procurei um lugar desabitado e achei aquela gruta. Acabei surpreendido pelo monstro Gorjala. Como eu iria prever que a gruta era a morada de uma criatura daquelas? Ninguém desconfiaria. Precisava de outro lugar. Um lugar vazio. E então os boatos de uma cidade fantasma caíram em meus ouvidos. Achei que tudo o que se diz deste lugar fossem apenas lendas que o povo conta. *Folclore!* — O boto revirou os olhos e tossiu mais. — Burrice a minha, já que eu mesmo sou uma das "crendices" que o povo tem e existo de verdade, não é mesmo? — Ele riu com ironia.

— Diga-me, como viemos parar aqui, nestas gaiolas? — perguntou Tibor, ríspido.

O boto o encarou antes de continuar.

— Caímos na besteira de vir exatamente para o covil da bruxa! — respondeu.

— Bruxa? — repetiu Sátir, levantando as sobrancelhas.

—É! — assentiu o garoto, que não parava de tremer. — Não uma bruxa qualquer, mas uma das bem perigosas. Antes que chegasse até mim, eu já estava sob os efeitos alucinógenos causados pelos seus múltiplos venenos.

— De quem você está falando? — quis saber Tibor. — Que bruxa é essa?

Ele deu risada ao enxergar bravura no olhar do menino.

— Não há nada que você possa fazer agora, heroizinho! — debochou. — Acabou! Estamos na casa dela e somos sua presa. Assim como os meus planos, os seus também foram por água abaixo. Aceite isso e terá um fim menos doloroso, acredite! Todas as nossas esperanças acabam aqui, esta noite.

— Você está maluco, isto sim! — falou Rurique, indignado. — Viemos tirar Sátir das suas garras!

— Olhe em volta, menino! Não vê que está preso numa gaiola, assim como vocês fazem com os passarinhos? — E ele tossiu mais, como se estivesse piorando.

— O que você tem? Parece doente... — perguntou Tibor, para em seguida se arrepender. Não se interessava por nada que se referisse a Humbertolomeu. Se não tivessem ido parar ali, naquela gaiola, ele teria sacrificado sua irmã num ritual para se livrar de sua maldição.

— Assim como o seu amigo Málabu, eu também preciso tomar um remédio — explicou ele. — Aquele frasco que vocês me viram bebendo na festa da sua namorada.

— Rosa Bronze, você quer dizer — corrigiu Tibor, e a irmã não pôde deixar de olhar para ele.

— Isso mesmo! — confirmou Humbertolomeu. — Aquele é o meu frasco salvador. Com aquilo posso escolher ser humano ou ser boto a hora que eu bem entender e também me permite respirar embaixo da água salgada.

Os três perceberam que poderiam descobrir muita coisa ouvindo o que o boto tinha a contar.

— Fiz um acordo em troca do Muiraquitã. Lógico que era um acordo falso. Não iria entregar a pedra de maneira nenhuma. Precisava dela! Mas a pedra me serviu para barganhar. Eu precisava de algo que me fizesse ter o controle temporário da minha maldição e também de algo que me possibilitasse invadir o esconderijo de Naara. E consegui o que precisava!

— Então as garrafas que encontrei na nossa casa da árvore eram suas? — indagou o menino Lobato.

Humbertolomeu assentiu e continuou:

— Recebi a tal poção que me possibilitaria concluir meus objetivos sem problemas. Uma mistura de folhas e outras coisas que me foi entregue dentro de um galão. A poção me faria capaz de roubar o amuleto dos domínios da sereia. Mas como eu carregaria um galão enorme sem que alguém visse? Impossível. Então encontrei um lugar onde pudesse separar a poção e distribuí-la em frascos. — O suor escorria pelo pescoço do garoto enquanto ele falava. — E o lugar que encontrei foi essa casa da árvore. Exatamente dentro do sítio de quem eu vinha procurando.

Nesse momento, Tibor cerrou os punhos e, ao ouvir o rangido das correntes, olhou para Rurique e viu que não era o único que estava louco para sair dali e partir pra cima daquele cara arrogante.

— Estive tão ocupado vigiando o sítio de vocês da casa da árvore que devo ter deixado algumas das garrafas por lá!

Tibor respirou fundo e passou a contar até dez mentalmente.

— Sou um boto — continuou ele. — Sou inteligente! Tinha descoberto há tempos onde aquela maldita sereia tinha escondido as pedras. Só não tinha encontrado ainda uma utilidade para elas. Quando descobri o que elas podiam fazer, resolvi roubar uma; a última, pelo que sei.

— Filho da... — começou Sátir.

— Garota — emendou ele —, se lhe serve de consolo, meus frascos foram retirados de mim. Assim que acordei nesta gaiola, não havia nenhum deles comigo. E estou realmente precisando de um gole. Se me transformar em boto fora d'água, poderei morrer asfixiado.

Talvez os três até desejassem que ele se transformasse num boto ali mesmo; assim, morreria asfixiado e os pouparia do trabalho de matá-lo...

— Sátir! — chamou Tibor. — Veja se o Muiraquitã ainda está em seu bolso. Se tivermos o amuleto, podemos ter uma chance contra nossas tias-avós!

Enquanto ela começava a procurar a pedra, Humbertolomeu tossiu mais e disse:

— Não vai encontrar nada nos bolsos, menina! Fomos revistados antes de ser trazidos para cá. Limparam nossos bolsos enquanto estivemos desacordados.

Humbertolomeu parecia ainda mais fraco. Estava ficando branco e suava muito. Sátir ignorou o que ele disse e continuou a procurar pelo amuleto em seus bolsos.

— Não está comigo — disse ela, por fim, ao irmão, com um olhar desanimado.

Um barulho fez todos se calarem e olharem para a porta. Alguém entrava na casa e agora andava pra lá e pra cá, sem lhes dar atenção alguma. Apesar da escuridão lá fora, a luz difusa que banhava o aposento permitia-lhes enxergar um pouco, e Tibor afastou-se devagar das grades da gaiola ao perceber quem tinha entrado na casa.

Uma velha senhora, de aparência bem esquisita, perambulava por ali falando consigo mesma. Os pés dela eram enormes e isso era suficiente para que o menino soubesse que se tratava da própria Pisadeira; era a sua tia-avó, irmã da Cuca, que os mantinha presos nas gaiolas.

Tibor sempre sonhara com o momento que encontraria uma delas, sempre imaginou que sua raiva seria suficiente para que ele partisse pra cima delas, em busca de vingança pelo bisavô, pela avó e por todo mal que elas já tinham feito à sua família, mas, ao ver a figura sinistra da velhota, só sentiu medo.

O que acontecera com sua coragem? Onde fora parar aquela ausência de medo que o fizera enfrentar o perigo inúmeras vezes? Enquanto pensava, Tibor observava a velha corcunda toda de preto, e mais perguntas lhe ocorreram: será que ela estava com o Muiraquitã? Se estava, o que Naara dissera sobre a pedra cair em mãos erradas se concretizara.

—Olá! — disse de repente a velha esquisita.

Todos se retraíram um pouco quando a figura toda de preto se aproximou. A velha fedia. Tibor quase vomitou com o cheiro que ela exalava.

— Ainda bem que todos acordaram! — disse com voz rouca, analisando-os com seus olhos azuis desbotados. Os olhos pareciam vazados e, por vezes, enquanto ela os apertava para enxergar melhor, eles desapareciam entre o emaranhado de rugas.

— Solte a gente agora! — ordenou Sátir, autoritária como sempre. Mas Tibor, apesar de a menina tentar não demonstrar, percebeu o medo na voz da irmã. As mãos dela tremiam.

A velha virou-se para ela com a rapidez de um lagarto e, sem responder nada, esboçou um sorriso sonso e macabro para a menina. Parecia o arremedo inútil de um sorriso bondoso.

— Você é nossa tia-avó, não é? — indagou Tibor.

Ela olhou para ele e de sua boca escorreu uma baba espessa e negra. Tibor lembrou-se do líquido que quase engolira num ritual para a Cuca no ano anterior e que por sorte fora interrompido. Não duvidaria se lhe dissessem que o tal líquido naquela taça de prata era a baba da bruxa. Ao pensar nisso, novamente quase vomitou.

— Sou sim, meu querido sobrinho-neto — disse ela, deixando a baba escorrer até o queixo, pelos vincos que circundavam a boca. — Vieram me fazer uma visitinha e trouxeram um presente!?

Ao dizer isso, a velha medonha apoiou o pé enorme e cheio de verrugas no imenso caldeirão fumegante no meio da sala. Com um movimento brusco, ela arrastou o caldeirão até a gaiola de Sátir e Humbertolomeu.

O rangido do pesado caldeirão sendo arrastado pelo chão de madeira deixou todos com os pelos arrepiados.

— O que vai fazer? — perguntou a menina, segurando com força as grades.

A velha andou até um canto do casebre, pegou um bastão encostado na parede e foi andando até a gaiola em que a menina estava. Tibor reparou nos cabelos acinzentados e sebosos da bruxa que balançavam a cada passo que ela dava. A velha enfiou o bastão através das grades e encostou-o no ombro de Sátir, até acuá-la num canto da gaiola.

— Ei! — gritou Tibor, enfurecido ao ver a irmã encurralada.

Só então todos repararam que Humbertolomeu murmurava alguma coisa.

— O que está dizendo, homem-peixe? — perguntou a velha com a voz rouca.

Humbertolomeu tremia, agachado num canto da gaiola. Parecia delirar enquanto dizia palavras sem nexo.

— Remédio. Maldição. Não posso! Preciso tomar meu...

Humbertolomeu de fato parecia mal sem o seu remédio. Parecia totalmente fora de si.

— Está sofrendo da sua maldiçãozinha? — disse a bruxa, com o bastão ainda imobilizando Sátir no canto da gaiola. — Precisa de água, não é mesmo? Para respirar...

Humbertolomeu fez que sim com a cabeça e passou a murmurar repetidamente:

— Água, água, eu preciso de água...

Ela então abriu a gaiola. O boto estava com as costas apoiadas na portinhola da grade e, quando a bruxa abriu o trinco, ele caiu direto da gaiola para dentro do caldeirão fervente.

Tibor, Sátir e Rurique olharam a cena em choque. Sabiam que nem mesmo Humbertolomeu merecia um tratamento tão cruel.

Dentro da grande panela, o garoto se debateu, esparramando água fervente para todos os lados e urrando de dor. A água fumegante o pelava dentro do caldeirão.

Pisadeira gargalhou, enquanto trancava novamente a porta da gaiola. Os três olharam a cena horrorizados. A velha não demonstrava compaixão alguma enquanto assistia ao garoto gritando de dor.

— Tire ele daí, já! — gritou Tibor. — Pare com isso, você está cozinhando ele vivo!

— Ele merece! — rosnou a mulher, virando-se para o Tibor. O movimento rápido e curto do pescoço da velha lembrou outra vez o movimento de um lagarto. — Dei a ele o que precisava para roubar a pedra e trazê-la para mim.

— Então foi você que... — disse Rurique, espantado.

O riso alto da velha fez Rurique se calar de susto.

Humbertolomeu foi parando aos poucos de se debater. Encostou a cabeça na lateral do caldeirão e fechou os olhos devagar. Todos fitaram o garoto imóvel.

— Há tempos tento pegar esse boto. Mas é muito malandro, esse peixe! Pegou o Muiraquitã que tanto queremos... — disse ela num rosnado.

Tibor apurou os ouvidos. Para que suas tias-avós precisariam de um Muiraquitã? Será que sabiam que poderiam ser derrotadas pela pedra? Talvez por isso pretendiam *tê-la em seu poder*.

— Ele sabia onde a pedra estava escondida e sabia que não podíamos roubá-la. Dei a ele o que precisava para buscá-la para nós, mas ele descobriu que, com a pedra, podia acabar de vez com sua maldição — contou ela. — Traiu a mim e a minha irmã. Roubou a pedra e rompeu o acordo que fizemos. Sumiu, não trouxe o maldito Muiraquitã. Não é, seu peixe imundo? — disse ela dando um tapa no topo da cabeça de Humbertolomeu. — Precisei envenenar o lago da pedreira para pegá-lo. Sabia que mais cedo ou mais tarde você viria para a pedreira. Era só questão de tempo até que eu o pescasse. — A mão da velha acariciou o buraco de respiro do boto. — Pobre coitado! — disse ela, fazendo um biquinho, com sarcasmo, enquanto mais daquela baba negra escorria da boca. — Agora o tenho na palma da minha mão!

— Então se você envenenou o lago... — começou Tibor.

Ela se voltou para ele, uniu as mãos e balançou a cabeça freneticamente, olhando em sua direção com um sorriso abobado, como se estivesse se divertindo com aquela situação toda.

— Deve ter sido você quem envenenou a bebida na festa de Rosa Bronze — completou ele.

Ela se aproximou mais ainda com o mesmo sorriso sonso, fazendo que sim com a cabeça e com as mãos juntas, como se orasse.

— Para pegar o boto e o Muiraquitã? — quis saber Tibor.

De supetão, ela avançou com seus braços magros e branquelos e se empoleirou nas grades onde os garotos estavam encarcerados, fazendo a armação de ferro balançar e as correntes tilintarem. A impressão era que a qualquer momento a gaiola despencaria do teto.

— E adivinha o que mais eu envenenei? — disse ela, cuspindo perdigotos nos dois. Os olhos azuis vitrificados estavam esbugalhados de excitação. Um olhar demente que estava fixo em Tibor. Um olhar abobalhado e frio como o de uma anaconda. Os meninos tentavam ao máximo se afastar da velha agarrada às grades.

— Adivinhe? Adivinhe o que mais eu envenenei? — ela repetiu, com a boca empapada do líquido negro e pegajoso.

Tibor não sabia a que ela se referia. Quem mais ela teria envenenado? Olhou para Humbertolomeu e vê-lo daquele jeito era muito triste. A velha tinha sido cruel demais com o garoto.

— Para que precisa do amuleto? — perguntou Sátir, tentando chamar a atenção da velha para ela.

— O que foi isso? — disse a bruxa, largando a gaiola de Tibor e Rurique e andando rapidamente na direção da janela, sem dar atenção à pergunta da menina.

Tibor não ouvira nada. Mas olhou também, na esperança de alguma ajuda surgir do lado de fora da casa.

Pisadeira deu algumas fungadas no ar como que tentando reconhecer, apenas pelo faro, quem ou o que estava lá fora. E então deu um sorriso largo e demorado, lambeu os dedos finos, molhando-os com a baba preta, e com eles apagou todas as velas do recinto, mergulhando o lugar no breu.

Tibor não sabia onde a velhota estava. Ela podia estar em qualquer lugar. Um medo agonizante se alojou dentro dele. Não podia ver nada além das janelas.

Será que tinha mesmo alguém lá fora ou era um blefe da sua tia-avó? Mas, de repente, ele viu através da vidraça uma luz que parecia de tochas. Quem estaria lá fora?

— Tibor, você está bem? — perguntou Sátir da gaiola ao lado.

— Estou, sim — respondeu ele.

— E você, Rurique? — quis saber Sátir.

— Ahã, e você?

Ela respondeu que sim.

De repente, ouviram um barulho. Estava escuro e não podiam ver nada, mas parecia que o som tinha vindo do lugar onde estava o caldeirão. Ficaram mais alertas. A qualquer momento a mão branquela e venenosa da Pisadeira poderia surgir entre as barras de ferro da gaiola.

— Nós vamos invadir! — gritou uma voz do lado de fora.

Os três, Tibor, Sátir e Rurique, olharam esperançosos para a porta da frente.

— Não adianta fugir! Atearemos fogo no lugar! — gritou outra voz.

Um medo maior invadiu os garotos, chutando um pouco a esperança para longe. Imaginaram se as pessoas lá fora ateariam fogo sem verificar se havia mais alguém lá dentro, além da bruxa. Mas, pensando bem, quem iria adivinhar que teria mais alguém na cidade fantasma?

E então os três puseram-se a gritar, avisando que estavam ali. A porta da casa se abriu com um chute que assustou a todos. Horácio, o filho de Dona Arlinda, que morava nos arredores da Vila do Meio com a esposa Janaína e o filho Flavinho, estava ali de pé na soleira da porta, com a espingarda em punho. As três crianças respiraram aliviadas.

19

LEGADO

O lenhador entrou na sala com uma tocha na mão, iluminando todo o recinto.

— Tibor e os outros estão aqui! — gritou ele, para alguém lá fora.

Depois de dar uma olhada no local, ele abriu as gaiolas e libertou os três. Os meninos não paravam de agradecer a Horácio por tê-los salvado da bruxa. Imaginaram que, se ele não estivesse ali, teriam o mesmo destino de Humbertolomeu: virariam sopa!

O cheiro nauseante da Pisadeira dominava o lugar, como se estivesse impregnado nas paredes, mas não havia sinal dela em parte alguma.

— Onde está a bruxa? — perguntou o grandalhão.

— Não sabemos. Ela sumiu! — disse Tibor, ao sair da gaiola e pisar no chão. — Mas pode estar em qualquer lugar. — Ele olhou temeroso para os lados.

Tibor torcia para não encontrá-la no escuro ou teria insônia por séculos; não dormiria mais para evitar o pesadelo de ver a Pisadeira em sonho. Tudo naquela velha era medonho. Sua corcunda enquanto andava; seus braços magros e gelados; e sua boca que expelia aquela baba negra.

— Vamos embora daqui! — e então Horácio encostou a tocha nas cortinas velhas das janelas. O fogo imediatamente começou a consumir o tecido e a lamber o teto do casebre, espalhando-se por todos os objetos de madeira da casa. Pouco antes de Horácio fazer todos saírem correndo pela porta da frente, Tibor escutou um gemido vindo do caldeirão ainda fervente.

— Humbertolomeu está vivo! — disse, já na soleira da porta.

— Quem? — perguntou Horácio.

— Você ainda quer salvá-lo? — perguntou Rurique, incrédulo.

— E você não? — perguntou, encarando o amigo. Rurique permaneceu calado, vendo Tibor voltar para o interior da casa em chamas, arriscando a própria vida pelo sequestrador de sua irmã.

Sátir e Rurique, no segundo seguinte, tentaram entrar atrás do garoto, mas Horácio os impediu.

— Esperem aqui fora! — disse Horácio, entrando na casa.

Tibor tentava, mas não conseguia tirar Humbertolomeu de dentro do caldeirão. Estava pesado demais. A tia-avó poderia estar à espreita e o menino olhava para todos os lados evitando entrar em pânico.

277

O boto não se mexia. Enquanto isso, as línguas de fogo espalhavam-se pela casa e subiam por todas as paredes. Tibor lembrou-se de que, não fosse pelo Boitatá, seu medo de fogo o impediria de fazer qualquer coisa naquele momento. *Mas os tempos eram outros*, pensou ele, empurrando o caldeirão com toda a sua força. Ainda assim ele não saía do lugar. Horácio apareceu para ajudar o menino e os dois, empurrando juntos, tombaram o enorme caldeirão de lado, derramando toda a água quente no chão.

Humbertolomeu se esparramou pelo assoalho molhado, parecendo desmaiado. Os dois o levantaram e o carregaram para fora da casa, onde Rurique e Sátir esperavam junto a Málabu.

— Venham! — disse o brutamontes para Horácio e Tibor.

— Como souberam que estávamos aqui? — perguntou Rurique.

— Uma sereia nos avisou que alguns amigos estavam precisando de nossa ajuda — disse. — Ela nos trouxe até o rio mais próximo, pois a água da pedreira está envenenada. — João não parecia nada bem, apesar de estar aliviado por encontrar os garotos.

— O que você tem, Málabu? — perguntou Tibor. — Parece doente.

— Nada, garoto. Nada! — resmungou ele. — Vamos embora daqui!

Os olhos de Málabu estavam vermelhos e abaixados. O homem parecia estar enjoado e prestes a desmaiar.

— Ei, João! — chamou Horácio, quando Málabu soltou um gemido esquisito. — Eu disse que você não parecia bem, que não deveria ter vindo. Consegue continuar?

— Sim! — respondeu ele, passando as mãos no rosto. — Só preciso de mais uma dose do meu remédio — disse enfiando a mão no bolso e pegando o frasco que Tibor havia lhe entregado a mando da avó.

— João, espere... — Tibor começou, mas ele virou o líquido na boca e jogou o recipiente vazio no chão. Málabu respirou fundo e todos aguardaram um sinal de melhora, mas o brutamontes contraiu o rosto e pareceu piorar com o remédio.

— Há algo errado com este remédio! — disse Málabu, olhando para Tibor. — Ele parece estar aumentando os sintomas...

Tibor imaginou que o líquido podia mesmo estar envenenado. Lembrou-se de Humbertolomeu mexendo em sua mochila e mudando o frasco de lugar. Mas lembrou também que o velhote de manto azul dissera que o boto não era responsável pelos envenenamentos. Agora sabiam que a culpada era a Pisadeira. Mas ela não tinha tocado naquele frasco.

Málabu começou a se debater e, em questão de segundos, parecia ter perdido a lucidez. Todos acudiram quando o homenzarrão caiu no chão, se contorcendo da mesma forma que as pessoas na festa de Rosa Bronze.

— O que foi, João? O que está havendo? — perguntou Tibor para o amigo.

— A lua cheia! Não é lua cheia ainda — balbuciava João, olhando para o céu. — Não pode ser lua cheia, não faz sentido.

— O quê? O que ele está dizendo? — quis saber Rurique, espantado com a cara de dor de Málabu.

— A lua... não pode ser lua cheia! — repetia o brutamontes de olhos arregalados.

Os machucados das pedradas em seu rosto estavam mais visíveis sob a luz do fogo que consumia a casa da bruxa.

Tibor olhou para o céu e viu que não era mesmo lua cheia. A lua que brilhava no céu era minguante.

— Ele está tendo alucinações! — concluiu Horácio, também olhando para o céu. — Parece visitar seus piores medos — disse o filho de Dona Arlinda, como se acabasse de perceber alguma coisa.

— Piores medos? — repetiu Sátir. — O que quer dizer?

O rosto de Horácio se contraiu, como se estivesse assustado com algo que acabara de descobrir. Então ele fez algo que ninguém poderia imaginar, apontou a espingarda para o amigo, que se debatia alucinado no chão pedregoso. Todos se espantaram com a cena. Alguém que deveria tentar salvá-lo, agora poderia se tornar o seu assassino.

— Como ele pôde? — dizia Horácio, apontando a espingarda. — Como ele pôde não dizer nada! — e lágrimas brotaram dos olhos do homem, que deu alguns passos para longe de Málabu. — O Flavinho...

— O que vai fazer?! — gritou Tibor. — Por que está apontando a espingarda para ele? Ele está do nosso lado! — indignou-se o menino, colocando-se entre João e o cano da arma.

— O Flavinho! — continuava ele. — Como teve coragem?

— O que tem o seu filho? O que tem o Flavinho? — perguntou Tibor.

— Ele tentou *devorar* meu filho! — gritou Horácio, com os lábios e o queixo tremendo.

— O que está dizendo? Como assim, tentou *devorar* seu filho? — quis saber Tibor.

— Ele nos perseguiu! — Horácio parecia ensandecido. — Por que não nos contou, Málabu?

— Não! — disse Tibor sem saber o que falar para proteger o amigo, que continuava a estrebuchar no chão. — Ele estava preso em Vila Serena.

Saiu em busca de Sátir e acabou sendo confundido com o Barba Ruiva — disse Tibor, nervoso. — Por que tentaria devorar seu filho?

— Porque ele é o Lobisomem! — gritou Horácio. — João Málabu é o Lobisomem! Seja lá o que acabou de tomar, o remédio está provocando alucinações. Málabu está olhando para a lua minguante e enxergando a lua cheia! — Horácio parecia transtornado. — Quando um lobisomem olha para a lua cheia, ele revive seus maiores medos e acaba se transformando em besta fera!

Tibor não conseguia assimilar o que Horácio dizia. Málabu, um Lobisomem? Horácio devia estar maluco.

— Veja o machucado que ele tem na mão, foi o tiro que acertei nele quando tentou pegar meu filho. Vocês estavam lá nesse dia.

Então Tibor se lembrou de quando o Lobisomem tinha puxado o berço de Flavinho pela janela e, lutando com Janaína pela vida do bebê, acabou por levar um tiro no antebraço. Lembrou-se também de quando Málabu chegara na casa de Antenor. O menino percebera o machucado e duvidara que uma pedrada pudesse fazer tal estrago.

— Agora você não me escapa! — gritou Horácio, dando um passo para a frente e mirando a arma na cabeça de Málabu, pronto para puxar o gatilho. Tibor, no entanto, empurrou a arma para cima em tempo de fazê-lo errar o tiro.

BUM!

— FICOU LOUCO?! — gritou Tibor. — Você ia atirar em Málabu! — Horácio olhou para todos, tremendo. Parecia em choque.

Tibor, junto de João, ainda não acreditava que o amigo pudesse ser um lobisomem. O que fazia Horácio ter tanta certeza? Não podia ser. Era algo difícil de acreditar.

— Venham! — disse Horácio, puxando Sátir e Rurique para as árvores da mata fechada que crescia ao lado da casa em chamas.

— Solte! — gritavam, tentando se desvencilhar das mãos fortes de Horácio.

— Estou salvando vocês! Venham, garotos!

Tibor pensou ter visto algo a alguns metros dele e, quando olhou de novo, tomou um susto. A Pisadeira estava parada ali, feito um fantasma. Sua corcunda balançava pra lá e pra cá. Ela assistia à cena, apreciando o desespero dos garotos.

— O que você fez? — gritou Tibor. — Envenenou o remédio dele? Como fez isso?

— Saia daí, Tibor! — gritou a irmã, sendo levada à força por Horácio para dentro da mata.

A bruxa começou a sorrir lentamente enquanto encarava Tibor. Sua figura era uma silhueta negra em frente ao casebre, que brilhava e estalava, consumido pelo fogo.

— O seu amigo deve estar tendo um dos piores pesadelos! — disse a velhota com o sorriso abobado no rosto enrugado.

Tibor tentou segurar Málabu. O caseiro da família Bronze tremia, suava frio e continuava a dizer coisas sobre a lua.

— Não, não há lua cheia nenhuma. Estamos bem longe dessa época — falava Tibor para o amigo. — Por favor, aguente firme! É só uma alucinação, João. É a lua minguante que está brilhando no céu. Não estamos em época de lua cheia — continuava o garoto.

Não acreditava que o amigo pudesse ser o Lobisomem, e precisava fazer alguma coisa. E, enquanto a velha assistia a tudo extasiada, o desespero imperava no topo da pedreira.

Tibor começou a chorar ao ver os olhos do amigo mudarem de pretos para um tom verde-claro bem estranho.

— Não! Não pode ser! — dizia Tibor baixinho, sem querer se distanciar do amigo. Fazer isso seria acreditar naquela loucura. *Málabu não podia ser o Lobisomem.*

Pelos apareceram pelo rosto e por todo o corpo de Málabu. Os braços começaram a ficar mais compridos. João se virou de bruços e Tibor pôde ver a parte de trás de sua camisa se rasgar. A bruxa olhou de esguelha para o caseiro no chão e sumiu pela lateral da casa em chamas.

— Por favor! — repetia Tibor chorando, batendo no ombro do amigo. — É só uma alucinação, não vê? Não tem nenhuma lua cheia no céu. Por favor, não se transforme! — E o menino se lembrou da vez em que o Lobisomem os perseguira pela floresta. Olhava para os lados em busca de algo ou alguém que lhe dissesse o que fazer. — Por favor...

A mão de João, agora com garras, empurrou o menino para longe. Horácio apareceu depressa e tirou Tibor dali, no mesmo instante em que Málabu se punha de pé.

Agora a transformação estava completa. Não havia mais traços do amigo em parte alguma da criatura. Braços e pernas peludos e compridos brilhavam à luz da lua minguante.

Horácio correu com Tibor para a mata, onde a irmã e Rurique estavam escondidos.

— Era para isso que serviam os remédios da nossa avó — disse Sátir para o irmão, quando ele parou ao seu lado, apoiando as costas num tronco. — Para evitar que Málabu virasse um Lobisomem.

— Era por isso que ele sempre viajava. E sempre em épocas de lua cheia — concluiu Rurique. — Devia ficar em algum lugar da Vila Guará. É de lá que vêm a maioria dos rumores sobre o Lobisomem.

Com braços e pernas escuras e compridas e os pelos avermelhados, a aparência do Lobisomem lembrava um lobo-guará humanizado. Talvez por isso a Vila Guará tivesse esse nome. Era sempre por lá que ele aparecia.

— E ultimamente ele tem se transformado na Vila do Meio. Talvez seu remédio estivesse envenenado há tempos e Málabu perdeu o controle de sua doença — disse Horácio. — Ele devia ter me contado!

— Shh! Fiquem quietos! — pediu Tibor, ao ver o lobo farejar o ar e levantar as orelhas na direção da floresta onde estavam.

Cada fungada podia ser ouvida. Horácio e os meninos estavam atrás das árvores e não tinham para onde correr. Qualquer movimento seria percebido naquele silêncio, e o Lobisomem, sendo um caçador nato, certamente os ouviria.

Rurique sentou-se no chão e apertou os joelhos.

— Calma, Rurique! Ele não vai pegar a gente — disse Tibor, recobrando o controle de seu próprio nervosismo e lembrando como o amigo ficava ao ouvir falar em Lobisomem.

O lobo entrou na mata devagar, pois já sabia que estavam ali. Horácio carregou a espingarda com sua última bala.

— Não vai atirar em Málabu, vai? — perguntou Tibor.

Horácio o encarou e não respondeu. Mas Tibor sabia que seria loucura não atirar.

O lobo embrenhou-se na mata, e cada passo da criatura o deixava mais próximo de sua presa. Tibor e os outros tentavam se manter fora do campo de visão da fera.

Por um instante, ninguém se atreveu a mexer um músculo. Quando Rurique esticou a cabeça por trás de um tronco, para saber onde o lobo estava, o Lobisomem o viu e arremeteu. Ao ver que ele seria mordido pela criatura, Horácio entrou na frente do garoto, colocou a espingarda na frente do corpo e a arma foi que tomou a mordida.

O lobo arremessou Horácio e sua arma apenas com a boca, fazendo-o se chocar contra uma árvore. Horácio deve ter caído de mal jeito, pois machucou seriamente a perna esquerda.

Tibor, Sátir e Rurique correram por entre as árvores. Precisavam despistar o Lobisomem a qualquer custo, mas isso era uma tarefa impossível em se tratando de um predador daquele porte. De repente, enquanto se refugiavam entre as árvores, a criatura apareceu do nada e mordeu o ombro de Rurique, arrastando-o para longe de seus amigos, preso a seus dentes.

— RURIQUE! — gritou Sátir em desespero, ao ver o amigo sendo arrastado.

Rurique esperneava e gritava, sentindo dor e desespero, enquanto era arrastado. Os irmãos Lobato seguiram o amigo até o encontrarem caído em frente à casa em chamas.

Com sua pelagem levemente avermelhada brilhando à luz difusa da noite, o lobo olhou para o alto e soltou um uivo medonho. Aquele uivo foi a coisa mais assustadora que já tinham presenciado até então. Um som que arrepiava o corpo por completo, reverberando nos ossos e enregelando a alma.

Levou um tempo até que parasse de uivar. Depois o lobo encarou os irmãos Lobato e em menos de um segundo decidiu atacá-los. Correu na direção de Tibor e Sátir, que não tinham para onde fugir. Estavam na mira de um exímio caçador natural.

— Málabu! — Horácio apareceu, chamando o amigo em voz alta com um tom de aviso.

O lobo foi chegando mais perto, preparando-se para saltar.

— Málabu, não! — implorou Horácio uma última vez, mirando a espingarda no amigo, enquanto se apoiava em sua perna direita.

E quando o lobo saltou com as presas e garras à mostra, prontas para dilacerar sua presa...

BUM!

Um disparo cortou a noite.

20

A OUTRA PARTE DO ACORDO

O Lobisomem caiu de lado.

Uma transformação inversa se iniciou e, alguns minutos depois, Málabu é quem estava ali, com um tiro certeiro na barriga.

— Málabu! — gritaram Tibor e Sátir ao mesmo tempo.

— Está tudo bem, garoto? — perguntou Horácio para Rurique, caído uns cinco metros de onde estavam. Horácio apoiou-se numa árvore e esticou a perna esquerda machucada.

Algumas partes da casa desabavam em chamas. Escombros não paravam de despencar por todos os lados. Humbertolomeu continuava imóvel desde que havia sido tirado da casa. Seu corpo estava inerte no chão próximo a eles.

Rurique não respondera à pergunta de Horácio e todos se voltaram para onde o menino estava caído. Então viram a bruxa de pé e ao lado dele, com uma expressão insana, olhando tudo por trás de suas mechas ensebadas.

Caído no chão, com a mão no ombro mordido, Rurique se assustou quando sentiu um enorme pé gelado e verruguento pisar em seu rosto, obrigando-o a permanecer deitado.

— Acho que as coisas vão ficar um pouco mais divertidas! — disse a Pisadeira, enquanto Rurique gemia, sem poder se mexer.

— Sua bruxa! — xingou Tibor. — Vai pagar pelo que fez. Eu vou acabar com você! Está me ouvindo? — O menino olhava para a tia-avó, e ela era mesmo medonha. Ele tinha medo de que fizesse algo com o amigo machucado.

E ela percebeu isso.

Apoiou mais do seu peso sobre o rosto do garoto, e ele grunhiu de desespero.

— Tire esse pé daí! — ordenou Tibor. — Se machucá-lo eu...

— Calma, garoto! Não preciso machucá-lo, não é mesmo? — disse ela, em tom de deboche. — O Lobisomem já fez o trabalho por nós, não é? A grande mágica do compartilhamento aconteceu.

— Como assim? O que quer dizer? — quis saber.

— Ora, o Lobisomem mordeu o garoto — ela disse, olhando para os irmãos Lobato, perplexos e assustados. — Ele passou o seu legado ao amiguinho de vocês — continuou, apontando para Rurique no chão. — Aqui está um jovem lobo!

Era nítido que Rurique passara a um estágio mais avançado de desespero e, sem saber o que fazer, Tibor disse:

— Calma, Rurique! Tudo vai ficar bem.

Será que a Pisadeira estava dizendo a verdade? O amigo Rurique seria agora um Lobisomem? Será que eles eram tão azarados assim? Não podia ser, pensou Tibor.

Tudo parecia perdido. Málabu respirava devagar, ainda caído com um tiro na barriga. Humbertolomeu continuava desacordado. Horácio estava ao lado dele e de Sátir com a arma descarregada e a perna, provavelmente, quebrada. E Rurique continuava dominado pela Pisadeira.

— Tenho um belo presente para a minha irmã — disse a bruxa. — Sempre tentamos ter o Lobisomem em nossa horda. Mas o sarnento é difícil de encontrar — ela olhava para João Málabu no chão.

Horácio abaixou-se ao lado de Málabu.

— Tive de atirar. Não me deixou alternativa, amigo! — disse ele, ainda com a espingarda em punho. — Você ia atacar as crianças, Málabu. Mas essa bala era para a bruxa e não para você.

— Você fez a coisa certa — disse Málabu com dificuldade e olhando para o lado, tentando enxergar Rurique.

Málabu se sentia culpado pelo que tinha feito. A Pisadeira tinha razão, a mordida que dera no ombro do menino passava para Rurique a maldição que o perseguia e atormentava há tantos anos, ele sabia disso.

— Agora tenho sob meus pés o terror das luas cheias vindouras — dizia ela, com os braços levantados, como em comemoração. — Vou levar para minha irmã este rapazinho e o Muiraquitã que o boto roubou.

Sátir e Tibor se lembraram do amuleto.

— Mas o quê... — indignou-se Sátir ao ver o que a bruxa estava fazendo.

A Pisadeira havia tirado a pedra de um dos bolsos do vestido e a exibia com uma risada afetada. Os olhos azuis da velha analisavam todos friamente, enquanto eles perdiam as últimas esperanças.

— Já estão aterrorizados o suficiente? — quis saber ela. — Minha especialidade é causar pesadelos! — dizia às gargalhadas.

Tibor começou a escutar vozes alteradas ao longe. E logo se lembrou do que Antenor tinha dito: que, justamente naquela noite, com um grupo de pessoas, iria entrar na cidade fantasma.

Um leve sentimento de alívio fez Tibor respirar fundo ao ver vários homens segurando tochas vindo na direção deles. Cerca de doze pessoas caminhavam entre as casas abandonadas por onde Tibor e Rurique haviam passado horas antes.

Estavam salvos, pensou ele. A Pisadeira não teria chance contra todas aquelas pessoas.

Mas a bruxa, ao ver os homens que se aproximavam, começou a rir loucamente. A excitação da bruxa era tamanha que sua baba pegajosa pingava em cima de Rurique, que tremia sob o seu pé.

— O que é tão engraçado? — perguntou Tibor. — Eles vão acabar com você! — disse, convicto. — Vão acabar com a sua graça! Eles vieram caçar você! — Ele se virou para as pessoas que despontavam ao longe, estendeu os braços e gritou: — Estamos aqui! Socorro!

Quando viu o homem careca no meio deles, Tibor teve certeza de que estavam salvos. Os homens também o viram e apertaram o passo para alcançá-lo. Vinham subindo rapidamente a rua em direção à casa em chamas, que estalava, já com os alicerces abalados.

A bruxa de preto continuava a sorrir loucamente. Colocava as mãos na boca e olhava-os de canto de olho com um olhar matreiro.

— Garoto! — disse ela, baixando a voz e mudando de humor bruscamente. Parecia mais mortal ao falar num tom quase sussurrado: — O que mais eu envenenei? Diga, moleque. Pense e me diga. Adivinhe! — disse ela, agora séria.

Os cabelos brancos e ensebados da bruxa cobriam parte do seu rosto e o seu olhar sonso tinha um ar frio de indiferença que assustaria até o mais corajoso dos homens.

Tibor voltou-se para a mulher que estava imóvel, como um totem macabro, segurando o Muiraquitã e olhando para o menino. Sua esperança era posta à prova. Parecia que a bruxa ainda tinha truques na manga. Ele resolveu esperar para ver o que era.

— Veja! — disse ela, olhando para os homens que se aproximavam. — Está na hora de as flores se abrirem e exalarem meu veneno.

Tibor olhou para os homens e viu quando um deles soltou a tocha e segurou a garganta em pânico.

— Começou! — disse ela, sorrindo, como se visse algo realmente engraçado.

Um por um, os homens começaram a cair.

— Você envenenou as damas-da-noite! — entendeu Tibor, desolado.

Tibor lembrou-se da dama-da-noite que Dona Gailde ganhara da mãe de Horácio. Dona Arlinda lhe dera uma flor branca que só se abria à noite e exalava um perfume penetrante. Quando ele e Rurique passavam pelas casas abandonadas, Tibor viu que estavam cercadas da tal flor.

A Pisadeira tinha dado o seu toque final. A cidade fantasma se transformara numa perfeita armadilha. Ela premeditara tudo. Estivera preparada para qualquer ataque. E, agora, nenhum dos homens que vinham em seu encalço permanecia de pé. Todos estavam desacordados ou, pior, mortos.

O vento que soprava das montanhas começou, aos poucos, a trazer o ar mortal que as flores exalavam.

Tibor sentiu que enquanto sua franja balançava com o vento, seu pulmão era invadido por algo mortífero. Algo que lhe causava dor.

Talvez Humbertolomeu tivesse razão ao dizer que naquela noite os objetivos de ambos seriam frustrados.

Sátir foi a primeira a sentir os efeitos e levou as mãos à garganta. Horácio começou a tossir, afetado pelo veneno que invadia suas narinas.

— Bom... — começou ela, olhando para Rurique. — Já chega de vê-los sofrer.

A Pisadeira tirou o pé do rosto do garoto e se aproximou de Tibor. O menino tentou se afastar da mão dela, que tentava alcançar seu pescoço, mas o cheiro da velha o atordoava e ela conseguiu segurá-lo e apertar-lhe a garganta.

— Você não tem utilidade nenhuma para mim, meu querido! — ela disse, cuspindo baba. — Desculpe, sei que somos da mesma família, mas... — Ela soltou uma gargalhada. — Ora, mas o que estou dizendo? — e começou a apertar-lhe mais a garganta.

— Largue-o! — ordenou Málabu.

O brutamontes estava de pé com as mãos sobre o ferimento provocado pela bala da espingarda.

A Pisadeira gargalhou ainda mais ao ouvir João.

— Mandei largá-lo! — ele tornou a dizer, andando devagar na direção da bruxa, que o olhava com desdém.

Então ela se virou para Tibor e disse com os frios olhos azuis e a voz rouca empapada do líquido preto:

— Vou quebrar seu pescoço num só estalo! — E de repente a pressão dos dedos dela no pescoço de Tibor ficou mais forte e o menino sentiu que ela seria mesmo capaz de partir seu pescoço com uma só mão, se quisesse.

— Não! — gritou Sátir ao ver os pés do irmão saírem do chão e o garoto ser suspenso pela bruxa.

Era o fim. Nunca mais voltaria para o sítio. Morreria ali, no cume da pedreira. Era definitivamente o fim, pensou ele, enquanto sua vista escurecia e ele sentia uma enorme pressão nas têmporas.

Sentia os pulmões murchos, lutando por uma fração de ar que fosse. Não sabia o que viria primeiro, se a asfixia ou o estalo mortal de seu pescoço se desligando da coluna.

Foi quando algo passou depressa por ele e empurrou a Pisadeira, que acabou por soltá-lo. Era João.

Sem ver alternativa, João Málabu se atirou contra a Pisadeira, fazendo com que ambos mergulhassem no abismo que ladeava a casa.

Tibor caiu de joelhos a tempo de ver o caseiro dos Bronze desaparecer no fundo do penhasco com sua tia-avó.

— Málabu! — chamou, sem noção da realidade e tossindo muito. O ar não ajudava em nada, a cada respiração sentia o veneno tomar conta de seu corpo.

Engatinhou até a beira do penhasco e viu os dois caídos lá embaixo, sobre uma pedra próxima à água.

Uma lágrima rolou pelo rosto de Tibor, sabendo que acontecera o pior. Cambaleando, encontrou uma face do penhasco por onde podia descer até onde Málabu e a Pisadeira estavam. Tentando segurar o máximo de ar possível nos pulmões, evitando aspirar o aroma venenoso das damas-da-noite, ele começou a descer. Precisava se certificar de que o amigo estava mesmo morto. Reentrância por reentrância, o menino foi descendo devagar, com muito cuidado. Se escorregasse, seria uma queda fatal.

Será que Málabu estava morto? Tibor implorava aos céus para que o amigo estivesse vivo. Queria muito poder voltar no tempo. O velho de manto azul o avisara de que seria a noite mais longa de sua vida e tinha mesmo razão. Ele não via a hora de poder descansar. Se é que conseguiria descansar depois de viver aquele pesadelo!

Quando chegou lá embaixo, com os olhos ardendo por causa do veneno, viu que a Pisadeira estava morta. Seus braços estavam dobrados em ângulos estranhos. Mas, mesmo morta, a velha tinha estampado na cara o mesmo sorriso sonso. De sua boca, escorria a baba negra, e de algum lugar atrás de sua cabeça linhas negras se desenhavam na pedra, escorrendo em direção à água.

Tibor viu cortes profundos na pele da bruxa, por causa da queda. Mais à frente estava o amigo. Málabu respirava e movia os dedos das mãos, tremendo de dor.

— Málabu! — chamou Tibor, indo até ele.

João tinha usado o corpo da Pisadeira como escudo durante a queda, caindo sobre ela e amortecendo um pouco o impacto. Por isso ainda estava vivo.

Málabu tentava dizer algo para Tibor, que se ajoelhara a seu lado. Era muito triste ver o amigo daquele jeito.

— Calma — disse Tibor. — Tudo... tudo vai ficar bem! — Mas, ao olhar para o amigo, não via como o que dizia poderia ser verdade.

Málabu sussurrava algo com o pouco de força que ainda lhe restava. O menino aproximou a orelha da boca do brutamontes, para ouvir o que ele tentava falar. Entre engasgos, Tibor ouviu o amigo dizer:

— Preciso ser enterrado na Vila do Meio!

— O quê? — perguntou Tibor.

— É vital para Rurique que eu seja enterrado na Vila do Meio.

Tibor não entendeu o pedido e achou que João estivesse delirando.

— Enterrado? Como assim? Você vai sair dessa, eu vou dar um jeito, vou buscar ajuda! — dizia o menino, desesperando-se com a situação, mas ainda assim tentando passar calma para o amigo.

Málabu, com as mãos empapadas de sangue, segurou a camisa de Tibor e disse:

—Você entendeu bem, Tibor? Quero ser enterrado na Vila do Meio.

O menino assentiu quando Málabu olhou no fundo de seus olhos. Tibor percebeu algo estranho no olhar de João, sentiu que o último sopro de vida estava se esvaindo, viu que aquele era o último brilho no olhar do amigo. Então, teve de concordar com o pedido. João foi se acalmando até que seu semblante ficou sereno, e então ele disse:

— O que todos dizem é verdade. Você é um herói, Tibor!

Então Málabu deu seu último suspiro. Tibor viu a vida se esvair dos olhos do amigo, que já não tremia mais.

O caseiro dos Bronze e amigo leal da família Lobato estava morto.

Tibor chorou. Uma dor atravessava-lhe o peito e o queimava por dentro. Abraçou o amigo sem saber o que fazer. Queria poder apagar tudo aquilo e acordar no sítio, com a certeza de ter vivido apenas um pesadelo.

E, enquanto Tibor abraçava pela última vez o amigo, que tinha dado a própria vida para salvá-lo, ouviu um som de algo desabando muitos metros acima de onde estavam. Brasas e restos de madeira incandescentes caíam lá de cima em torno deles, como uma garoa iluminada.

Lembrou-se do amuleto que estava com a Pisadeira. Enxugou o rosto e procurou a pedra. O amuleto esculpido em jade estava em pedaços e não tinha mais nenhuma serventia.

O menino começou o caminho de volta pelo penhasco. Não tinha vontade de mais nada. Estava completamente devastado. Subiu sem nenhum ânimo. Testemunhar as últimas palavras de alguém não era nada fácil para um garoto que mal tinha completado 15 anos.

Tibor Lobato chegou ao topo do penhasco e viu a casa da bruxa desabar por completo. O cheiro do veneno era podre e queimava seus pulmões. Sátir e Horácio estavam desacordados.

— Ei, Tibor! — chamou Rurique com dificuldade.

O menino foi até o amigo.

— Ele se foi? — perguntou Rurique com os olhos irritados pelo ar ao redor. Tampava a boca e o nariz com a camisa para respirar. — Málabu se foi, não é?

Tibor assentiu chorando.

O menino podia sentir os efeitos do veneno entorpecerem-no devagar, pensou em se entregar de vez, já que nada mais lhe restava. Foi quando percebeu que alguém chegava ali naquele exato momento.

Ele tentou se manter alerta, pois sentia não se tratar de coisa boa. Antes que pudesse tentar adivinhar quem estava ali, uma corrente de ferro passou pelo pescoço de Rurique e começou a arrastá-lo para dentro da mata. O garoto, sufocado pela corrente, não conseguiu gritar. Só estendeu as mãos para o amigo, pedindo ajuda.

Sem saber onde, Tibor ainda encontrou forças para continuar. Não era possível que aquilo tudo ainda não tivesse terminado. O esgotamento físico e o luto tiveram de ficar de lado, e o menino correu, tentando alcançar Rurique.

— Ei! — gritou ele, enquanto tentava alcançar a pessoa que puxava as correntes. — Solte meu amigo!

Tibor perdia as forças. Quanto mais corria, mais seu peito arfava. E quanto mais seu peito arfava, mais ar venenoso invadia seus pulmões e sua corrente sanguínea.

— Pare! — ordenou ele. — Não pode levá-lo!

A pessoa que arrastava Rurique parou, mas permaneceu de costas para Tibor. A corrente afrouxou no pescoço do menino, que suplicou:

— Tibor, por favor! Não estou aguentando mais.

Estavam numa clareira. A pessoa que estava de costas, com as correntes sobre o ombro, virou-se devagar para encarar o menino que a seguia.

O rosto era macabro.

Uma velha, parecida com a Pisadeira, encarou Tibor com olhos negros e profundos; aquele olhar causava arrepios em todo o seu corpo. O menino se jogou no chão e fechou os olhos; seu cérebro, estranhamente bombardeado por lembranças horríveis. A morte dos pais foi a primeira a vir à tona. Depois, imagens turvas do *bullying* que sofria no orfanato; viu Marcinho e sua gangue rindo dele. Pôde ver o curral do sítio em chamas; a carta de despedida da irmã; o rosto de Málabu ficando pálido e imóvel.

Tibor levou as mãos à cabeça, querendo expulsar as imagens dali, mas era uma tarefa impossível. Todos os seus medos estavam vindo à tona. Apenas com o olhar, a tal velha que arrastava Rurique conseguira derrubar Tibor. O menino, atordoado, acocorou-se no chão, torturado pelas próprias memórias. Abriu um dos olhos e viu Rurique se distanciar mais uma vez, acorrentado pelo pescoço.

O grito de pavor do amigo se uniu aos zunidos em sua mente. Quem seria aquela mulher de olhos negros? Seria a Cuca? Onde ela levaria Rurique? Será que o machucaria? E por quê?

Mal havia assimilado a perda de um amigo e, poucos minutos depois, assistia à partida de outro. Seu corpo não respondia mais aos seus comandos. Seu cérebro estava se desligando. O efeito do veneno dominava seu corpo e, antes de apagar, Tibor percebeu que alguém o carregava no colo e o tirava dali.

Com um esforço gigantesco para se manter acordado, viu que Sátir, Humbertolomeu e Horácio também estavam sendo carregados.

A mente de Tibor se agitou quando percebeu que as criaturas que carregavam seus amigos pulavam, equilibrando-se numa única perna. Eram os filhos do Saci!

Estavam à mercê deles. O veneno o impedia de fazer muita coisa. Tentou se desvencilhar do Saci que o carregava, mas um rosto apareceu em seu campo de visão. Era o diabinho que ficara preso na garrafa e que os deixara para trás no primeiro encontro com o Lobisomem.

— Fica carmo, menino Lobato! — disse ele. — Meu pai tá cumprindo a outra parte do acordo.

— Rurique... — Tibor ainda balbuciou.

E mergulhado no medo que a desconfiança traz, Tibor desmaiou.

21

O FUNERAL

Ao abrir os olhos, Tibor se viu sob uma lona verde, que havia sido estendida e presa com amarras a bambus, acima de sua cabeça. Estava cansado de desmaiar e acordar em lugares estranhos. Tentou pensar em quantas vezes isso havia ocorrido naquela quaresma e sentiu uma pontada na cabeça. Todos os músculos do seu corpo doíam. Era como se tivesse sido atropelado.

Depois de um tempo olhou ao redor. Embaixo da lona, estavam várias pessoas enfermas. O menino as reconheceu: eram as vítimas do encontro com a Pisadeira, à beira da pedreira inundada. Todo o grupo que acompanhava o homem careca estava ali.

A vista do garoto estava um pouco embaçada quando resolveu se levantar. Andou com dificuldade por uma fileira de pessoas que descansavam em colchonetes, protegidos do sol sob a tenda.

Reconheceu Antenor. O homem careca dormia coberto por um lençol. Ao seu lado, uma bacia para compressas e vários frascos vazios. O menino continuou andando e encontrou Horácio, acordado, com um torniquete na perna. Sua esposa, Janaína, estava ao seu lado com Flavinho no colo.

— Ei, garoto — disse o filho de Dona Arlinda —, sinto muito por Málabu e por Rurique. Fizemos o melhor que podíamos. Sabe disso, não sabe?

Tibor apenas o cumprimentou com um aceno de cabeça. Por um momento tinha se esquecido dos acontecimentos recentes, não gostou nem um pouco de se lembrar de tudo aquilo e continuou a andar.

Sentia um peso nas costas. Evitava pensar que aquilo poderia ser culpa dele. Sabia que não podia mesmo ter feito nada por João e Rurique. Com todas as adversidades que encontraram, nem ele nem ninguém poderiam ter feito alguma coisa.

Mais à frente, uma espécie de reservatório de água tinha sido construído com lona e bambu. Algumas folhas de diferentes tipos boiavam na superfície. O menino olhou ali dentro e, por entre as folhas flutuando, viu um boto, parado no fundo. A pele do animal tinha graves queimaduras, ao longo do corpo todo. Viu os olhos do peixe se virarem para ele. Sabia que Humbertolomeu estava bastante ferido. Tibor também acenou com a cabeça e continuou sua caminhada.

Percebeu que havia algumas pessoas fora da tenda e puxou o pano da entrada, saindo à luz do sol.

Viu várias panelas sobre fogueiras, espalhadas numa parte do gramado.

— Tibor? — chamou uma voz que há tempo não escutava. Dona Gailde vinha com ramos de diversas plantas nas mãos, saindo de uma espécie de jardim. A avó veio em sua direção e o abraçou.

— Que bom que acordou! — disse ela, acariciando os cabelos do neto.

Tibor exibiu um sorriso amarelo. Estava feliz em vê-la. Sátir, finalmente, estava de volta, mas Rurique estava desaparecido e Málabu estava morto. Não conseguia se animar o bastante para sorrir de verdade.

— Desculpe, vó, eu... — começou ele, sem saber exatamente o que dizer.

Ela pôs o dedo sobre a boca do neto, calando-o. Fez que não com a cabeça, indicando que ele não tinha do que se desculpar. E antes que as lágrimas começassem a rolar entre suas rugas, ela o abraçou de novo.

— Como pode ver, tenho muito trabalho por aqui — disse ela, caminhando com o neto entre panelas, sobre fogareiros improvisados. Muitas borbulhavam e soltavam aromas adocicados no ar. — Venenos diferentes requerem antídotos diferentes.

— Onde está Sátir? — perguntou Tibor.

Gailde fez sombra com a mão na testa, tentando olhar ao longe.

A irmã estava sentada sob uma árvore mais à frente, ao lado de uma garota loura.

— Aquela é Rosa Bronze? — Indagou Dona Gailde. — Conversando com Sátir?

— Parece que sim — estranhou o menino.

Gailde apenas assentiu com um sorrisinho maternal. A avó mexeu algumas panelas e soprou embaixo de uma delas, calculando o tempo e o calor certo para cada tipo de antídoto.

— Então, fomos salvos por Sacireno? — perguntou Tibor, olhando a irmã e a menina conversando ao longe.

— Isso mesmo — respondeu a avó. — Pelo jeito, o Saci da garrafa foi mesmo buscar ajuda, como prometeu a você.

— Um pouco tarde demais, não acha? — ironizou ele.

— Não. Não acho, não — respondeu ela. — Muito pelo contrário. Acredito que a ajuda tenha vindo no momento certo. Sacireno cumpriu sua parte do acordo e ainda foi além. Salvou todas essas pessoas. Não só a vocês, como prometera. A sorte é que os Sacis eram imunes ao perfume venenoso da dama-da-noite. Puderam tirar todo mundo de lá sem grandes problemas — contou Dona Gailde. — Depois trouxeram todos para cá e armaram toda essa estrutura para receber os doentes. Foram me buscar, no sítio, me contaram o que havia acontecido no alto da pedreira, dizendo que tinham preparado tudo o que uma curandeira precisava para fazer o seu trabalho — continuou ela, levantando as sobrancelhas. — Por ordem de Sacireno, os Sacis estão mais afastados. Preferiu assim porque a maioria das pessoas nem desconfia da existência de um Saci.

Tibor olhou ao redor, tentando ver um deles por ali.

— Achei uma atitude sensata — continuou ela. — Assim evitamos mais tumultos desnecessários.

— E os pais de Rurique, eles já sabem? Como estão? — perguntou o menino.

— Abatidos, é claro — disse a avó. — O fato de o garoto ser um Lobisomem nem foi o baque. Ficaram realmente abalados ao saber que alguém o tinha levado. Eles vieram ver você e sua irmã — disse Gailde —, mas vocês ainda dormiam.

— Acredita que foi a Cuca quem levou Rurique? — quis saber o menino.

A avó deu de ombros.

— Não sei se foi ela. Eu soube que ela tem recrutado uma espécie de exército de criaturas. A finalidade não está clara, mas é óbvio que não é para algo bom. E agora ela parece interessada em Rurique — disse Dona Gailde. — Precisamos ter cuidado, meu neto.

Sátir olhou para trás e viu Tibor em pé, conversando com a avó. As duas meninas se levantaram e foram até eles.

— E você, meu neto? Como está? — perguntou ela. — Soube de vários boatos envolvendo você. E até onde sua irmã me contou, muitos deles são verdadeiros.

Ele apenas esboçou um sorriso e se lembrou das últimas palavras que João lhe dissera: *Você é um herói, Tibor!*

— Oi, Tibor — cumprimentou Sátir. A irmã viera lhe dar um abraço. A menina tinha curativos nos cotovelos e nos joelhos. — Estamos vivos! — disse ela. E vendo a falta de ânimo no rosto do irmão, completou: — Vamos encontrar Rurique. Você sabe que vamos.

Rosa também lhe deu um abraço. O perfume agradável da menina o envolveu.

— Tudo bem por aqui? — quis saber ele. — Quero dizer, com vocês?

Rosa assentiu e uma lágrima rolou pelo seu rosto. A menina virou-se para algo que estava no canto, enrolado num lençol, do lado de fora da tenda.

Tibor percebeu que se tratava de um corpo coberto dos pés à cabeça. E soube que era o corpo do amigo João.

— Eu vim me despedir, Tibor — começou Rosa. — Meus pais foram até Diniápolis buscar algumas coisas para que pudéssemos enterrá-lo devidamente — disse apontando para Málabu, sob o lençol. — Assim que chegarem, irei embora, de volta para a cidade.

Tibor assentiu. Sabia que esse momento chegaria mais cedo ou mais tarde. O menino olhou para o corpo do brutamontes ali no chão.

— Ele pediu para ser enterrado na Vila do Meio — contou Tibor. — Onde, exatamente, nós estamos?

— Como é? — perguntou a irmã.

— Em que vilarejo nós estamos? — quis saber ele.

— Na divisa de Diniápolis com Vila Serena — respondeu Gailde. — Foi o primeiro ponto seguro que os Sacis encontraram.

— Então acho que esse funeral terá de esperar — falou Tibor. — Málabu foi bem claro em suas últimas palavras. Disse que precisava ser enterrado na Vila do Meio e que isso tinha a ver com Rurique. Isso poderia ajudar Rurique de alguma forma.

Todos olharam para ele, intrigados.

— Tibor — começou Rosa —, talvez ele estivesse delirando com a dor ou com o veneno.

Janaína saiu da tenda com Flavinho no colo e olhou com desprezo para o corpo de Málabu, antes de beijar o filho na bochecha. Tibor achou aquela atitude um tanto desrespeitosa, mas não pôde deixar de entender seus motivos; o filho dela quase tinha virado comida de Lobisomem, o próprio João Málabu, amigo da família.

— Não acho que devemos contrariá-lo! — disse Tibor. — Se Málabu pediu para ser enterrado na Vila do Meio, assim será — falou decidido.

Os pais de Rosa chegaram de carro, trazendo mantimentos e outras coisas. Dona Gailde avisou-os do último desejo do caseiro, e eles disseram que endossariam qualquer decisão sobre o melhor lugar para prestar as últimas homenagens ao grandalhão.

Ficou decidido, então, que Miranda Bronze e Janaína tomariam conta dos enfermos na tenda, e que o Senhor Bronze os levaria à Vila do Meio, onde enterrariam o amigo.

— E quanto ao boto? — quis saber Sátir.

— O que tem ele? — perguntou Tibor.

— Ora, o lugar dele não é entre nós — disse ela. — Precisamos devolvê-lo ao seu hábitat.

— O boto terá de pagar por seus atos, mas não pelas nossas leis — disse Dona Gailde, que se muniu de um frasquinho e foi seguida por todos até o reservatório de água onde Humbertolomeu estava.

— O que tem no frasco, vó? — quis saber Sátir.

— Isso é o que o rapaz bebia o tempo todo, tentando conter sua maldição — começou ela. — Trata-se apenas de água.

— Água? — perguntaram todos.

— Exatamente. Quando você me pediu para cheirar as garrafas que encontrou na casa da árvore, eu não senti cheiro de nada — respondeu a velha senhora, dirigindo-se a Tibor. — Depois soube de rumores de um boto em Vila Serena e lembrei-me de algumas histórias que tinha ouvido. Uma delas dizia que o remédio de um boto é a água do rio onde ele vive — continuou. — Pensaram que ele era o envenenador na festa de Rosa, pois ele não bebia nada além do frasco, não é? Quando ele entra em contato com essa água, pode escolher se transformar ou não, seja em ser humano ou em boto, mas isso tem apenas um efeito temporário, porque na quaresma ele é obrigado a se tornar humano — explicou ela com as mãos dentro do reservatório.

O peixe nadou vagarosamente até ela.

— E o que tem nessa água de tão especial? — quis saber Tibor.

— Meu palpite é que esse pouco de água é mesmo do rio de onde ele vem, na Região Norte. Quem me trouxe este frasco foi Naara, a guardiã de Muiraquitãs — explicou, enquanto despejava o conteúdo do frasco na água do reservatório, bem em cima do peixe cor-de-rosa.

— E se ele fugir quando voltar a ser humano, vó? — perguntou Tibor, enquanto o corpo inteiro do boto rosa começava a tremer.

As barbatanas machucadas viraram braços machucados e o rabo transformou-se em pernas.

— Ele sabe que os filhos do Saci estão de prontidão nas florestas ao redor. Não há para onde fugir — respondeu Gailde, enquanto Humbertolomeu ficava de pé em sua piscina improvisada. — Não é mesmo, Humbertolomeu?

Ele baixou a cabeça num gesto respeitoso.

— A senhora me salvou mesmo depois de eu ter raptado a sua neta — disse, olhando para o chão.

Tibor percebeu que as queimaduras de Humbertolomeu tinham melhorado, apesar de ainda parecerem bem feias. Com certeza os diversos tipos de folhas que boiavam na superfície da água do reservatório eram medicinais, colocadas ali por sua avó.

— Talvez Naara tenha razão. Nem todos vocês são iguais. Alguns carregam resquícios dos primeiros bons humanos com quem tive contato no princípio de todas as coisas. Portanto, muito obrigado — finalizou Humbertolomeu.

— Você sabe o que lhe aguarda, não sabe? — perguntou Gailde. — Sabe que violou o código que existe em seu mundo. Interferiu nos outros mundos e colocou vidas em risco em benefício próprio — disse ela, enquanto ele apenas assentia calado. — Então, vamos para o carro.

Humbertolomeu passou as pernas por cima da borda do reservatório e se juntou a eles.

Dona Gailde, após fazer as últimas recomendações a Miranda e Janaína, encarregadas de cuidar dos enfermos, olhou para os netos e avisou:

— Hora de irmos para casa.

Quando passavam em frente à Lagoa Cinzenta, pararam a pedido de Dona Gailde.

Apenas o pai de Rosa e a menina permaneceram no carro. Gailde, os netos e o boto seguiram para fora da estrada e foram até a beira do lago. Mesmo aparentando fraqueza e dor, Humbertolomeu entrou na água até os joelhos.

Tibor, a irmã e a avó ficaram mais atrás na areia.

— O que acontecerá a ele? — perguntou Tibor à avó.

— Humbertolomeu será julgado conforme as leis do mundo das águas — disse a avó. — Terá de prestar contas aos Galafuz.

— Como boto, sendo quem é e fazendo o que fez, como ele aceitou se entregar tão facilmente? — quis saber o menino.

— Segundo Naara, esse garoto vem de uma linhagem nobre de botos. Seu nome é símbolo de poder em seu mundo. Ele sabe que não poderá fugir às regras se quiser voltar para casa novamente — explicou ela.

Algo acontecia na água ao redor de Humbertolomeu, que permanecia parado com a água da Lagoa Cinzenta até os joelhos.

— Estou preparado, não vou fugir disso — disse ele, olhando para o horizonte, onde o reflexo do sol se esparramava pela água. — Vamos logo.

Uma cabeça surgiu em meio à lagoa. Os cabelos em *dread* denunciavam a presença de Naara. Ela não se aproximou, e Tibor, ao se lembrar dos efeitos das viagens subaquáticas, achou melhor assim.

Luzes de diversas cores rodearam as pernas do boto por baixo d'água, e Tibor soube que eram os Galafuz. Os vigias de Naara.

— Sinto muito pelo amigo de vocês — disse ele, olhando para Tibor e Sátir. — Ele era leal a vocês — falou, referindo-se a Málabu. E então mergulhou, sumindo na imensidão de luzes dentro d'água.

A sereia olhou para os três na praia e eles ouviram um "obrigada" em suas mentes. Naara mergulhou e a última coisa que viram foi seu rabo negro ricochetear de leve o ar antes de submergir.

— E quanto à pedra? — perguntou Tibor para a avó.

— Já conversei com Naara e a liberei do posto de guardiã que meu pai lhe atribuiu. A sereia não está mais presa à sua promessa. Não faria sentido continuar assim, já que não há mais amuletos para guardar — respondeu a avó.

— E onde está o último Muiraquitã? — quis saber Sátir. — O que faremos sem ele?

— No momento, minha neta, o que faremos é enterrar um amigo querido — disse a avó, voltando para o carro dos Bronze.

Quando chegaram ao sítio da família Lobato, o pai de Rosa ajudou Tibor a abrir uma cova atrás da casa. Durante todo o processo de escavação, Dona Gailde lhes serviu chá de camomila com hortelã.

Rosa e Sátir tentavam evitar o choro, mas ao se lembrar de João era impossível resistir. Tibor e o pai de Rosa encostaram as pás na parede da casa e tiraram o corpo do amigo de dentro do carro. Ainda enrolado num lençol, depositaram-no na cova virgem.

Todos se reuniram em volta do corpo e concentraram seus pensamentos em João Málabu.

Dona Gailde abraçou os netos, tentando lhes dar apoio. Não era fácil dar adeus a um amigo. Quem os salvaria quando estivessem em perigo, perguntou-se Tibor, lembrando com carinho do amigo guarda-costas.

O Senhor Bronze despejou a última pá de terra. Marcaram o local com algumas pedras e deram ao amigo um último adeus.

22

SEM BÊNÇÃO

As buscas por Rurique começaram nos dias que se seguiram.

Rosa Bronze havia se despedido de Tibor com um abraço caloroso, seguido de um beijo na bochecha.

— Pensei em te dar um presente para que se lembre sempre de mim — disse ela ao se despedir. — Mas, com essa loucura toda, não tive tempo de pensar em algo legal. De certa forma, isso é bom. Quando alguém dá algo assim, é sinal de que não vai voltar mais. E eu vou — finalizou ela, dando o abraço e o beijo. E então partiu com os pais para a cidade grande.

Na tenda, Tibor e Sátir já estavam curados dos males causados pelo veneno da Pisadeira. Os últimos homens estavam se retirando naquele momento para voltar à Vila Serena. Horácio também havia sido curado e se retirava com o último grupo. Por sorte, ninguém tivera nada sério a ponto de deixar sequelas. Os Sacis haviam chegado a tempo de reverter os efeitos do veneno.

Sob a lona ficaram apenas Tibor, Sátir e a avó. Os irmãos se sentaram num grande tronco caído no gramado em frente à tenda, enquanto Dona Gailde amontoava suas muitas panelas num único lugar, separando-as por tamanho.

— Por que o Boitatá não intervém para salvar Rurique? — começou Tibor. — Ora, ele apareceu através de Sátir para derrotar o Gorjala.

— Tudo a seu tempo, meu neto — disse a avó. — O Boitatá não derrotou Gorjala. Ele equilibrou o jogo, mais uma vez. Gorjala era um ser de energia negativa. Descarregava isso em seus roubos, crimes... — continuou ela. — O que o Boitatá fez foi alterar sua forma de uma maneira adequada para que pudesse drenar suas energias negativas pela terra. Transformou-o numa enorme árvore que drena suas energias pelas raízes. Gorjala não foi morto. Seu coração ainda bate dentro daquela quaresmeira — explicou. — Quanto a Rurique, precisamos encontrá-lo e dar um jeito em sua maldição. Acredito que a Cuca irá protegê-lo, pois, apesar de ter um instinto caçador, o Lobisomem não respeita a quaresma. Quer dizer, ela poderá infligir terror aos vilarejos o ano inteiro se o tiver em seu controle.

Todos ficaram pensativos.

O menino lembrou-se que havia prometido ao garoto que tudo ficaria bem; e imagens de Rurique sendo arrastado pelas correntes misturavam-se a suas lembranças. Arrastado como um animal por entre as árvores. Sua mão estendida em busca de socorro. Soltou um profundo suspiro.

— Ao menos não nos preocuparemos mais com a Pisadeira, graças a João — disse Sátir, tentando ver o lado bom.

— A Pisadeira disse que sua irmã tem recrutado uma horda de seres — falou Tibor. — Temos de nos preparar. Ela virá com tudo assim que tiver chance. E agora que sabe que a irmã caiu de um penhasco, deve estar furiosa.

Gailde olhava para os netos, pensativa.

— Não contei sobre os pais de vocês antes... — começou ela. — Vocês me perguntaram se eles tinham sido assassinados.

Tibor e Sátir apuraram os ouvidos como nunca.

— Pois bem, os peritos que analisaram o local do incêndio não encontraram nada que pudesse provar que o fogo foi provocado por alguém. Mas também não chegaram a nenhuma conclusão sobre como o incêndio começou — disse ela. — E eu também me pergunto: onde foi parar o Muiraquitã que Leonel e Hana carregavam?

Era o que Tibor também queria saber. Aquilo podia significar que os pais tinham sido assassinados? Ou será que a pedra tinha sido levada por uma pessoa qualquer, que revirava os restos do incêndio?

Ouviram um assobio perto das folhagens à direita e Tibor pôde ver Sacireno aparecer por ali.

O menino e a irmã se puseram de pé. Não sabiam que reação ter diante do Saci, agora que o xamã salvara suas vidas. O rosto dele ainda inspirava desconfiança nos garotos e seus movimentos ainda eram como os de uma víbora.

Dona Gailde fez sinal para que não se aproximassem e foi até ele. Conversaram por menos de dois minutos e ela voltou, enquanto Sacireno sumia por entre as árvores.

— Ele disse que a estrada até o sítio estará segura. Seus filhos estarão vigiando nosso caminho até estarmos dentro de casa — falou ela. — Depois disso, Sacireno terá muito que fazer. É chegada a hora de dispersar sua cria.

Tibor constatou que era estranho ver Sacireno fazendo o papel de protetor. E os irmãos Lobato não entenderam muito bem o que Gailde queria dizer com "dispersar sua cria".

— Seus muitos filhos terão de seguir cada um o seu caminho. Cada um por sua própria conta e risco. Sacireno Pereira enviará cada um deles para um canto do mundo. Assim são os Sacis — finalizou.

Nos dias que se passaram, o mais difícil foi visitar os pais de Rurique. Ambos estavam em depressão e a casa deles, sem a presença do filho, parecia uma casca oca. Avelino e Eulália coordenavam uma equipe de busca junto a Antenor. Procuravam por pistas que pudessem levar ao garoto. Mas, depois de duas semanas, ainda não tinham encontrado nada.

A lua cheia viera e se fora. E os uivos que escutaram nessa época pareciam muito distantes.

Era dia 23 de abril, um dia depois do término da quaresma. Tibor levantou-se da cama e saiu do seu quarto. O menino mantinha a espada de madeira quebrada do amigo ao lado da cama. Estava nervoso. Tinha tido um pesadelo envolvendo Rurique; recusou o farto café da manhã que o esperava em cima da mesa.

Dona Gailde, sentada em sua cadeira de balanço, ficou observando o neto.

O menino foi até a porteira e ficou olhando para a placa esculpida pelo amigo. *"Bem-vindo ao sítio da família Lobato"*. Sentiu um aperto no peito; a raiva que sentia da tia-avó o envenenava por dentro.

Nas últimas semanas lutara para esquecer o rosto da mulher que levara o amigo. A visão lhe tirava o sono. Mas, naquele momento, Tibor se esforçava para relembrar cada linha de expressão da bruxa que tirara o amigo do cotidiano daquele sítio. *Onde estará Rurique neste exato momento?*, pensava ele.

O medo ainda persistia em seu peito, mas o menino lutava para superá-lo. De olhos fechados, recapitulava a imagem daquela mulher um milhão de vezes. E cada vez que fazia isso, sentia menos medo da velha. Queria encontrá-la logo para acertar as contas e precisava estar preparado.

Um garoto que fazia parte do grupo de busca apareceu à porteira, no horário de sempre, para comunicar os resultados do dia anterior.

Tibor soube que tinham vasculhado cada canto dos vilarejos e que até aquele momento não tinham encontrado nenhum vestígio de Rurique ou da bruxa que o levara. Havia ainda muitos lugares onde procurar, e Tibor estava inquieto com os dias que se passavam sem notícias do amigo. Sentia falta dele ali ao seu lado.

Lembrou-se então que era Dia de Aleluia.

O céu estava cinza e, mesmo assim, Tibor insistiu em fazer o ritual da bacia. Ao menos a bênção da Mãe D'Ouro traria um sinal de esperança. O menino encheu a bacia de metal até a boca com água. Ficou de pé no ponto exato do quintal do sítio e aguardou o segundo sol aparecer no reflexo. Permaneceu ali por um bom tempo, mas no espelho d'água só se refletiam nuvens negras. O menino ajoelhou na frente da bacia, implorando pelo segundo sol. Precisava de um pingo de esperança. Mas foi um pingo de chuva que caiu na bacia, constatando que a Mãe D'Ouro não passaria mais por ali, que naquele ano ele não teria sua bênção.

Sátir, que olhava apreensiva da janela da cozinha, foi até o irmão e o abraçou. O menino chorou ao se lembrar de quando tinha gritado à mesa, dizendo o quanto queria que a quaresma começasse logo. Viu nitidamente em sua mente o amigo Rurique alertá-lo para ter cuidado com o que desejava, pois a quaresma poderia ser pior do que imaginava.

Rurique tinha razão. Ele próprio tinha sido vítima daquele período; ele e Málabu. Um raptado e com o legado de um Lobisomem, e o outro morto.

A chuva começou a cair forte e Dona Gailde viu os irmãos abraçados de joelhos no quintal. Foi até eles e os abraçou com força. Tibor desabou nos braços da avó e deu total vazão às lágrimas. Chorou de soluçar. Sentia-se perdido e incapaz. Sátir também chorou.

— Chorem, meus netos! — dizia Gailde. — Chorem a sua dor. Não há mal nenhum nisso. A vida é assim mesmo... — Mas os soluços dos netos cortavam seu coração. — Os momentos bons servem pra mostrar aquilo que realmente importa. Aquilo que devemos guardar. Carinho, amizade, amor. — Tibor e Sátir se aninharam nos ombros de Gailde. — E os momentos ruins não são de fato ruins. Eles servem para que a gente evolua e cresça. Sei que é difícil, mas aprendam com o que a vida está querendo mostrar a vocês. Não estão sozinhos nessa. Vamos superar estes tempos difíceis juntos, como uma família.

Deu um beijo em cada um deles e, quando sentiu que também se renderia ao choro caso se entregasse ao desespero, respirou fundo, dizendo:

— Levantem-se! Força! Já de pé, os dois. Vamos entrar!

A bacia se enchia depressa com a água da chuva, enquanto Gailde conduziu os netos para dentro de casa. Cada um pegou uma toalha e passou a tirar o excesso de água das roupas.

Aquele era um episódio triste na vida dos três. Gailde e Sátir se sentaram no sofá e permaneceram caladas, apenas as fungadas de Sátir se fazendo ouvir.

Tibor foi até o parapeito da janela e passou a vigiar os trovões lá fora, como era seu costume. A bacia que colocara a fim de ver a Mãe D'Ouro agora transbordava com a chuva que tinha virado tempestade. Pingos escorriam nas vidraças, enquanto outros batucavam no telhado. Tudo indicava que a chuva tinha vindo para ficar, na Vila do Meio.

Para Tibor, o sítio deixara de ser o seu refúgio seguro. A Cuca teria de pagar por isso. O menino fazia do ódio que sentia pela tia-avó sua força motriz.

Naquele momento, ele decidiu que, onde quer que Rurique estivesse, ele iria encontrá-lo. Não importava como, de um jeito ou de outro, iria cumprir a promessa que fizera aos amigos Rurique e Málabu. Tudo ficaria bem.

Bônus exclusivo

CONTOS DE DONA MIRTA

PÓ DE ESTRELAS

Não foi nenhuma surpresa para Miranda quando ela recebeu um telefonema da escola em que a pequena Rosa estudava. Do outro lado da linha, a diretora só confirmou o que a menina dissera logo cedo para a mãe: Rosa não estava se sentindo bem. Foi questão de apenas um quarto de hora e a mãe já a levava de volta para casa. Naquele dia a terceira série continuaria seus afazeres sem a colega de classe.

Ao chegar em casa, a menina correu para o sofá de que tanto gostava e seus pequenos dedos treinados foram direto para o controle remoto. Alguns cliques depois e uma vaca e um coelho debatiam na TV sobre o que fariam naquele dia.

A avó logo se juntou à neta. Colocou a mão na testa da menina e descobriu que ela estava levemente febril. A vida já tinha mostrado à Dona Mirta situações infinitamente mais sérias. Hoje era uma senhora que vivia com a família na cidade, mas, quando menina, fora escrava numa fazenda com uma enorme plantação de café. Naquela época, os vilões eram os patrões e suas chibatas. E as consequências de quando eles resolviam demonstrar seu poder eram muito mais devastadoras do que uma simples febre. Mas os tempos eram outros. A avó tinha certeza de que em pouco tempo a menina estaria completamente recuperada.

Dona Mirta começou logo a puxar assunto, já que a vaca e o coelho agora apostavam corrida até um castelo.

— Mas já em casa tão cedo, minha neta? Nem deu tempo de fazer muita coisa na escola, não é mesmo?

— É! Só deu para desenhar umas coisas na aula de educação artística — respondeu a menina com a voz dengosa.

— Ah, é? E o que foi que você desenhou?

— Vagalumes! — respondeu Rosa.

BUM!

Elas ouviram um estrondo e, no instante seguinte, a TV e todos os equipamentos elétricos da casa se apagaram.

— O que aconteceu? — perguntou a menina, assustada.

— Ih! Acho que acabou a força.

— Ah! Justo hoje que eu estou em casa? — ela resmungou.

— Ora, vagalumes seriam uma boa pedida para um momento como este, não acha? — destacou Mirta.

— Como assim?

— Eles iluminam! Com uma porção deles aqui na sala nem precisaríamos de luzes elétricas.

A menina deu risada ao pensar na sala cheia de vagalumes e, ao olhar para a TV, desanimou novamente.

— Mas, vó, eu queria assistir o desenho!

— Não temos energia para ligar a TV, mas eu posso contar uma história enquanto a energia não volta — sugeriu Mirta. — Você gostaria?

— Eba! — comemorou Rosa. — Eu quero.

Mirta então se ajeitou no sofá e não levou um segundo para pensar no que contar. Era como se suas histórias estivessem sempre na ponta da língua.

— Você sabe de onde vieram os vagalumes? — perguntou Mirta.

A menina fez que não com a cabeça.

— Imagino que não saiba também por que eles brilham.

A menina tornou a fazer que não com a cabeça. Aquelas duas perguntas foram suficientes para Rosa esquecer o coelho e a vaca e se concentrar no rosto sereno da avó.

— Ora, pois então vou contar. Foi há muito tempo. Antes mesmo de você nascer — Mirta pensou um pouco antes de continuar —, foi antes, até, de seus pais nascerem.

— Antes de você nascer também, vó?

— Sim. Muito antes de eu nascer. Antes de muita coisa nascer, na verdade. Essa história fala de um acontecimento tão antigo que acho que nenhuma história havia nascido ainda.

— Uaaauuu! — a menina olhou para o teto tentando imaginar o quanto aquilo estava distante no tempo.

— No primeiro dia de todos, antes de qualquer outro dia existir, apareceu um ser fantástico — continuou Mirta. — E esse ser, com seus poderes, fez todas as coisas que existem.

— Como assim, fez todas as coisas? — quis saber a menina, curiosa.

— Ora! Ele era um ser tão fantástico que foi o responsável pela criação de todas as coisas — disse Mirta. — Foi ele quem fez tudo o que existe.

— Ele é mais poderoso que o Saci?

— Muito mais.

— Mais poderoso que o Boitatá?

— Muito, muito mais.

A menina dava asas à imaginação, tentando descobrir como seria aquele ser.

— Ele que criou o mundo, vó?

— O mundo e todo o resto — respondeu a avó. — No final daquele primeiro dia, antes de todos os outros dias, assim que o ser fantástico criou todos os planetas, ele resolveu parar para descansar. E então, enquanto descansava, passou a admirar tudo o que havia construído. A terra, o mar, as montanhas, as cachoeiras. Já era noite e, quando olhou para o céu, ele percebeu que o céu era muito escuro. Era só um enorme manto preto. Faltava alguma coisa naquela escuridão toda.

— As estrelas! — sugeriu Rosa.

— Muito bem, minha neta! — elogiou Mirta. — Ele percebeu que faltavam as estrelas. E então, com suas ferramentas mágicas, ele começou a esculpir. Esculpiu milhões e milhões de estrelas e, uma a uma, ele foi colando todas no espaço. Cada uma em seu devido lugar.

— Tudo bem... Mas, vó, você disse que ia falar de vagalumes.

— Exatamente, minha neta. O material que o ser fantástico usava para esculpir as estrelas brilhava no escuro; por isso as estrelas brilham quando é noite. Enquanto ele esculpia cada estrela, o pó que ia sobrando caía aqui na Terra. E quando tocava o chão, esse pozinho ganhava vida — explicou Mirta. — Foi só quando o ser fantástico parou para descansar de novo é que ele percebeu umas coisinhas que voavam por aí de noite e que brilhavam no escuro assim como as estrelas.

— Os vagalumes! — Rosa sorriu feliz ao imaginar o que a avó dizia.

— Ele achou aquelas coisinhas brilhantes tão bonitinhas que resolveu pegar mais pó de estrela e fazer mais daquelas luzinhas piscantes, para brilhar em cada canto do seu planeta recém-criado. Tanto é que em cada canto o bichinho tem um nome. A gente chama de vagalume. Tem gente que chama de pirilampo. Outros chamam de lanterninha e por aí vai.

— Nossa, vó, que história linda!

— Que bom que você gostou, Rosinha! — alegrou-se Dona Mirta.

— Conta outra? — pediu a neta.

2

QUIRINO

Antes que Dona Mirta respondesse, Miranda entrou na sala trazendo um copo com um pouco de água.

— Rosa, toma isto, minha filha!

— O que é? — quis saber a menina.

— Um remedinho para a febre.

— Ah, não! — reclamou, se recusando a tomar. — Esse remédio tem um gosto muito ruim.

Miranda insistiu um bom tempo enquanto a menina esperneava. Rosa fez um escarcéu tão grande que sem querer deu um tapa no copo, dizendo que não queria tomar nada. O copo, com todo o seu conteúdo, voou da mão de sua mãe direto para o tapete. Miranda ficou tão brava que lhe deu uma bela bronca, mas, como estava atrasada para voltar ao trabalho, saiu correndo, deixando a menina aos cuidados da avó Mirta.

Os cabelos dourados esparramavam-se pelos braços cruzados da menina, deitada de bruços no sofá e com uma cara emburrada. Assim que ouviu o carro de Miranda deixar a garagem, a avó aos poucos conseguiu desmanchar a braveza da neta com uma segunda história.

— Esta é a história de um menino chamado Quirino! — começou ela.

A neta logo se sentou para escutar a história.

— Nos arredores do lugar onde a família de Quirino morava, corriam boatos de um caboclo que atacava as pessoas durante o dia na estrada que levava ao rio. Diziam que não havia quem cruzasse o caminho do tal caboclo e voltasse vivo para contar. O que fazia com que fosse bem difícil comprovar o boato.

A essa altura, as lágrimas de Rosa Bronze que tinham escorrido com a bronca da mãe já haviam secado.

— Para não levar um tiro sem querer, os caçadores costumavam assobiar um para o outro ao se encontrarem na mata, avisando que não eram presas. Diziam que era assim que o caboclo pegava a maioria das suas vítimas. Quando alguém escutava um assobio, logo assobiava de volta, imaginando que era um caçador dando sinal de que estava por ali. Mas, na verdade, quem assobiava primeiro por aquelas bandas era o caboclo à procura de uma nova vítima. Quando a pessoa respondia com outro assobio, ele ficava sabendo onde ela estava.

— Credo, vó! — disse a menina, se encolhendo no sofá.

— E não é só isso. Diziam que a pele do caboclo era tão dura, mas tão dura, que mais parecia um casco. E que bala nenhuma perfurava sua pele. Nas lendas, ele era conhecido como o Caboclo de Casco.

— Ai que medo! — exclamou Rosa, com os olhos arregalados.

— Pois é. Uma vez, o menino Quirino estava passando pela estrada a caminho do rio. Ele vinha acompanhado de seus pais. Naquele momento, nenhum deles se lembrava das histórias sobre o Caboclo de Casco. E havia muita gente que se recusava a acreditar nessas histórias. De repente, o pai de Quirino ouviu um assobio e, como tinha crescido acostumado à tradição, antes mesmo de a esposa lhe avisar para não assobiar de volta, ele já tinha respondido com um "fiiiiii" bem alto e comprido.

— Nossa! E o que aconteceu, vó?

— Ah, minha neta, ouvi dizer que aquele foi um dia triste na vida do menino Quirino — lamentou a avó. — O que se soube nos arredores é que eles foram atacados pelo Caboclo de Casco e só Quirino sobreviveu. Por isso ele ficou conhecido por aquelas bandas. Afinal, era o único ser vivo que tinha escapado do caboclo.

— Coitadinho... — lamuriou a menina.

— Por isso é que a gente tem de dar valor aos nossos pais, Rosa — aconselhou Mirta —, porque sem eles é muito ruim. O menino cresceu sem pai nem mãe. E a saudade que sentia dos dois o acompanhou por todos os dias de sua vida. Quando ficava doente, não tinha ninguém para cuidar dele.

Rosa olhava para o tapete onde tinha derramado o remédio que a mãe havia lhe trazido.

— Com o passar do tempo, Quirino foi descobrindo que muitas crianças também cresciam sem pais, assim como ele. Quando ficou adulto, mudou-se para a cidade grande e resolveu abrir um lugar que servisse de lar para crianças órfãs. Chamou esse lugar de Orfanato São Quirino — contou Dona Mirta. — Acho que esse orfanato existe até hoje. Muitas crianças que perderam os pais e ficaram sozinhas no mundo encontraram ali uma cama para dormir, um lugar para se alimentar e pessoas para cuidar delas — concluiu.

Rosa ficou pensativa. O que Quirino tinha sofrido a fez refletir sobre sua própria vida. Então, a menina disse à avó que amava muito os pais e não queria que acontecesse nada de ruim com eles.

3

O COMPADRE DA MORTE

Um silêncio se instalou na sala por alguns instantes.

— Vó! — chamou a menina depois de um tempo. — Existe alguém que vive para sempre? — indagou.

A avó, desta vez, franziu a testa, tentando se lembrar de algo para contar.

— Ora, minha neta — disse assim que uma nova história lhe veio à memória —, sei de alguém que viveu muito tempo sim. Por quê?

— Porque eu queria viver para sempre. Deve ser legal.

Mirta reparou que a menina nem parecia mais tão doente como antes. Talvez devesse avisar Miranda de que escutar histórias era um ótimo remédio.

— Bom, existiu um homem que viveu por muito, muito tempo. Só não viveu para sempre porque não quis. Se quisesse, poderia — disse a avó. — Mas ele achou melhor partir.

— Achou melhor partir? Mas como ele foi burro, vó! Ele poderia viver para sempre e não quis?

— Isso mesmo, Rosa — afirmou Mirta. — Vou contar a história dele e aí você me diz se ele foi tão burro quanto parece.

A menina deitou a cabeça na almofada do sofá e ficou esperando a próxima história.

As mãos negras e cheias de calos de Dona Mirta, marcadas por muitos anos de trabalho forçado, agora apoiavam-se sobre os joelhos da neta.

— Seu Asnésio morava numa vilazinha minúscula bem longe da cidade. Havia pouquíssimos habitantes por lá. Ele e a esposa, Lia, tinham sete filhos. O caçula tinha nascido naquela semana e Asnésio e Lia estavam preocupados, pois a criança precisava ser batizada — contou Mirta.

— Certa noite começaram a conversar sobre quem seria a madrinha do sétimo filho. Precisavam escolher uma comadre, mas os dois repassaram mentalmente cada morador da pequena vila onde moravam e constataram que todos, que eram bem poucos, já eram seus compadres e comadres. Já haviam batizado seus outros filhos. Não queriam repetir os padrinhos. Asnésio insistia que deveria ser alguém diferente. O problema é que não conheciam mais ninguém.

— Vó — chamou a neta —, o que é compadre e comadre?

— São as pessoas escolhidas para batizar a criança. Elas se tornam padrinho e madrinha da criança, que se torna sua afilhada, e compadre e comadre dos pais — explicou Mirta.

E então continuou:

— Enquanto Asnésio e Lia conversavam, alguém bateu na porta. Lia foi atender e se espantou quando viu, parada na soleira da porta, uma senhora com o rosto esbranquiçado e cadavérico, usando um capuz preto que ia da cabeça até o chão.

— Quem era ela, vó? — a curiosidade da menina beirava o medo.

— A mulher se apresentou como sendo a própria Morte — completou Mirta — e disse para eles que tinha ido até ali para concluir um serviço. E que esse serviço era buscar a alma de Asnésio.

A menina levou as mãos à boca, sobressaltada.

— A esposa de Asnésio teve a mesma reação que você. Ficou perplexa com o recado da mulher. Mas Asnésio pareceu tranquilo. Ele disse que ficava mais chateado por não encontrar uma nova comadre do que por bater as botas — contou Dona Mirta. — A Morte ouviu aquilo e ficou muito interessada no assunto. Nunca havia sido convidada para nada e era sempre temida por todos. Ela pensou que talvez aquela fosse sua chance. Asnésio percebeu o interesse da Morte e, com segundas intenções, resolveu convidá-la para ser a madrinha de seu sétimo filho. Ela aceitou prontamente.

Rosa agora roía suas unhas, pintadas pela mãe com esmalte cor de bronze.

— A Morte ficou tão feliz com o convite que pareceu ter se esqueci-do de levar a alma de Asnésio. Batizaram o menino ali mesmo e a Morte se tornou comadre de Asnésio e Lia — continuou Mirta. — No dia se-guinte, a Morte disse que, como agora eram compadres, ela fazia questão de que Ansésio conhecesse sua casa.

— Ah, eu não ia, não! — disse Rosa, desconfiada.

— Foi o que ele pensou também. Achou que era algum truque da Morte e disse que só iria se ela prometesse que ele voltaria de lá vivo.

— E o que ela disse?

— Ela pensou antes de responder e disse que sim, que ele voltaria vivo.

— Ufa! — Rosa suspirou, aliviada.

— Lógico que foi com o pé atrás visitar a casa da Morte. Seguiram até lá na carruagem dela. Uma carruagem negra muito assombrosa. Es-tacionaram na frente da casa. Ao entrar, Asnésio notou que por todo lado havia velas acesas, milhares delas. Quando ele perguntou qual o motivo de tantas velas, a Morte respondeu que aquelas não eram velas comuns. Cada vela ali era o tempo de vida de uma pessoa.

— O tempo de vida de uma pessoa?! — repetiu a menina.

— Isso mesmo. Toda vez que uma vela estivesse chegando ao fim, era hora de a Morte ir buscar aquela alma. Esse era o serviço dela 24 ho-ras por dia, sete dias por semana, desde sempre e para sempre.

E Dona Mirta continuou:

— Asnésio, muito curioso, logo quis saber qual daquelas era a vela que representava o seu tempo de vida. E a Morte, sem enxergar maldade no homem, mostrou um pequeno cotoco que quase se apagava com a mais leve brisa. Ele se espantou com o tamanho da vela e percebeu que a Morte não havia se esquecido dele coisa nenhuma, que o seu tempo estava mesmo se esgotando. Aquilo deixou Asnésio um tanto quanto preocupado. Ele pensou na esposa e concluiu que não queria deixá-la. Pensou nos sete filhos e concluiu que queria vê-los crescer. Então quis saber quanto tempo aquele cotoco de vela iria durar. Quando a Morte disse que aquele tanto de vela daria tempo apenas de ele voltar até a família para se despedir, ele resolveu tapear a Morte.

— Como ele fez isso, vó?

— Ele disse que, agora que a Morte era sua comadre, ela deveria ao menos conceder a ele um último desejo antes de levar sua alma.

— E ela concordou? — quis saber Rosa.

— Sim, minha querida. A Morte nunca foi ruim. Ela só faz o trabalho dela. Quando pensou no que Asnésio pediu, achou muito justo.

— E qual foi o último desejo dele?

— Ele pediu para que pudesse ter o direito de fazer uma última oração.

— Ué, vó. Não entendi. Você não disse que ele viveu muito tempo?

— E viveu mesmo. Ele ficou fazendo a mesma oração por muitos dias. Esses dias se tornaram meses e esses meses se tornaram anos. O cotoco de vela nunca apagou enquanto ele não terminou a oração.

— E por que ele não escolheu ficar assim para sempre?

— O tempo foi passando e Asnésio foi rezando. Não parava nem quando dormia. Rezava enquanto sonhava. Viveu muito tempo ao lado da esposa. Mas com o tempo ela envelheceu; um dia ficou muito doente e partiu.

— Ela morreu, vó? — a menina perguntou, com o rostinho triste.

— Sim, minha netinha. Era chegada a hora dela. A comadre veio buscar sua alma para que pudesse descansar da vida dura que tivera. Asnésio viu também seus sete filhos crescerem. Quando adultos, tiveram seus empregos, construíram suas vidas, se casaram, tiveram filhos e, assim como a mãe deles, os sete, um a um, foram envelhecendo. A madrinha do sétimo filho buscou cada um deles. Também tinham tido uma vida dura e era chegada a hora de descansar.

— E o Asnésio, vó? Ficou sozinho?

— Aquilo tudo doeu muito em Asnésio. Ele teve de aprender a dizer adeus às pessoas que mais amava. Quando viu seu filho caçula partir, percebeu que já passava da hora de descansar também. Já não tinha mais felicidade no coração. Quando não estamos perto das pessoas que amamos, o mundo se torna um lugar vazio — afirmou Mirta.

— É, vó, coitado dele — falou Rosa. — Ele foi burro de ficar, né?

A menina deitou a cabeça loura no colo da avó e os dedos de Mirta iniciaram o cafuné de que a menina tanto gostava.

— E como ele fez para ir embora?

— Ah, foi fácil! — continuou Mirta. — Foi só ele parar de rezar e a Morte apareceu em sua casa, dizendo que tinha ido visitar um parente que há muito tempo não via. Ele ficou feliz em vê-la e deu um abraço caloroso nela. De mãos dadas com a comadre, entraram na carruagem da Morte. Asnésio seguiu viagem, contente, para o Além. O céu deve ser um lugar lindo, minha neta. Quando ele abre suas portas, abre no momento certo. Não adianta apressar ou retardar nada. A hora certa é sempre a hora ideal.

Mirta disse isso mais para si mesma do que para a neta. Sabia que sua própria hora de descansar não estava muito distante. Já tinha visto e vivido muita coisa. Mais do que a maioria das pessoas. Imaginou qual seria o tamanho de sua vela na casa da Morte.

De repente, tudo ficou iluminado, a energia voltou. Na TV, não havia mais coelho nem vaca. Mirta percebeu que Rosa estava muito quieta em seu colo, nem comemorara o retorno da energia. Respirava fundo e cochilava em paz. Dona Mirta continuou o cafuné nos cabelos da menina e arriscou um palpite: a neta estava sonhando com um céu de vagalumes.